18,00

16	3	2	13
5	10	11	8
9	6	7	12
4	15	14	1

Michael Ondaatje

O PACIENTE INGLÊS

Tradução
Rubens Figueiredo

editora 34

EDITORA 34

Distribuição pela Códice Comércio Distribuição e Casa Editorial Ltda.
R. Simões Pinto,120 CEP 04356-100 Tel. (011) 240-8033 São Paulo - SP

Copyright © Editora 34 Ltda. (edição brasileira, permitida a venda somente no Brasil), 1994
The English patient © Michael Ondaatje, 1992, c/o Ellen Levine Literary Agency, by arrangement with Karin Schindler, Rights Representative.

A FOTOCÓPIA DE QUALQUER FOLHA DESTE LIVRO É ILEGAL, E CONFIGURA UMA APROPRIAÇÃO INDEVIDA DOS DIREITOS INTELECTUAIS E PATRIMONIAIS DO AUTOR.

Título original:
The English patient

Capa, projeto gráfico e editoração eletrônica:
Bracher & Malta Produção Gráfica

Revisão:
Wendell Setúbal

1ª Edição - 1994, 3ª Reimpressão - 1997

Editora 34 Ltda.
R. Hungria, 592 CEP 01455-000
São Paulo - SP Brasil Tel/Fax (011) 816-6777

CIP - Brasil. Catalogação-na-fonte
Sindicato Nacional dos Editores de Livros, RJ.

O67p
Ondaatje, Michael
   O paciente inglês / Michael Ondaatje ; tradução de Rubens Figueiredo. — Rio de Janeiro : Ed. 34, 1994
208 p.

Tradução de : The English patient

ISBN 85-85490-35-7

1. Romance canadense. I. Figueiredo, Rubens. II. Título.

94-0250

CDD - 819.13
CDU - 820(73)-3

"Estou certo de que a maioria dos senhores se lembram das circunstâncias trágicas da morte de Geoffrey Clifton, em Gilf Kebir, seguida mais tarde pelo desaparecimento de sua esposa, Katherine Clifton, ocorrido em 1939, durante uma expedição pelo deserto em busca de Zerzura.

"Não posso dar início à reunião desta noite sem me referir, com muita emoção, a esses trágicos acontecimentos.

"A palestra desta noite..."

Dos registros da reunião
da Sociedade Geográfica em
novembro de 194..., Londres

*Em memória de
Skip e Mary Dickinson*

Para Quintin e Griffin

*E para Louise Dennys,
com a minha gratidão*

O PACIENTE INGLÊS

9
I. A VILLA

24
II. QUASE EM RUÍNAS

50
III. UM DIA UM FOGO

93
IV. SUL DO CAIRO, 1930-1938

103
V. KATHARINE

111
VI. UM AVIÃO ENTERRADO

124
VII. IN SITU

141
VIII. A FLORESTA SAGRADA

155
IX. A CAVERNA DOS NADADORES

180
X. AGOSTO

I.
A VILLA

Ela se levanta no jardim onde estava trabalhando e olha ao longe. Sentiu uma mudança no tempo. Há uma outra força no vento, um ruído encrespa o ar e os altos ciprestes balançam. Ela se volta e caminha morro acima, na direção da casa, pula um muro baixo, sente os primeiros pingos de chuva nos seus braços nus. Atravessa a varanda e entra ligeiro na casa.

Passa pela cozinha sem se deter e sobe a escada, no escuro, e depois segue por um corredor comprido, no fim do qual se vê uma cunha de luz, vindo de uma porta aberta.

Entra no quarto que é um outro jardim — feito de árvores e caramanchões pintados nas paredes e no teto. O homem está deitado na cama, seu corpo exposto à brisa, e vira a cabeça devagar na sua direção quando ela entra.

De quatro em quatro dias, ela lava seu corpo negro, começando pelos pés destruídos. Molha bem um pano e depois torce a água sobre os tornozelos do homem, voltando os olhos para o seu rosto se ele murmura alguma coisa, observando seu sorriso. Das canelas para cima, as queimaduras são piores. Além do púrpura. Osso.

Vem tratando dele há meses e conhece bem aquele corpo, o pênis adormecido como um cavalo-marinho, os quadris magros, estreitos. Os quadris de Cristo, ela pensa. Ele é o seu santo desesperado. Está deitado de costas, sem travesseiro, olhando para a folhagem pintada no teto, o seu dossel feito de ramos e, acima deles, o céu azul.

Ela derrama listras de calamina sobre o seu peito, onde está menos queimado, onde ela pode tocá-lo. Ela adora a concavidade abaixo da última costela, o despenhadeiro de pele. Ao tocar os ombros do homem, ela sopra ar frio no seu pescoço, e ele murmura.

O quê? Ela pergunta, saindo da sua concentração.

Ele vira o rosto escuro e os olhos cinzentos para a moça. Ela põe a mão no bolso. Descasca a ameixa com os dentes, retira o caroço e põe a polpa da fruta na boca do homem.

Ele sussurra outra vez, arrastando o coração atento da jovem enfermeira a seu lado para onde está o seu pensamento, aquele poço de memória em que ele não cansou de mergulhar durante os meses que precederam sua morte.

Há histórias que o homem reconta tranqüilamente no quarto, deslizando de um plano para outro como um gavião. Ele desperta no arvoredo pintado que o cerca com suas flores transbordantes, os ramos das árvores grandes. Lembra os piqueniques, uma mulher que beijou partes do seu corpo que agora estão queimadas e da cor da berinjela.

Passei semanas no deserto, sem lembrar de olhar para a lua, ele diz, assim como um homem casado pode passar vários dias sem olhar o rosto da sua esposa. Não se trata de pecados de omissão, mas sinais de preocupação.

Seus olhos se aferram ao rosto da jovem. Se ela mexe a cabeça, seu olhar passa direto ao lado dela, e vai de encontro à parede. A jovem se inclina para a frente. Como você se queimou?

É de tarde. As mãos dele brincam com um pedaço do lençol, as costas dos dedos acariciam o pano.

Caí pegando fogo no deserto.

Encontraram meu corpo, fizeram para mim uma balsa de galhos e me arrastaram pelo deserto. Estávamos no Mar de Areia, de vez em quando atravessávamos o leito de um rio seco. Nômades, entende? Beduínos. Eu vinha voando e caí, e até a areia estava pegando fogo. Eles viram quando me levantei, escapando da areia, nu. O capacete de couro na minha cabeça estava em chamas. Amarraram-me com correias em um pequeno estrado, uma carcaça de bote, e os pés batiam fazendo barulho enquanto eles me arrastavam. Eu tinha violado a esterilidade do deserto.

Os beduínos sabiam do fogo. Sabiam dos aviões que desde 1939 caíam do céu. Algumas de suas ferramentas e de seus utensílios eram feitos do metal de aviões e tanques destruídos. Era tempo de guerra no reino dos céus. Podiam reconhecer o zumbido de um avião ferido, sabiam como abrir caminho em meio àqueles destroços. O minúsculo ferrolho de uma cabine de piloto se tornava uma jóia. Eu era talvez o primeiro a sair vivo de uma daquelas máquinas em chamas. Um homem cuja cabeça pegava fogo. Não sabiam meu nome. Eu não sabia qual sua tribo.

Quem é você?
Não sei. Continue a me perguntar.
Você disse que era inglês.

À noite, ele nunca está cansado o bastante para dormir. Ela lê para ele qualquer livro que achar na biblioteca do andar de baixo. A vela bruxuleia sobre a página e sobre o rosto da jovem enfermeira, mal iluminando a essa hora as árvores e a paisagem que decoram as paredes. Ele a escuta, engolindo suas palavras como água.

Se está frio, ela se move com todo cuidado sobre a cama e se deita a seu lado. Não pode pôr peso algum sobre ele sem causar dor, nem mesmo o seu pulso magro.

Às vezes, por volta das duas horas da madrugada, ele não está dormindo, os olhos abertos no escuro.

Pôde sentir o cheiro do oásis antes que o visse. O líquido no ar. O ruído de coisas roçando. Folhas de palmeira e rédeas. O barulho de latas batendo, cuja ressonância profunda indicava estarem cheias de água.

Encharcaram com óleo algumas tiras de pano macio e estenderam sobre ele. Foi ungido.

Podia sentir a presença do homem silencioso que havia permanecido sempre a seu lado, o aroma do seu hálito quando se abaixava todo dia, ao anoitecer, para examinar sua pele no escuro.

Despido, ele era outra vez o homem nu saído do avião incendiado. Estendiam as tiras de feltro cinzento sobre ele. Tentava imaginar que grande nação o havia encontrado. Que pátria inventara tâmaras tão macias para serem mascadas pelo homem a seu lado e em seguida passadas daquela boca para a sua. Durante o tempo que ficou com essa gente, não conseguia lembrar de onde viera. Até onde sabia, ele podia ser o inimigo a quem havia atacado do ar.

Mais tarde, no hospital em Pisa, pensou ter visto a seu lado o rosto que todas as noites vinha mascar e amaciar as tâmaras, e as colocava em sua boca.

Essas noites eram sem cor. Sem conversa e sem música. Os beduínos silenciavam quando ele estava acordado. Ele se encontrava num altar que era uma rede e, em sua vaidade, imaginava centenas de beduínos a seu redor quando talvez houvesse apenas os dois que o acharam, e arrancaram da sua cabeça o capacete de chifres de fogo. Conhecia esses dois apenas pelo sabor de sua saliva que entrava em sua boca junto com a tâmara, ou pelo som de seus pés correndo.

Ela sentava e lia, o livro sob a oscilação da luz. De vez em quando voltava os olhos para o salão da villa que tinha sido um hospital de campanha, onde ela vivera com as outras enfermeiras antes que todas fossem aos poucos transferidas dali, a guerra se deslocando para o norte, a guerra quase terminando.

Foi o momento de sua vida em que se atirou sobre os livros como a única saída da sua cela. Tornaram-se metade do seu mundo. Sentava-se à mesa, recurvada para a frente, lia sobre um garoto na Índia que aprendeu a memorizar a posição de várias jóias e objetos sobre uma bandeja, e passava de um professor para o outro — que ensinavam o dialeto que ensinavam a memorizar que ensinavam a escapar da hipnose.

O livro está no seu colo. Percebeu que há mais de cinco minutos estava olhando a porosidade do papel, o vinco no canto da página dezessete que alguém dobrara para marcar a leitura. Roçou a mão sobre aquela superfície. Um alvoroço no seu pensamento, como um rato em disparada pelo forro do teto, uma mariposa contra a vidraça de noite. Olhou para o salão lá embaixo, embora já não houvesse mais ninguém morando ali, ninguém exceto o paciente inglês e ela mesma, na Villa San Girolamo. Para seu sustento, podia contar com os vegetais que cultivara no pomar bombardeado, um pouco além da casa, e um homem vinha da cidade de tempos em tempos e ela lhe oferecia sopas, lençóis, tudo o que houvesse restado neste hospital de campanha, em troca de outros artigos de primeira necessidade. Um pouco de feijão, um pouco de carne. O homem deixara para ela duas garrafas de vinho, e toda noite, depois de ter deitado junto ao paciente inglês e de ele ter adormecido, a enfermeira com toda cerimônia se servia de um copo de vinho e o levava de volta para a mesa, fora do quarto, junto à porta entreaberta, e ia bebendo aos golinhos pelo livro afora.

Assim, para o inglês, ouvisse atentamente ou não, os livros apresentavam saltos na trama como pedaços de uma estrada arrastados pela enchente, episódios faltando como se gafanhotos tivessem devorado partes de uma tapeçaria, como se trechos do reboco descolado pelo bombardeio tivessem caído de um mural durante a noite.

A villa onde ela e o inglês viviam se achava agora mais ou menos assim. Não era possível entrar em certos quartos por causa do entulho. A cratera aberta por uma bomba deixava a lua e a chuva entrarem na biblioteca no andar de baixo — onde, num canto, havia uma poltrona permanentemente encharcada.

Ela não se preocupava com o inglês, no que se refere aos saltos na trama. Não fazia qualquer resumo dos capítulos pulados. Apenas pegava o livro e dizia "página noventa e seis" ou "página cento e onze". Era a única indicação. Trazia as duas mãos dele para junto do seu rosto e cheirava — ainda o odor de doença.

Suas mãos estão ficando ásperas, ele disse.

As sementes e os cardos e cavucar a terra.

Cuidado. Já avisei dos perigos.

Eu sei.

Então começava a ler.

O pai dela a ensinara a conhecer as mãos. Conhecer as patas dos cachorros. Sempre que seu pai ficava sozinho com um cão numa casa, ele se abaixava e cheirava a pele da sola da pata. Este, ele dizia, como se acabasse de sentir o aroma de um conhaque, é o melhor cheiro do mundo! Um buquê! Os rumores de grandes viagens! Ela fingia ter nojo, mas a pata do cachorro era uma maravilha: seu odor nunca sugeria sujeira. É uma catedral! Exclamara seu pai, um certo jardim, aquele gramado, uma caminhada pelo ciclâmen — uma concentração de sinais de todos os caminhos que o animal percorrera ao longo do dia.

Uma correria no forro do teto, como um rato, e ela ergueu os olhos do livro outra vez.

Removeram as ervas que embrulhavam seu rosto. O dia do eclipse. Estavam à espera disso. Onde ele se achava? Que civilização era aquela que compreendia as profecias do tempo e da luz? Al Ahmar ou Al Abyadd, pois deve ser uma das tribos do noroeste do deserto. Aqueles que podiam pegar um homem no céu, que cobriam seu rosto com uma máscara de juncos do oásis entrelaçados. Agora ele tinha um aspecto de grama. Seu jardim favorito fora o gramado de Kew, as cores sutis e variadas, como camadas de cinzas sobre um morro.

Contemplou a paisagem sob o eclipse. A essa altura, já o haviam ensinado a erguer os braços e carregar o seu corpo com a energia do universo, do mesmo modo que o deserto fazia os aviões caírem. Ele era transportado numa liteira feita de ramos e feltro. Viu as veias móveis de flamingos que cortavam a paisagem na penumbra do sol encoberto.

Sobre a sua pele, havia sempre ungüentos, ou escuridão. Certa noite, ouviu o que pareciam ser sinos de vento ressoando nos ares, e logo pararam e ele adormeceu com o desejo de ouvir mais, o ruído semelhante ao som moroso que sai da garganta de uma ave, talvez um flamingo, ou uma raposa do deserto, que um dos homens mantinha num bolso costurado até a metade em seu albornoz.

No dia seguinte, ouviu fragmentos do som cristalino enquanto se achava deitado, coberto com panos outra vez. Um ruído na escuridão. Na penumbra, o feltro foi erguido e ele viu a cabeça de um homem numa mesa vindo em sua direção, em seguida compreendeu que o homem tinha no pescoço uma canga gigante, da qual pendiam centenas de garrafinhas, presas a cordões e arames de comprimentos diversos. Movendo-se como parte de uma cortina de vidro, seu corpo se achava envolto por aquela esfera.

A figura mais parecia um daqueles desenhos de arcanjos que ele tentara copiar quando garoto, no colégio, sem nunca conseguir resolver o problema de arranjar espaço no corpo para os músculos que movessem asas tão grandes. O homem caminhava em passadas lentas e longas, tão suave que mal se notava alguma oscilação nas garrafas. Uma onda de vidro, um arcanjo, todos os ungüentos dentro das garrafas aquecidas com o sol, de tal modo que quando esfregados sobre a pele pareciam ter sido aquecidos especialmente para tratar um ferimento. Por trás dele, a luz vertia — azuis e outras cores oscilando na bruma e na areia. O som tênue do vidro e as cores variadas e o passo solene e seu rosto como uma arma escura e destroçada.

Visto de perto, o vidro estava turvo e arranhado pela areia, vidro que perdera sua civilização. Cada garrafa tinha uma minúscula rolha de cortiça que o homem arrancava com os dentes e mantinha entre os lábios enquanto misturava o conteúdo de uma garrafa com o de outra, com uma outra rolha também na boca. Parou com suas asas perto do corpo queimado, deitado de costas, enterrou duas varas bem fundo na areia e em seguida se desvencilhou da canga de um metro e oitenta, a qual agora balançava apoiada sobre as duas varas. Ele saiu por baixo do seu aparato. Pôs-se de joelhos, se aproximou do piloto queimado, pôs suas mãos frias no seu pescoço e as manteve ali.

Era conhecido de todos na rota dos camelos que vai do norte do Sudão até Gizé, a Estrada dos Quarenta Dias. Ia ao encontro das caravanas, vendia especiarias e líquidos, vagava entre os oásis e os poços de água. Atravessava tempestades de areia com aquele manto de garrafas, os ouvidos tampados por duas rolhas pequenas de modo que parecesse, a si mesmo, ser um navio, esse médico mercador, esse rei dos óleos e dos perfumes e das panacéias, esse batista. Entrava no acampamento e estendia a cortina de garrafas diante de qualquer um que estivesse doente.

Agachou-se junto do homem queimado. Armou uma xícara de pele com a sola dos seus pés e inclinou-se para trás a fim de apanhar certas garrafas, sem sequer olhar para elas. Assim que a rolha estalava ao abrir cada garrafa, os perfumes saíam. Tinha um cheiro de mar. O odor de ferrugem. Índigo. Tinta. Lodo viburno formol parafina éter. O fluxo caótico dos ares. Havia gritos de camelos ao longe quando sentiam os cheiros. Ele começou a friccionar uma pasta verde-escura sobre as costelas. Era osso de pavão moído, trocado por outra mercadoria num mercado no oeste ou no sul — o remédio mais poderoso para a pele.

* * *

Entre a cozinha e a capela destruída, uma porta dava para uma biblioteca oval. A área interna parecia a salvo, exceto por um grande buraco na parede oposta, aberto na altura em que estaria um quadro, resultado de um ataque de cargas de morteiro sobre a villa dois meses antes. O resto do aposento havia se adaptado a esta ferida, aceitando os hábitos do tempo, as estrelas da noite, o som dos pássaros. Havia um sofá, um piano coberto por um lençol cinzento, a cabeça de um urso empalhado e paredes de livros. As prateleiras perto da parede arrombada vergavam com a chuva, que dobrara o peso dos livros. Os relâmpagos também entravam na sala, vezes seguidas, rolando sobre o piano coberto e sobre o tapete. Na outra extremidade, havia uma porta dupla, na qual o vidro original fora trocado por tábuas. Se estivesse aberta, ela poderia passar da biblioteca para a varanda, e depois descer trinta e seis degraus penitentes até a capela, através do que fora um prado antigo, agora ferido pelas cicatrizes de bombas de fósforo e explosões. O exército alemão havia minado várias casas na sua retirada, assim muitos cômodos que não precisavam ser usados, como este, foram lacrados por medida de segurança, as portas fixadas com pregos.

Ela sabia desses perigos quando se esgueirava para o interior da biblioteca, penetrando na sua penumbra de final de tarde. Parava de pé, com a súbita consciência do seu peso sobre o assoalho de madeira, pensando que na certa era o bastante para fazer disparar qualquer mecanismo oculto ali. Seus pés na poeira. A única luz jorrava do círculo rasgado pelo morteiro, voltado para o céu.

Com o estalo de um pedaço que se destaca do todo, como se estivesse sendo separado de uma peça única da qual fazia parte, ela puxou da prateleira O *último dos moicanos* e mesmo naquela penumbra sentiu-se animada com o céu e o lago azuis, cor de água-marinha, na ilustração da capa, o índio no primeiro plano. E depois, como se houvesse alguém ali que não devia ser perturbado, ela voltou caminhando de costas, pisando em suas próprias pegadas, por medida de segurança, mas também como parte de um jogo privado, pois pela imagem das pegadas parecia que depois de ter entrado na biblioteca o seu corpo físico desaparecera. Fechou a porta e recolocou a tranca no lugar.

Foi se sentar no nicho da janela, no quarto do paciente inglês, as paredes pintadas de um lado, o vale do outro. Abriu o livro. As páginas estavam grudadas umas nas outras, com ondulações enrijecidas. Sentiu-se como Crusoé ao encontrar um livro naufragado, que viera secar no sol da praia. *Uma narrativa de 1757*. Ilustrado por N. C. Wyeth. Como em todos os melhores livros, havia uma página importante com a lista das ilustrações, uma linha de texto para cada uma delas.

Entrou na história sabendo que ia emergir de lá com a sensação de ter mergulhado na vida de outras pessoas, em intrigas que se estendiam vinte anos para o passado, seu corpo repleto de frases e momentos, como se acordasse com um peso na cabeça em virtude de sonhos que não conseguia lembrar.

A aldeia italiana no alto da montanha, guardiã da estrada para o noroeste, fora sitiada durante mais de um mês, o fogo de artilharia dirigido contra as duas villas e o monastério cercado por pomares de macieiras e pés de ameixa. Havia a Villa Medici, onde viviam os generais. Logo acima, a Villa San Girolamo, antes um convento de freiras, cujas ameias semelhantes às de um castelo fizeram do local o último baluarte do exército alemão. Abrigara cem soldados. Quando a aldeia no morro, como um navio de guerra no mar, começou a se partir em duas sob o fogo das granadas, as tropas abandonaram as barracas armadas no pomar e vieram se amontoar nos quartos do velho convento. Partes da capela foram atingidas por explosões. Partes do pavimento de cima ruíram com a força das detonações. Quando os aliados por fim tomaram o prédio e o transformaram em hospital, a escada que dava para o terceiro piso foi fechada, embora um pouco da lareira e do telhado tenha sobrevivido.

Ela e o inglês insistiram em permanecer ali quando os outros pacientes e as outras enfermeiras partiram para um local mais seguro, ao sul. Ao longo desse tempo, sentiram muito frio, sem eletricidade. Alguns quartos davam para o vale, sem parede alguma. Ela abria uma porta e via a cama encharcada, encostada num canto, coberta de folhas. As portas abriam para a paisagem. Alguns quartos haviam se transformado num aviário aberto.

A escada perdera seus degraus de baixo durante o incêndio que precedeu a retirada dos soldados. Ela foi à biblioteca, pegou vinte livros, pregou-os no chão e depois uns nos outros, reconstruindo assim os dois primeiros degraus. A maioria das cadeiras tinham sido usadas para fazer fogo. A poltrona na biblioteca foi deixada ali porque estava sempre molhada, encharcada pelas tempestades noturnas que entravam pelo buraco do morteiro. Tudo que estivesse molhado escapava do fogo durante aquele mês de abril de 1945.

Poucas camas sobraram. Ela mesma preferia ser uma nômade pela casa, com sua maca ou catre, às vezes dormindo no quarto do paciente inglês, às vezes no salão, dependendo da temperatura, do vento ou da luz. De manhã, enrolava seu colchão e o amarrava com um cordão. Agora estava mais quente e podia abrir outros quartos, arejando os recantos escuros, deixando o sol secar toda a umidade. Certas noites ela abria as portas e dormia em quartos sem parede. Deitava em sua maca, bem na beirada do quarto, contemplando a paisagem deslizante das estrelas, nuvens movediças, despertava com o rosnado do trovão e o relâmpago. Tinha vinte anos, louca, despreocupada com a segurança durante esse tempo, sem o menor receio dos perigos da biblioteca talvez minada ou do trovão que a acordava de surpresa no meio da noite. Depois dos meses frios, nos quais se limitara aos lugares escuros e protegidos, ela agora se sentia irrequieta. Entrava em quartos que os soldados haviam enlameado, quartos cuja mobília tinha sido incendiada. Removia as folhas e as fezes e a urina e as mesas carbonizadas. Vivia como um vagabundo enquanto, em outra parte, o paciente inglês repousava em seu leito como um rei.

Visto de fora, o lugar parecia devastado. Uma escada externa desaparecia no ar, sua balaustrada suspensa no vazio. A vida deles era buscar o sustento e a segurança que pudessem obter. À noite, usavam apenas as velas indispensáveis em razão dos bandoleiros que arrasavam tudo que encontrassem no caminho. Estavam protegidos pelo simples fato de que a villa parecia uma ruína. Mas ela se sentia segura aqui, metade adulta, metade criança. Ao emergir de tudo que lhe acontecera durante a guerra, estabeleceu algumas poucas regras para si mesma. Nunca mais aceitaria ordens ou tarefas em nome do bem geral. Só iria se preocupar com o paciente queimado. Leria para ele e lhe daria banho e lhe daria suas doses de morfina — sua única comunicação era com ele.

Trabalhava no jardim e no pomar. Retirou o crucifixo de um metro e oitenta da capela bombardeada e usou-o para construir um espantalho na sua sementeira, amarrando nele latas de sardinha vazias que ficavam batendo sempre que o vento soprava. Dentro da villa, ia pisando em entulho até um recanto iluminado por uma vela, onde estava sua mala arrumada com todo capricho, contendo pouco mais que algumas cartas, algumas roupas enroladas, uma caixa de metal com provisões médicas. Ela havia limpado pequenas partes da villa, e podia queimar tudo isso se quisesse.

Ela risca um fósforo no salão escuro e o aproxima do pavio de uma vela. A luz alcança os seus ombros. Está de joelhos. Põe as mãos sobre as coxas e aspira o aroma do enxofre. Imagina que também está aspirando a luz.

Volta atrás alguns metros e com um pedaço de giz branco risca um retângulo no chão de madeira. Em seguida continua recuando, desenhando outros retângulos, até que eles formem uma pirâmide, um depois dois depois um, a mão esquerda bem apoiada no chão, cabeça baixa, séria. Vai se afastando cada vez mais da luz. Até que senta sobre os calcanhares e fica agachada.

Enfia o giz no bolso do seu vestido. Levanta-se e puxa a saia para cima, amarrando o pano na altura da cintura. Tira do outro bolso um pedaço de metal e o atira para a frente, de modo que caia logo depois do retângulo mais distante dela.

Dá um salto para a frente, as pernas batendo com força, a sombra a suas costas ondulando nas profundezas do salão. Ela é muito ligeira, seu tênis derrapa sobre os números que riscou em cada retângulo, primeiro um pé só, depois os dois, depois um pé só de novo, até alcançar o último retângulo.

Abaixa e pega o pedaço de metal, fica parada nessa posição, imóvel, a saia ainda franzida e presa acima das coxas, as mãos pendem soltas, a respiração arfante. Toma fôlego e sopra a vela.

Agora está no escuro. Só um cheiro de fumaça.

Pula e, no ar, dá uma volta de modo que ao tocar o chão está de frente para o lado oposto, e depois sai pulando para a frente pelo salão escuro, com ainda mais ímpeto que antes, aterrissando nos retângulos que sabe estarem ali, os tênis batendo e martelando no assoalho escuro — tão forte que o som vai ecoar nos cantos mais distantes da villa italiana deserta, na direção da lua e da cicatriz de uma ravina que forma um semicírculo ao redor da casa.

Às vezes, à noite, o homem queimado ouve um leve tremor na casa. Aumenta o volume do seu aparelho de audição para captar o som de algo batendo, um som que ainda não pôde interpretar nem localizar.

Ela pega o livro que está na mesinha ao lado da cama dele. É o livro que trouxe consigo ao sair das chamas — um exemplar das *Histórias* de Heródoto que ele havia modificado, colando páginas arrancadas de outros livros ou escrevendo observações suas — de modo que tudo isso vinha se aninhar no texto de Heródoto.

Ela começa a ler as letrinhas retorcidas que ele escrevera.

Há um tufão no sul do Marrocos, o *aajej*, contra o qual os felás se defendem com facas. Há o *africo*, que já alcançou até a cidade de Roma. O *alm*, um vento de outono proveniente da Iugoslávia. O *arifi*, também batizado como *aref* ou *rifi*, que sopra em numerosas línguas. Estes são ventos permanentes que vivem e se conjugam no presente.

Há outros, ventos menos constantes que mudam de direção, que podem lançar por terra cavalo e cavaleiro e se realinhar no sentido anti-horário. O *bist roz* invade o Afeganistão durante cento e setenta dias — sepultando aldeias. Há o quente e seco *ghibli*, de Túnis, que fica rolando e rolando e provoca uma reação nervosa. O *habub* — uma tempestade de poeira do Sudão que se perfila em brilhantes muralhas amarelas com mil metros de altura e é seguida de chuva. O *harmattan*, que bufa e às vezes vai se afogar no Atlântico. *Imbat*, uma brisa marinha da África do Norte. Alguns ventos que apenas ficam suspirando para o céu. Tempestades de poeira noturnas que vêm com o frio. O *khamsin*, uma poeira no Egito, entre março e maio, cujo nome deriva da palavra árabe para o número "cinqüenta", que floresce por cinqüenta dias — a nona praga do Egito. O *datu*, de Gibraltar, que traz um perfume.

Há também o _____, o vento secreto do deserto, cujo nome foi apagado por um rei depois que seu filho morreu por causa dele. E o *nafhat* — um bafo que vem da Arábia. O *mezzar-ifulusen* — um sudoeste violento e frio, conhecido entre os bérberes como "o que depena as galinhas".

Michael Ondaatje

O *beshabar*, um nordeste negro e seco proveniente do Cáucaso, "vento negro". O *Samiel* da Turquia, "veneno e vento", muito usado nas batalhas. Bem como os outros "ventos venenosos", o *simum*, da África do Norte, e o *solano*, cuja poeira arranca pétalas raras, provocando tonteira. Outros, ventos privados. Correndo pelo chão como um rio. Destruindo a pintura, derrubando postes telefônicos, transportando pedras e cabeças de estátuas. O *harmattan* sopra através do Saara carregado de poeira vermelha, poeira igual a fogo, igual a farinha, penetrando e coagulando no mecanismo dos rifles. Os marinheiros chamavam este vento vermelho de "mar das trevas". A areia vermelha trazida em nuvens do Saara ia se depositar em pontos remotos como Cornuália e Devon, provocando chuvaradas de barro tão vermelho que as pessoas pensavam ser sangue. "Há numerosos relatos de chuvas de sangue na Espanha e em Portugal, em 1901."

Há sempre milhões de toneladas de poeira no ar, assim como há milhões de metros cúbicos de ar sob a terra e mais seres vivos sob o solo (vermes, escaravelhos, criaturas subterrâneas) do que pastando e vivendo sobre o chão. Heródoto relata a morte de vários exércitos tragados pelo *simum*, e que nunca mais foram vistos. Certa nação "se enfureceu de tal forma contra esse vento que lhe declarou guerra, e marcharam contra ele em formação de batalha, para serem todos, num instante, completamente sepultados".

As tempestades de poeira têm três formas. O redemoinho. A coluna. O lençol. No primeiro, o horizonte desaparece. No segundo, os homens são cercados por "Djins dançantes". O terceiro, o lençol, é "cor de cobre. A natureza parece em chamas".

Ela ergue os olhos do livro e vê o olhar do homem voltado para ela. Ele começa a falar no escuro.

Os beduínos me mantinham vivo por uma razão. Eu era útil, entende? Quando meu avião se espatifou no deserto, alguém entre eles imaginou que eu era dotado de uma habilidade especial. Sou um homem que pode reconhecer uma cidade sem nome pelo seu esqueleto num mapa. Sempre tive informação como um mar dentro de mim. Sou uma pessoa que, se for deixada sozinha na casa de alguém, vai até a estante de livros, apanha um volume e inala o seu conteúdo. Assim a história entra na gente. Conheço mapas do fundo do mar, mapas que representam os pontos fracos da calota terrestre, mapas desenhados em peças de couro e que mostram as diversas rotas das Cruzadas.

Portanto eu sabia onde eles estavam antes de me espatifar no meio deles, sabia quando Alexandre havia percorrido aquele lugar em eras passadas, por cobiça ou outra razão. Conhecia os costumes dos nômades, que ficam abobalhados com seda e fontes de água. Uma tribo tingiu o solo de um vale inteiro, deixou a terra preta para estimular a convecção e assim aumentar a possibilidade de chuva, e construiu estruturas elevadas a fim de espetar a barriga das nuvens. Havia tribos que abriam a palma da mão contra o vento que começava. Acreditavam que se isso fosse feito na hora certa poderiam repelir uma tempestade para uma esfera adjacente do deserto, na direção de outra tribo, menos amada. A areia afogava o tempo todo, de repente tribos inteiras se tornavam históricas, sufocadas com areia.

No deserto é fácil perder o sentido da demarcação. Quando vim do ar e me espatifei no deserto, naquelas ondas amarelas, a única coisa que pensava era, preciso construir uma balsa... Preciso construir uma balsa.

E então, embora estivesse na areia seca, sabia que me achava entre homens da água.

Em Tassili, vi inscrições nas rochas feitas numa época em que o povo do Saara caçava hipopótamos em botes de junco. Em Wadi Sura vi cavernas com as paredes cobertas com desenhos de gente nadando. Aqui havia um lago. Eu podia desenhar seu formato num muro para eles verem. Eu podia levá-los até o limite das suas origens, seis mil anos atrás.

Pergunte a um marinheiro qual é a vela mais antiga que se conhece, ele vai descrever uma vela trapezoidal presa num mastro em um bote de junco, como pode ser visto nas pinturas sobre as pedras, na Núbia. Prédinásticas. Ainda se encontram arpões no deserto. Eram homens da água. Mesmo hoje, as caravanas parecem rios. Mas hoje é a água o elemento estranho aqui. Água é o exilado, levado de volta em latas e frascos, o fantasma entre a mão e a boca.

Quando estive perdido no meio deles, sem saber onde me encontrava, tudo de que eu precisava era o nome de um morro, algum costume local, uma célula desse animal histórico, e o mapa do mundo correria para a posição certa.

O que a maioria de nós sabemos sobre a África do Norte? Os exércitos do Nilo iam para um lado e para o outro — um campo de batalha avançando mil e trezentos quilômetros deserto adentro. Tanques, bombardeiros Blenheim de médio alcance. Caças bimotores Gladiador. Oito mil homens. Mas quem era o inimigo? Quem eram os aliados deste lugar — as terras férteis da Cirenaica, os pântanos salgados de Al Agheila? Todos os países da Europa tinham a sua guerra na África do Norte, em Sidi Rezegh, em Baguoh.

Ele viajou cinco dias puxado numa maca, atrás dos beduínos, um capuz cobrindo seu corpo. Ia deitado dentro daquele manto besuntado em óleo. De repente a temperatura caiu. Haviam alcançado o vale, rodeado pelos paredões vermelhos do desfiladeiro, reunindo-se ali ao resto das tribos do deserto, homens da água, que escorregavam e caíam sobre a areia e as pedras, seus mantos azuis se agitando como asas ou um jato de leite. Retiraram os panos macios de cima dele, para longe da sucção do seu corpo. Estava na parte mais ampla do desfiladeiro. Os abutres bem alto, acima deles, deslizavam de mil anos atrás para dentro dessa fenda de pedra onde estavam acampados.

De manhã, levaram-no para o canto mais afastado do *siq*. Falavam em voz alta em torno dele. O dialeto aos poucos ia se tornando mais claro. Ele estava aqui por causa das armas enterradas.

Foi carregado na direção de alguma coisa, seu rosto de olhos vendados virado para a frente, e sua mão foi estendida meio metro adiante. Depois de vários dias de viagem, mover-se esse meio metro. Inclinar-se para a frente e tocar alguma coisa com algum propósito, o braço ainda estendido, a palma da mão aberta e voltada para baixo. Tocou o cilindro de uma submetralhadora e a mão que segurava seu braço o soltou. Uma pausa nas vozes. Estava ali para traduzir as armas.

— Metralhadora Breda de doze milímetros. Da Itália.

Puxou o ferrolho, enfiou o dedo e não encontrou munição ali dentro, empurrou o ferrolho de volta e apertou o gatilho. *Puht*.

— Arma famosa — murmurou.

Foi levado para frente mais uma vez.

— Châttelerault, sete milímetros e meio, francesa. Metralhadora leve. Mil novecentos e vinte e quatro.

— MG-Quinze, força aérea alemã, sete vírgula nove milímetros.

Foi trazido para junto de cada uma das armas. Pareciam ser de períodos diferentes e de diversos países, um museu no deserto. Tateava seguindo o contorno da coronha e do pente de cartuchos, ou tocava a mira com a ponta do dedo. Pronunciava o nome da arma e em seguida era levado para outra arma. Oito armas lhe foram formalmente apresentadas. Declarava o nome em voz alta, falando em francês e depois na língua própria da tribo. Mas o que isso importava para eles? Talvez não precisassem do nome, mas sim saber que ele conhecia aquelas armas.

Foi levado outra vez pelo pulso e sua mão enfiada numa caixa de cartuchos. Em outra caixa à direita havia mais munição, dessa vez cartuchos de sete milímetros. E depois outros.

Quando criança, ele foi criado com uma tia e ela espalhava as cartas de um baralho viradas para baixo na grama do jardim para lhe ensinar o jogo da memória. Cada jogador podia desvirar duas cartas de cada vez e, aos poucos, com a ajuda da memória, ia achando os pares e retirando as cartas. Isso foi em outra paisagem, de rios com trutas, cantos de pássaros que ele era capaz de identificar a partir de um fragmento incompleto. Um mundo em que tudo tinha um nome. Agora, com os olhos vendados e o rosto coberto por uma máscara de ervas, pegou um cartucho e moveu-se, levando consigo os homens que o apoiavam, até uma das armas, introduziu a bala, puxou o ferrolho e, erguendo-a para o ar, disparou. O ruído estalando como louco pelos paredões do desfiladeiro. *"Pois o eco é a alma da voz que se exalta nos lugares vazios."* Um homem considerado taciturno e maluco escrevera esta frase em um hospital inglês. E ele agora, nesse deserto, estava são, o pensamento claro, desvirando as cartas, formando pares com facilidade, atirando um sorrisinho para a sua tia, e a cada combinação acertada dava um tiro para o alto, e aos poucos os homens invisíveis a sua volta passaram a saudar cada disparo com um grito de alegria. Ele se virava para um lado, depois voltava para a Breda, dessa vez na sua estranha liteira, seguido por um homem com uma faca que marcava um código paralelo nos caixotes de munição e das armas. Ele foi se reanimando com aquilo — o movimento e os gritos de alegria após a sua solicitude. Pagava com a sua habilidade aos homens que o salvaram com esse propósito.

Há aldeias, nas quais irá entrar ao lado deles, onde não existem mulheres. Seu conhecimento é passado de tribo em tribo, como um serviço público. Tribos que representam oito mil indivíduos. Ele penetra em costumes e músicas peculiares. De olhos vendados, ouve as canções dos aguadeiros da tribo Mzina com seus gritos de júbilo, danças *dahhiya*, flautas de bambu usadas para transmitir mensagens no caso de uma emergência, a flauta dupla *makruna* (de sopro contínuo como uma gaita de foles). Depois, no território das liras de cinco cordas. Uma aldeia ou um oásis de prelúdios e interlúdios. Palmas batendo. Dança de antífonas.

Só desvendam seus olhos após o escurecer, quando pode contemplar seus captores e salvadores. Agora sabe onde está. Para alguns, ele desenha mapas que vão muito além das suas fronteiras, e para outras tribos também explica como as armas funcionam. Os músicos sentam-se diante dele, do outro lado da fogueira. As notas da lira *simsimiya* chegam trazidas por uma lufada de brisa. Ou as notas voam na sua direção através do fogo. Um menino dança e, nessa luz, ele é a coisa mais desejável que jamais viu. Seus ombros magros e brancos como papiro, a luz do fogo refletindo no suor do estômago, a nudez entrevista nas folgas momentâneas na roupa de linho azul, que o veste como um chamariz do pescoço até os tornozelos, e descobrindo nele a linha de um raio moreno.

O deserto noturno os envolve, atravessado pela ordem vaga das tempestades e das caravanas. Há sempre perigos e segredos ao redor dele, como quando com os olhos vendados moveu a mão e cortou-se numa lâmina de dois gumes na areia. Às vezes não sabe se são sonhos, o corte tão limpo que nem sequer doía, e precisou riscar com sangue a cabeça (ainda não podia encostar no rosto) para mostrar aos seus captores que estava ferido. Aquela aldeia sem mulheres para onde foi trazido em completo silêncio, ou o mês inteiro que passou sem ver a luz. Isso foi inventado? Sonhado por ele enquanto se achava envolto em feltro e óleo e escuridão?

Haviam passado por fontes onde a água era amaldiçoada. Em certas áreas abertas havia cidades escondidas, e ele esperava enquanto os homens cavavam na areia até as casas enterradas, ou esperava enquanto cavavam em busca de ninhos de água. E a beleza pura de um inocente garoto dançarino, como o som da voz de um menino no coro, que ele lembrava como o som mais puro de todos, o rio de águas mais claras, as profundezas mais transparentes do mar. Aqui no deserto, que foi um mar antigo onde nada era firme ou permanente, tudo estava fluindo — como a roupa de linho por sobre o garoto como se ele abraçasse e soltasse a si mesmo do oceano da sua própria placenta azul.

Depois jogam areia para abafar o fogo, a fumaça rodopia em torno deles. A queda dos instrumentos musicais como uma pulsação ou a chuva. O menino cruza os braços, sobre o fogo extinto, para silenciar as flautas. Não há menino algum, não há pegadas depois que ele vai embora. Só os trapos que tomou emprestado. Um dos homens rasteja para a frente e recolhe o sêmen que caiu na areia. Traz para o branco tradutor de armas e esfrega nas suas mãos. No deserto só se celebra a água.

Ela está de pé junto à pia, as mãos aferradas na beirada, olhando para a parede de estuque. Retirou todos os espelhos e empilhou-os num quarto vazio. As mãos seguram na beirada da pia e ela mexe a cabeça de um lado para outro, fazendo sua sombra se mover. Molha as mãos e penteia com água o cabelo até que fique totalmente molhado. Isso a esfria e ela gosta quando vai para o lado de fora e a brisa vem bater no seu rosto, apagando o trovão.

II.
QUASE EM RUÍNAS

O homem com as mãos enfaixadas estivera no hospital militar em Roma por mais de quatro meses quando por acaso ouviu falar do paciente queimado e da enfermeira, ouviu o nome dela. Voltou da porta para o grupo de médicos pelos quais havia acabado de passar, para descobrir onde ela estava. Ele se achava ali há longo tempo, se recuperando, e os médicos sabiam ser um homem evasivo. Mas desta vez se dirigiu aos médicos, perguntando o nome da enfermeira, e deixou-os espantados. Durante todo o tempo, jamais falara, comunicando-se por sinais e caretas, poucas vezes um sorriso forçado. Nada tinha revelado, nem sequer seu nome, apenas escreveu o seu número de série, com o que demonstrou estar do lado dos aliados.

Era assim que se sentia mais seguro. Sem revelar nada. Não importa que viessem para cima dele com carinho, subterfúgios ou facas. Por mais de quatro meses, não disse uma palavra. Era um grande animal diante deles, quase em ruínas quando foi trazido para lá e recebeu doses regulares de morfina para aliviar as dores nas mãos. Ficava sentado na poltrona, no escuro, observando os movimentos de maré que faziam as enfermeiras e os pacientes indo e vindo pelas enfermarias e despensas.

Mas agora, ao passar pelo grupo de médicos na sala, ouviu o nome da mulher, retardou o passo, virou-se, veio até eles e perguntou de modo específico em que hospital ela estava trabalhando. Disseram que se tratava de um antigo convento de freiras, tomado pelos alemães, transformado em hospital depois que os aliados o sitiaram. Nas montanhas ao norte de Florença. A maior parte já fora destruída pelas bombas. Inseguro. Fora apenas um hospital de campanha temporário. Mas a enfermeira e o paciente se recusaram a ir embora.

Por que vocês não obrigaram os dois a sair?

Ela alegou que o paciente estava ferido demais para se mover. Podíamos ter retirado o homem a salvo, é claro, mas hoje em dia não há tempo para ficar discutindo. Ela também não estava nada bem.

Está ferida?

Não. Provavelmente algum trauma causado pelo ruído das explosões. Ela iria para casa. O problema é que a guerra por aqui terminou. Não se pode mais obrigar ninguém a fazer o que não quer. Os pacientes estão saindo dos hospitais por conta própria. As tropas se dispersam sem autorização dos oficiais antes mesmo de voltarem para casa.

Que villa é essa? Perguntou.

Uma que dizem ter um fantasma no jardim. San Girolamo. Pois é, ela arrumou mesmo um fantasma particular, um paciente queimado. Tem um rosto, mas irreconhecível. Os nervos se foram. Pode passar um fósforo aceso na cara dele e não vai mostrar a menor reação. O rosto está totalmente entorpecido.

Quem é ele? Perguntou.

Não sabemos seu nome.

Ele não fala?

O grupo de médicos riu. Nada disso, ele fala sim, fala o tempo todo, só que não sabe quem é.

De onde veio?

Os beduínos o trouxeram para o oásis de Siwa. Depois ficou em Pisa algum tempo, depois... Um dos árabes deve estar usando sua plaqueta de identificação. Na certa vai vender para alguém e um dia chegará às nossas mãos, ou quem sabe talvez nunca vendam a plaqueta. São amuletos muito cobiçados. Todos os pilotos que caem no deserto... nenhum deles aparece com sua identificação. Agora está enfiado numa villa toscana e a moça não vai sair do lado dele. Ela se recusa. Os aliados instalaram uma centena de pacientes ali. Antes, os alemães haviam se entrincheirado naquele lugar e resistiram com um pequeno exército, a sua última cidadela. Alguns cômodos são pintados, cada um representa uma estação do ano. Do lado de fora da villa há um desfiladeiro. Tudo isso fica a uns trinta quilômetros de Florença, nas montanhas. Vai precisar de um passe, é claro. É provável que possamos arranjar alguém para levar você até lá. As coisas ainda estão muito ruins por aquelas bandas. Gado morto. Cavalos mortos a tiros, meio comidos. Gente pendurada nas pontes de cabeça para baixo. As últimas barbaridades da guerra. Totalmente inseguro. Os sapadores ainda não foram lá limpar tudo. Os alemães, na retirada, foram enterrando minas por onde passavam. Um lugar terrível para um hospital. O pior é o cheiro dos mortos. Precisamos de uma boa nevasca para lavar essa terra. Precisamos de corvos.

Obrigado.

Ele saiu do hospital para o sol, para o ar livre, pela primeira vez em meses, fora dos quartos verdes que perduram como vidro em sua mente. Ficou ali de pé respirando tudo, a pressa de todo mundo. Em primeiro lugar, pensou, preciso de sapatos com sola de borracha. Preciso de um *gelato*.

Achou difícil pegar no sono no trem, balançando de um lado para o outro. As outras pessoas fumavam no compartimento. Sua têmpora batia de encontro ao vidro da janela. Todos vestiam roupas escuras, e o vagão parecia estar pegando fogo com tantos cigarros acesos. Notou que toda vez que o trem passava por um cemitério os passageiros a sua volta se benziam. *Ela também não está nada bem.*

Gelato para as amígdalas, lembrou. Acompanhando uma menina que ia com o pai para extrair as amígdalas. Ela deu uma olhada na enfermaria cheia de crianças e recusou-se a ir em frente. Assim, a mais dócil e cordial das crianças de repente se tornava uma rocha de recusa, inabalável. Ninguém ia arrancar coisa alguma da *sua* garganta por mais que a ciência da época o recomendasse. Ela ia continuar vivendo com aquilo, não interessa a cara que "aquilo" tinha. Ela não tinha a menor idéia do que fosse uma amígdala.

Nunca tocaram na minha cabeça, ele pensou, isso era esquisito. O pior era quando começava a imaginar o que iam fazer depois, o que iam cortar depois. Nessas horas, sempre pensava na sua cabeça.

Uma correria pelo forro do teto, como um rato.

Ele ficou de pé com sua valise na extremidade do salão. Pôs a maleta no chão e acenou entre as trevas e as intermitentes poças de luz que vinham da vela. Não ouviu som de passos enquanto caminhava na direção dela, ruído algum vinha do chão, e isso a deixou surpresa, de algum modo lhe pareceu familiar e confortador que ele pudesse se aproximar sem fazer barulho na privacidade em que viviam ela e o paciente inglês.

Ao atravessar o salão comprido, os lampiões iam lançando sua sombra para adiante, a sua frente. Ela aumentou o pavio de um lampião de modo que o diâmetro de luz a sua volta se alargasse. Estava sentada muito quieta, o livro no colo, quando ele se aproximou e se agachou a seu lado como um tio.

— Me diz o que é uma amígdala.
Os olhos da moça fixos sobre ele.
— Não consigo me esquecer de você saindo do hospital em disparada, perseguida por dois homens grandalhões.
Ela fez que sim com a cabeça.
— Seu paciente está ali? Posso entrar?
Ela balançou a cabeça, e não parou de balançar antes que ele voltasse a falar.
— Vou vê-lo amanhã, então. Só me diga para que lugar devo ir. Não preciso de roupa de cama. Tem cozinha aqui? Que viagem estranha eu fiz para encontrar você.

Quando ele saiu do salão, ela voltou para a mesa e sentou-se, trêmula. Necessitava desta mesa, deste livro lido até a metade, a fim de se recompor. Um homem que conhecia tinha vindo de longe, de trem, e depois andou seis quilômetros montanha acima, partindo da aldeia, e atravessou o salão até esta mesa só para vê-la. Depois de alguns minutos, foi para o quarto do inglês e ficou lá olhando para ele. O luar entre os ramos nas paredes. Era a única luz que fazia o *trompe l'oeil*[1] parecer convincente. Ela podia até colher aquela flor e prendê-la no vestido.

O homem chamado Caravaggio abre todas as janelas no aposento para poder escutar os ruídos da noite. Tira a roupa, esfrega as mãos atrás do pescoço com delicadeza e deita-se por um momento na cama desfeita. O ruído das árvores, a lua irrompendo em peixes de prata saltando das folhas lá fora.

A lua cai sobre ele como uma pele, um feixe de água. Uma hora depois está no telhado da villa. Do ponto mais alto, registra as partes daquela ladeira de telhados que foram destruídas pelas bombas, os dois acres de jardins e bosques devastados que cercam a villa. Observa o lugar da Itália em que eles estão.

* * *

De manhã, junto à fonte, eles conversam um tanto sem jeito.
— Agora que você está na Itália devia aprender mais sobre o Verdi.
— O quê? — Ela ergue os olhos da roupa de cama que está lavando na água da fonte.
Ele a faz lembrar.
— Uma vez você me disse que era apaixonada por Verdi.
Hana inclina a cabeça, embaraçada.
Caravaggio caminha um pouco por ali, olhando a construção pela primeira vez, e parando na varanda para contemplar o jardim.
— Sim, você amava Verdi. Deixava a gente *doido* com suas novidades sobre o Giuseppe. Que homem! O melhor, em todos os aspectos, você dizia. Tínhamos todos que concordar com você, a petulantezinha de dezesseis anos.
— Nem sei o que aconteceu com ela. — Hana abre os lençóis lavados na margem da fonte.
— Você tinha um gênio perigoso.
Ela caminha sobre as lajes que calçam a terra, grama nos intervalos. Ele olha seus pés com meia preta, o vestido marrom e fino. Ela se apóia na balaustrada.

---

[1] Em francês no original. Efeito que produz uma ilusão de realidade nas pinturas, obtido por meio de luz e perspectiva. (N. do T.)

— Acho mesmo que eu vim para cá, tenho que admitir, alguma coisa no fundo da minha cabeça me trouxe, por causa de Verdi. E também, é claro, você tinha ido embora e meu pai tinha ido embora para a guerra... Olhe os gaviões. Vêm para cá todas as manhãs. Todo o resto por aqui está estragado, em pedaços. A única água corrente em toda esta villa é a desta fonte. Os aliados destruíram os canos de água quando foram embora. Achavam que assim eu iria embora também.

Vem para perto dele e põe os dedos sobre a sua boca.

— Estou contente em ver você, Caravaggio. Ninguém mais. Não diga que veio para cá para me convencer a ir embora.

— Queria encontrar um barzinho com um Wurlitzer e ficar bebendo sem que nenhuma bomba explodisse de repente do meu lado. Ouvir Frank Sinatra cantando. A gente precisa de um pouco de música — diz ele.

— É bom para o seu paciente.

— Ele ainda está na África.

Caravaggio olha para ela, à espera de que diga mais alguma coisa, porém não há mais nada a ser dito sobre o paciente inglês. Ele resmunga.

— Alguns ingleses adoram a África. Uma parte de seu cérebro reflete o deserto com toda precisão. Por isso não se sentem estrangeiros por lá.

Vê a cabeça dela balançar bem de leve, num sinal afirmativo. Um rosto magro de cabelo curto, sem a máscara e o mistério de seus cabelos compridos. De certa forma, parece tranqüila neste seu universo particular. A água da fonte rumorejava ao fundo, os gaviões, os jardins arruinados da villa.

Talvez seja esse o jeito de sair de uma guerra, ele pensa. Um homem queimado para cuidar, alguns lençóis para lavar numa fonte, um quarto com um jardim pintado na parede. Como se tudo que sobrasse fosse uma cápsula do passado, bem anterior a Verdi, os Medicis contemplando de uma balaustrada ou de uma janela, segurando uma vela de noite na presença de um arquiteto convidado — o melhor arquiteto do século quinze — e exigindo algo mais satisfatório para emoldurar a paisagem.

— Se você vai ficar — diz ela — vamos precisar de mais comida. Plantei uns legumes, temos um saco de feijão, mas precisamos de mais galinhas. — Ela olha para Caravaggio, ciente da sua habilidade especial no passado, mas sem dizer nada.

— Perdi a coragem — ele responde.

— Então eu vou com você — Hana oferece. — Faremos isso juntos. Você pode me ajudar a roubar, mostrar como é que se faz.

— Você não entende. Eu perdi a coragem.

— Por quê?

— Fui apanhado. Quase cortaram fora minhas mãos.

Às vezes, à noite, quando o paciente inglês está dormindo ou mesmo depois de ela ter lido sozinha por algum tempo, junto à porta, do lado de fora do quarto dele, Hana vai ao encontro de Caravaggio. Ele pode estar no jardim, deitado sobre as pedras na beirada da fonte olhando as estrelas, ou então ela o encontra num terraço mais abaixo. Neste clima de início de verão, Caravaggio acha difícil ficar dentro de casa de noite. A maior parte do tempo, fica no telhado ao lado da chaminé partida, mas desce de lá silenciosamente quando vê a figura da moça surgir no terraço à sua procura. Ela o encontra perto da estátua decapitada de um conde, sobre cujo pescoço, agora apenas um toco, um dos muitos gatos da região gosta de ficar sentado, solene, e mia quando aparecem seres humanos. Hana está sempre disposta a pensar que foi ela quem o encontrou, este homem que conhece a escuridão, que quando ficava bêbado costumava afirmar ter sido criado por uma família de corujas.

Os dois no alto de um promontório, Florença e suas luzes ao longe. Às vezes ele parece agitado diante dela, ou então calmo demais. Durante o dia, Hana percebe melhor como ele se move, se dá conta dos braços enrijecidos acima das mãos enfaixadas, como seu corpo inteiro se vira em lugar de girar apenas o pescoço quando ela aponta alguma coisa no outro lado da montanha. Mas nada comentou com ele sobre isso.

— Meu paciente acha que osso de pavão moído é um grande remédio.

Ele examina o céu noturno.

— Sei.

— Então você era um espião?

— Nada disso.

Ele se sente mais confortável, mais a salvo dos olhares dela na escuridão do jardim, a luz bruxuleante no quarto do paciente espiando lá de cima.

— Às vezes eles mandavam a gente roubar. Lá estava eu, um italiano e ladrão. Nem podiam acreditar na sua sorte, ficavam loucos para me usar. Havia uns quatro ou cinco de nós. Eu me saí bem durante algum tempo. Então, por um acaso, fui fotografado. Dá para imaginar? Eu estava de casaca, de traje a rigor, para entrar naquele ambiente, uma festa, e roubar uns papéis. Realmente, eu ainda era um ladrão. Não era um grande patriota. Um grande herói. Eles apenas deram um caráter oficial às minhas habilidades. Mas uma das mulheres tinha trazido uma câmera e estava tirando retratos dos oficiais alemães, e eu fui apanhado de passagem, andando pelo salão. Eu ia passando, o início do barulho do obturador me fez virar na direção da câmara. Assim, de repente, tudo no futuro passou a significar perigo. A namorada de algum general. Todas as fotos tiradas durante a guerra eram reveladas em laboratórios oficiais do governo, verificadas pela Gestapo, e assim lá estava eu, que obviamente não constava de nenhuma lista, e agora devia ser fichado por um oficial quando o filme fosse para o laboratório de Milão. Portanto a questão agora era tentar roubar aquele filme da mão deles, de algum jeito.

Ela dá uma olhada no paciente inglês, cujo corpo adormecido se encontra talvez há muitos quilômetros dali, no deserto, sendo tratado por um homem que continua a meter os dedos na concha formada pela sola dos pés juntos, inclinado para a frente, friccionando a pasta negra no rosto queimado. Ela imagina o peso da mão na sua própria bochecha.

Desce para o salão e deita na sua rede, dando um impulso ao tirar o pé do chão.

Os instantes que precedem o sono são aqueles em que Hana se sente mais viva, repassando fragmentos do dia, trazendo cada momento para a cama com ela, como faz uma criança com seus lápis e livros do colégio. O dia parece não ter ordem alguma até chegar essa hora, que é como um livro de contabilidade para ela, seu corpo repleto de histórias e situações. Por exemplo, Caravaggio lhe deu alguma coisa. Seu tema, um drama, e uma imagem roubada.

Ele sai da festa de carro. Segue rangendo pelo sinuoso e lento caminho de cascalho que sai do terreno da casa, o carro roncando suave, tudo sereno como tinta na noite de verão. Pelo resto da noite, durante a festa na Villa Cosima, ele ficara de olho na fotógrafa, se esquivando toda vez que ela erguia a câmara na sua direção. Agora que sabe da sua existência, pode evitá-la. Aproxima-se para ouvir seus diálogos. Seu nome é Anna, amante de um oficial, que vai passar a noite aqui na villa e pela manhã viajará para o norte, através da Toscana. A morte da mulher ou seu súbito desaparecimento só serviriam para despertar suspeitas. Hoje em dia, tudo fora do normal é investigado.

Quatro horas depois, ele corre sobre a grama só de meias, sua sombra enroscada embaixo do corpo, pintada pela lua. Pára junto ao caminho de cascalho e avança devagar pelo saibro. Ergue os olhos e observa a Villa Cosima, sob as luas quadradas das janelas. Um palácio de mulheres guerreiras.

Um farol de carro — como alguma coisa que sai jorrando de um tubo — ilumina o quarto onde ele está, e ele pára outra vez, no meio de um passo, vendo os olhos daquela mesma mulher voltados para ele, um homem se mexendo em cima dela, os dedos enfiados nos seus cabelos louros. Como ela viu, sabe, apesar de ele agora estar nu, que é o mesmo homem que havia fotografado mais cedo, na festa cheia de gente, pois por um acaso ele está agora com a mesma expressão, meio de lado, surpreso com a luz que revela seu corpo no escuro. O farol do carro desliza para o canto do quarto e depois desaparece.

Então tudo fica escuro. Ele não sabe se deve se mexer, se ela vai cochichar para o homem trepando com ela, e acusar a presença de outro homem no quarto. Um ladrão nu. Um assassino nu. Será que ele deveria se aproximar — as mãos estendidas para quebrar um pescoço — do casal na cama? Ouve o homem prosseguir sua função, ouve o silêncio da mulher — nenhum sussurro —, ouve a mulher pensando, os olhos dela dirigidos para ele no escuro. A palavra devia ser *pensemendando*. O pensamento de Caravaggio escapole para examinar isso, algumas sílabas a mais para sugerir alguém juntando as peças soltas de uma idéia, como se estivesse emendando uma bicicleta inacabada. Palavras são coisinhas difíceis, dizia um amigo dele, muito mais difíceis do que os violinos. Sua mente recorda o cabelo louro da mulher, a fita preta.

Ouve o carro fazendo a volta e espera um outro momento de luz. O rosto que emerge no escuro é ainda uma seta apontada contra ele. A luz passa do rosto dela para o corpo do general, para o tapete, e depois toca e desliza por sobre Caravaggio uma vez mais. Já não pode mais enxergar a mulher. Balança a cabeça e, com o dedo, imita o movimento de uma faca cortando seu pescoço. Tem a câmara nas mãos para que ela compreenda. Em seguida volta a ficar no escuro. Ouve a mulher dar um gemido de prazer para o seu amante, e entende ser o sinal de que ela está de acordo. Sem palavras, sem sinais de ironia, apenas um contrato com ele, o código morse do entendimento, e assim sabe que pode ir a salvo agora para a varanda e fugir de um salto para dentro da noite.

Encontrar o quarto da mulher tinha sido mais difícil. Ele entrara na villa e passara em silêncio pelos murais do século dezessete na penumbra dos corredores. Em algum ponto por ali ficavam os quartos, como bolsos escuros em um terno dourado. O único modo de passar pelos guardas era se fazer de bobo. Ele havia se despido completamente e deixou as roupas num canteiro de flores.

Sobe a escada em passos furtivos até o segundo andar, onde ficam os guardas, o corpo encolhido para rir com alguma privacidade, e assim seu rosto baixa quase à altura dos quadris, cutuca os guardas com o cotovelo num gesto de entendimento, indicando que tinha algum encontro noturno, *al fresco*, era assim que se dizia? Ou sedução *a cappella*?

Um salão comprido no terceiro andar. Um guarda na escada e outro na extremidade oposta, dezoito metros dali, metros demais. Portanto, uma longa caminhada teatral, e Caravaggio tendo que levar adiante a encenação, observado com suspeita e escárnio pelos sentinelas, como dois aparadores de livros, aquele passinho desengonçado, detendo-se num trecho do mural pintado para espiar a figura de um burro num arvoredo. Recosta a cabeça na parede, quase caindo de sono, depois volta a andar, tropeça e logo em seguida se apruma em passos de marcha militar. Sua desgarrada mão esquerda acena para os querubins no teto, de bundinhas peladas, como ele, o cumprimento de um ladrão, um breve rodopio de valsa enquanto a cena do mural desliza aleatoriamente a seu redor, castelos, cúpulas em preto e branco, santos enaltecidos nesta terça-feira em plena guerra, a fim de salvar seu disfarce e sua vida. Caravaggio deixa a brincadeira de lado para procurar a sua fotógrafa.

Bate de leve em seu peito nu como se estivesse procurando o seu passe, segura o pênis e finge que o usa como uma chave para entrar no quarto vigiado pelo guarda. Rindo, recua cambaleante, aborrecido com seu lamentável fracasso, e cantarolando entre dentes se esgueira para dentro do quarto ao lado.

Abre a janela e salta para a varanda. Uma noite escura, maravilhosa. Depois se pendura e balança o corpo para cair na varanda do andar debaixo. Agora já pode entrar no quarto de Anna e do seu general. Nada mais que um perfume entre eles. Pés sem pegadas. Sem sombra. A história que ele contara a uma criança anos atrás sobre a pessoa que procurava sua própria sombra — assim como ele agora procura a sua própria imagem num pedaço de filme.

No quarto, logo percebe o início dos movimentos do sexo. As mãos entram nas roupas da mulher, largadas nas costas da cadeira, caídas no chão. Ele se deita e rola pelo tapete tentando sentir algo duro como uma câmara, apalpando a pele do quarto. Rola em silêncio, no movimento de um ventilador, e nada encontra. Não há sequer um grão de luz.

Fica em pé e lentamente move os braços estendidos para a frente, toca um peito de mulher feito de mármore. Desliza a mão por outra mão de pedra — entende agora o modo como a mulher pensa — onde uma câmara se acha pendurada pela alça. Depois ouve o veículo e, ao mesmo tempo que se vira, é visto pela mulher no repentino jato de luz do farol do carro.

Caravaggio observa Hana, que está sentada diante dele, olhando para os seus olhos, tentando ler neles, tentando capturar o fluxo do seu pensamento do mesmo modo que sua esposa costumava fazer. Observa a moça farejando nele, buscando algum vestígio. Caravaggio esconde bem fundo o que ela procura e olha de volta para Hana, ciente da perfeição de seus olhos, claros como a água de um rio, irrepreensíveis como uma paisagem. Sabe que as pessoas se perdem em seus olhos e ele é capaz de se esconder muito bem ali. Mas a moça o observa com ar de troça, inclinando a cabeça numa interrogação como faria um cachorro ao receber um comando numa voz ou num timbre não humanos. Ela está sentada na frente dele, diante das paredes vermelhas, cor de sangue, cuja tonalidade Caravaggio não aprecia, com seus cabelos pretos e com aquele olhar, astuto, cor de azeitona curtida com toda a luz desta terra, ela o faz lembrar sua esposa. Hoje em dia já não pensa mais em sua esposa, embora saiba que pode se voltar para o passado e evocar cada gesto dela, descrever seus menores detalhes, o peso da sua mão no seu peito durante a noite.

Ele está sentado com as mãos embaixo da mesa, observando a moça comer. Ainda prefere comer sozinho, embora sempre fique na mesa com Hana durante as refeições. Vaidade, ele acha. Vaidade mortal. Por uma janela, ela o viu comendo com as mãos, sentado em um dos trinta e seis degraus que vão dar na capela, nem garfo nem faca, como se estivesse aprendendo a comer como as pessoas no Oriente. No cinzento da sua barba por fazer, na sua jaqueta escura, ela finalmente enxerga nele o italiano. Percebe isso cada vez mais.

Ele observa a silhueta escura da moça contra as paredes marrom-avermelhadas, sua pele, seu cabelo escuro tosquiado. Ele conhecera Hana e seu pai em Toronto antes da guerra. Depois virou ladrão, um homem casado, se esgueirando pelo mundo que escolhera com uma confiança indolente, um gênio do embuste contra os ricos, ou da sedução com sua esposa Giannetta ou com esta jovem filha de um amigo.

Mas agora mal existe um mundo ao redor deles e os dois se vêem atirados para dentro de si mesmos. Durante aqueles dias na aldeia da montanha, perto de Florença, dentro de casa nos dias de chuva, sonhando de olhos abertos na cadeira macia na cozinha ou na cama ou no telhado, ele não faz plano algum para pôr em ação, interessado apenas em Hana. E parece que ela se acorrentou ao homem agonizante no andar de cima.

Nas refeições, fica sentado diante dessa moça e a observa comer.

Meio ano antes, de uma janela na extremidade do salão comprido no Hospital Santa Chiara, em Pisa, Hana pôde ver um leão branco. Estava de pé, sozinho, em cima das ameias, unido pela cor ao mármore branco do Duomo e do Camposanto, embora por sua feição ingênua e rústica parecesse parte de uma outra era. Como uma dádiva do passado que tivesse de ser aceita. E ela o aceitou mais do que qualquer outra coisa no hospital. À meia-noite ela olhava pela janela e sabia que o leão persistia ali no blecaute após o toque de recolher e que ia emergir, assim como ela, no turno da manhã. Olhava às cinco ou às cinco e meia e depois às seis para ver sua silhueta e os detalhes que iam surgindo. Toda noite era ele o seu sentinela, enquanto andava entre os pacientes. Apesar de todo o bombardeio, o exército o deixara ali, muito mais preocupado com o resto do formidável conjunto arquitetônico — com a louca coerência de uma torre inclinada, como uma pessoa em estado de choque em conseqüência do barulho de uma bomba.

Construíram seu hospital no terreno de um antigo monastério. Os arbustos esculpidos ao longo de milhares de anos por monges excessivamente cuidadosos já não permitiam identificar a figura de nenhum animal, e durante o dia as enfermeiras empurravam os pacientes em cadeiras de rodas por entre aquelas formas perdidas. Dava a impressão de que apenas a pedra branca era permanente.

Também as enfermeiras acabaram traumatizadas com a morte a seu redor. Ou bastavam coisas miúdas como uma carta. Levavam um braço amputado de uma sala para outra, ou limpavam um sangue que nunca parava de jorrar, como se a ferida fosse uma fonte, e passavam a não acreditar em mais nada, não confiar em nada. Elas sucumbiam, do mesmo modo que o homem encarregado de desmontar uma mina sucumbia no segundo em que a sua geografia ia pelos ares. O modo como Hana sucumbiu no Hospital Santa Chiara quando um oficial atravessou uma distância de cem camas e lhe entregou a carta que comunicava a morte de seu pai.

Um leão branco.

Foi algum tempo depois disso que o paciente inglês cruzou no seu caminho — alguém semelhante a um animal queimado, endurecido e escuro, um poço para ela. E agora, meses mais tarde, é ele o seu último paciente na Villa San Girolamo, a guerra encerrada para eles, ambos se recusando a voltar com os demais para a segurança dos hospitais de Pisa. Todos os portos do litoral, como Sorrento e Marina di Pisa, se acham agora repletos de tropas americanas e inglesas, à espera da hora de ir para casa. Mas Hana lavou seu uniforme, dobrou-o e o devolveu às enfermeiras que se retiravam. A guerra não terminou em toda parte, explicaram a ela. A guerra acabou. A guerra acabou. A guerra aqui. Avisaram que isso seria o mesmo que deserção. Não é deserção. Vou ficar aqui. Advertiram-na sobre o perigo das minas ainda não desarmadas, sobre a escassez de água e comida. Foi para o andar de cima ficar com o homem queimado, o paciente inglês, e lhe disse que ia ficar ali também.

Ele nada respondeu, sem poder virar a cabeça na direção dela, mas seus dedos deslizaram para dentro da sua mão branca, e quando ela se inclinou na sua direção ele enfiou os dedos escuros nos cabelos da moça e sentiu o frio correr na calha entre seus dedos.

Quantos anos você tem?

Vinte.

Houve uma vez um duque, ele contou, que quando estava morrendo pediu para ser carregado até o meio da Torre de Pisa para que pudesse morrer olhando uma paisagem do ângulo que os pintores chamam plano médio.

Um amigo do meu pai queria morrer dançando xangai. Não sei o que é isso. Ele ouviu falar disso em algum lugar.

O que o seu pai faz?

Ele... ele está na guerra.

Você também está na guerra.

Ela não sabia nada sobre o paciente. Mesmo após um mês cuidando dele, separando as agulhas para injetar morfina. No princípio, havia timidez nos dois, que se tornava mais evidente pelo fato de agora se acharem sozinhos. Então de repente isso foi superado. Os pacientes, os médicos, as enfermeiras, o equipamento, os lençóis, as toalhas — tudo se foi montanha abaixo para Florença e depois para Pisa. Ela havia guardado pastilhas de codeína, além da morfina. Observava a retirada, a fila de caminhões. Adeus, então. Acenou de sua janela, depois puxou as venezianas até se fecharem.

Atrás da villa, uma muralha de pedra se erguia mais alta do que a casa. A oeste do prédio, ficava um jardim comprido e fechado, e trinta quilômetros adiante se estendia o tapete da cidade de Florença, que muitas vezes sumiu encoberto pela neblina do vale. Corria a história de que um dos generais instalados na antiga villa dos Medici ali perto havia comido um rouxinol.

A Villa San Girolamo, construída para proteger os seus habitantes da carne do demônio, tinha o aspecto de uma fortaleza sitiada, os membros da maioria das estátuas arrancados durante os primeiros dias de bombardeio. Parecia tênue a fronteira entre a casa e a paisagem, entre o prédio danificado e os destroços da terra atingida por incêndios e explosões. Para Hana, os jardins selvagens eram como outros quartos. Ela trabalhava em seus limites sempre ciente de que havia ainda minas não detonadas. Numa área de solo rico ao lado da casa, ela começou a trabalhar a terra com uma paixão feroz, só possível a alguém criado na cidade. Apesar da terra queimada, apesar da escassez de água. Um dia haveria ali um caramanchão de limeiras, aposentos de luz esverdeada.

* * *

Caravaggio entrou na cozinha e encontrou Hana encolhida sobre a mesa. Não dava para ver seu rosto nem seus braços, dobrados sob o corpo, apenas as costas nuas, os ombros nus.

Não estava adormecida nem imóvel. A cada estremecimento, sua cabeça se agitava sobre a mesa.

Caravaggio ficou ali de pé. Quando a gente chora perde mais energia do que durante qualquer outra atividade. Ainda não era hora do sol nascer. O rosto dela contra a escuridão da madeira da mesa.

— Hana — ele disse, e ela se fez imóvel como se fosse possível se camuflar na imobilidade.

— Hana.

Ela começou a gemer de modo que o som se tornasse uma barreira entre eles, um rio impedindo que fosse alcançada.

A princípio ele ficou em dúvida se devia tocá-la em sua nudez, disse "Hana", e em seguida pôs a mão enfaixada no seu ombro. Ela não parou de mexer. A dor mais funda, ele pensou. Onde o único jeito de sobreviver é desenterrar tudo.

Ela se levantou, a cabeça ainda abaixada, depois se pôs de pé diante dele como se estivesse se descolando do ímã da mesa.

— Não encoste em mim se você vai tentar transar comigo.

A pele pálida acima da saia, que era toda sua roupa nessa cozinha, como se tivesse se levantado da cama vestida pela metade e tivesse vindo para cá, o ar frio da montanha entrando pela porta da cozinha e agasalhando-a.

Seu rosto estava vermelho e molhado.

— Hana.

— Você compreende?

— Por que você adora tanto esse homem?

— Eu o amo.

— Você não ama, você o adora.

— Vá embora, Caravaggio. Por favor.

— Você se prendeu a um cadáver por algum motivo.

— Ele é um santo. Eu acho. Um santo desesperado. Existem essas coisas, não é? Nosso desejo é protegê-las.

— Ele nem se importa!

— Eu posso amá-lo.

— Uma moça de vinte anos que deixa o mundo para trás para amar um fantasma!

Caravaggio fez uma pausa.

— Você precisa se proteger da tristeza. A tristeza fica muito perto do ódio. Escute o que estou falando. É uma coisa que aprendi. Se você toma o veneno de outra pessoa, achando que pode curar essa pessoa partilhando o veneno, o que acontece é que o veneno fica dentro de você, guardado. Aqueles homens no deserto eram mais espertos do que você. Perceberam que ele podia ser útil. Assim, o salvaram, mas quando já não podia mais ser útil eles o mandaram embora.

— Vá embora.

Quando ela fica sozinha, se senta, sentindo o nervo no tornozelo enfraquecido com o esforço de capinar no bosque. Descasca uma ameixa colhida no bosque, que ela trouxe no bolso do seu vestido de algodão escuro. Quando fica sozinha, tenta imaginar quem virá pela estrada antiga sob o capuz verde dos dezoito ciprestes.

Quando o inglês acorda, ela se inclina sobre o seu corpo e põe um terço da ameixa dentro da sua boca. A boca fica aberta, sustentando a ameixa como se fosse água, sem mexer a mandíbula. Ele parece que vai gritar de tanto prazer. Ela pode sentir a ameixa sendo engolida.

Ele ergue a mão e enxuga as gotinhas que ficaram no lábio, que a língua não alcança, e mete o dedo na boca para chupar. Vou contar a você uma coisa sobre as ameixas. Quando eu era menino...

* * *

Após as primeiras noites, depois que a maior parte dos leitos tinham sido usados como lenha contra o frio, ela pegou uma rede de um homem que tinha morrido e passou a usá-la. Enfiava pregos na parede que bem entendesse, no quarto em que desejasse acordar, flutuando acima de toda a imundície, da cordite e da água empoçada no chão, das ratazanas que começaram a aparecer vindas do terceiro andar. Toda noite ela galgava para dentro da rede cáqui, fantasmagórica, roubada de algum soldado morto, alguém que morrera sob os seus cuidados.

Um par de tênis e uma rede. Tudo o que tomara dos outros nessa guerra. Ela acordava com a luz da lua deslizando pelo teto, embrulhada na camisa velha com que sempre dormia, sua roupa pendurada num gancho atrás da porta. Agora estava mais quente e ela podia dormir assim. Antes, quando fez frio, tiveram que queimar coisas.

Sua rede, seus tênis e sua manta. Estava segura no mundo em miniatura que construíra; os dois outros homens pareciam planetas distantes, cada um na sua esfera de memória e solidão. Caravaggio, que tinha sido o gregário amigo do seu pai no Canadá, naquele tempo só precisava ficar parado, sem fazer nada, para provocar o maior estrago na caravana de mulheres desesperadas que ele parecia ir deixando para trás. Agora fica deitado no escuro. Tinha sido um ladrão que se recusou a trabalhar com homens porque não confiava neles, que conversava com homens, mas preferia conversar com mulheres e quando começava a conversar com mulheres num instante acabava colhido nas redes de algum relacionamento afetivo. Quando ela se esgueirava para casa nas primeiras horas da manhã, o encontrava adormecido na poltrona de seu pai, exausto com seus furtos profissionais ou pessoais.

Ela pensava em Caravaggio — existem pessoas que é preciso abraçar, de um jeito ou de outro, cravar os dentes no corpo para não enlouquecer na companhia delas. Era preciso agarrar o cabelo delas e segurá-lo como se fosse um salva-vidas para que essas pessoas puxassem a gente ao seu encontro. Caso contrário, viriam andando distraídas pela rua na sua direção e quando estavam quase a ponto de cumprimentar a gente, pulavam um muro e desapareciam durante meses. Como um devedor que se esconde e fica sumido.

Bastava Caravaggio pegar alguém em seus braços, suas asas, para deixar a pessoa perturbada. Com ele, a gente era abraçada a fundo. Mas agora ele fica deitado no escuro, como ela, em algum posto avançado da casa imensa. Portanto havia o Caravaggio. E havia o inglês do deserto.

Ao longo da guerra, com todos os seus pacientes mais graves, ela sobrevivia mantendo uma frieza oculta em seu papel de enfermeira. Vou sobreviver a isso tudo. Não vou enlouquecer. Eram frases enterradas ao longo de toda a sua guerra, ao longo de todas as cidades por onde se esgueiravam e que atravessavam furtivamente, Urbino, Anghiari, Monterchi, até que entraram em Florença e foram mais além até alcançarem o outro mar, perto de Pisa.

No hospital de Pisa, viu o paciente inglês pela primeira vez. Um homem sem rosto. Um poço de ébano. Todos os sinais de identificação consumidos pelo fogo. Partes de seu corpo e de seu rosto queimados haviam sido aspergidas com ácido tânico, que endurecia formando uma casca protetora sobre sua pele em carne viva. A área ao redor dos olhos estava revestida por uma camada espessa de violeta de genciana. Nada havia nele que permitisse o reconhecimento.

Às vezes Hana apanha vários cobertores e deita sob eles, apreciando mais o seu peso do que o calor que proporcionam. E quando a luz da lua desliza sobre o teto, ela acorda e fica deitada na rede, o pensamento patinando. Acha que ficar deitada resistindo ao sono é o estado de prazer mais verdadeiro. Se fosse uma escritora, traria para a cama seus lápis e cadernos favoritos e mais o seu gato, a fim de escrever ali mesmo. Estranhos e amantes nunca passariam pela porta trancada.

Repousar significava receber todos os aspectos do mundo sem julgamento. Um banho de mar, trepar com um soldado que nunca vai saber nem o seu nome. Ternura com o desconhecido e anônimo, que era ternura consigo mesma.

Suas pernas se mexem sob o peso dos cobertores militares. Ela nada em sua lã como o paciente inglês se mexia na sua roupa placenta.

O que faz falta aqui é a lentidão do crepúsculo, o ruído familiar das árvores. Durante sua juventude em Toronto, aprendera a ler a noite de verão. Era onde Hana podia ser ela mesma, deitada numa cama, escapulindo com um gato nos braços para a escada de incêndio, semi-adormecida.

Na infância, sua escola foi Caravaggio. Ele a ensinou a dar o salto mortal. Agora, com as mãos sempre enfiadas nos bolsos, ele se limita a fazer trejeitos com os ombros. Quem sabe em que países ele foi viver por causa da guerra? Hana foi treinada no Hospital-Escola de Mulheres e depois enviada para o outro lado do oceano durante a invasão da Sicília. Isso foi em 1943. A Primeira Divisão de Infantaria Canadense abria caminho pelo território da Itália, e os corpos destruídos eram devolvidos aos hospitais de campanha como se fossem punhados de lama que os mineiros tivessem escavado da terra no escuro. Depois da batalha de Arezzo, quando a linha de frente das tropas recuou, ela se viu cercada dia e noite pelas feridas dos soldados. Após três dias sem repousar, afinal deitou-se no chão, ao lado de um colchão onde alguém jazia morto, e dormiu por doze horas, fechando os olhos para o mundo a sua volta.

Quando acordou, pegou uma tesoura de dentro de um vaso de porcelana, inclinou-se e começou a cortar o cabelo, sem ligar para o comprimento ou a aparência, só cortando — a irritação da presença do cabelo durante os dias precedentes ainda no pensamento — quando tinha se inclinado para a frente e a ponta do seu cabelo tocara o sangue numa ferida aberta. Nada queria ter que a ligasse, que a aprisionasse à morte. Prendeu o restante dos cabelos para garantir que nenhum fio fugisse e encarou outra vez o aposento repleto de gente ferida.

Nunca mais se olhou em espelhos. À medida que a guerra ia se tornando mais sombria, foi recebendo informações sobre a morte de pessoas que havia conhecido. Tinha medo de um dia, ao remover o sangue do rosto de um paciente, descobrir o seu pai ou alguém que lhe tivesse servido comida num balcão na avenida Danforth. Foi se tornando áspera consigo mesma e com os pacientes. Razão era a única coisa que os podia salvar, e não havia razão em parte alguma. O termômetro de sangue subia em todo o país. A essa altura, onde estava e o que era Toronto em sua mente? Isso era uma ópera de traições. As pessoas iam ficando insensíveis com os outros a sua volta — soldados, médicos, enfermeiras, civis. Hana se debruçava sobre os ferimentos que mais a comoviam, a boca sussurrando para os soldados.

Chamava todo mundo de "meu chapa", e ria com a canção que dizia assim:

Toda vez que via Franklin Delano de capa
Ele sempre me dizia "Oi, meu chapa".

Enxugava braços que não paravam de sangrar. Removia tantos estilhaços de granada que tinha impressão de carregar toneladas de metal para fora do enorme corpo humano de que cuidava enquanto o exército seguia para o norte. Certa noite, quando um dos pacientes morreu, ela ignorou todos os regulamentos e pegou o par de tênis que ele tinha guardado no saco dos seus pertences e calçou. Ficou um pouco grande, mas se sentiu confortável.

Seu rosto se tornou mais duro e mais seco, o rosto que Caravaggio mais tarde iria encontrar. Estava magra, sobretudo em razão do cansaço. Sempre sentia fome e seu cansaço era mais feroz quando tinha que alimentar um paciente que não podia ou não queria comer, vendo o pão se esfarelar, a sopa fria, a sopa que ela desejava engolir bem ligeiro. Nada desejava de exótico, só pão, carne. Uma das cidades tinha uma padaria anexa ao hospital e nas suas horas livres ela se metia entre os padeiros, inalando a farinha e a promessa de comida. Mais tarde, quando estavam a leste de Roma, alguém lhe deu de presente um girassol.

Era estranho dormir nas basílicas ou nos monastérios, ou onde quer que alojassem os feridos, sempre avançando para o norte. Ela cortava a pequena bandeira de papelão no pé da cama quando alguém morria, de modo que os serventes pudessem saber vendo de longe. Depois ela saía do pesado prédio de pedra e caminhava ao ar livre da primavera, do inverno ou do verão, estações que pareciam algo arcaico, como velhos cavalheiros aristocráticos sentados enquanto corria a guerra. Ia para o ar livre não importa o tempo que fizesse lá fora. Queria um ar sem nenhum cheiro de coisa humana, queria o luar ainda que misturado com uma tempestade.

Alô meu chapa, até logo meu chapa. Cuidar de alguém durava pouco. Um contrato que durava só até a morte. Nada em seu espírito ou em seu passado lhe ensinara a ser enfermeira. Mas cortar o cabelo foi um contrato, e durou até acamparem na Villa San Girolamo, ao norte de Florença. Aqui havia mais quatro enfermeiras, dois médicos, cem pacientes. A guerra na Itália se afastava para o norte e eles eram o que tinha sido deixado para trás.

Depois, durante as comemorações de alguma vitória local, um tanto melancólica nessa aldeia da montanha, Hana disse que não ia para Florença nem para Roma nem para qualquer outro hospital, sua guerra tinha terminado. Ficaria com o homem queimado a quem chamavam "o paciente inglês", o qual, e isso agora estava bem claro para ela, não poderia ser jamais transportado em razão da fragilidade de seus membros. Poria beladona nos olhos dele, lhe daria banhos salgados para as cicatrizes da pele, as vastas queimaduras. Avisaram que o hospital não era seguro — o convento de freiras serviu de defesa para os alemães durante meses, atacado com granadas e lança-chamas pelos aliados. Não deixariam nada para ela, não teria como se defender dos salteadores. Ela se recusou a partir assim mesmo, tirou seu uniforme de enfermeira, se enrolou no camisolão de algodão estampado que trazia consigo há meses e sua roupa era isso mais o par de tênis. Retirou-se da guerra. Tinha andado para um lado e outro conforme eles mandaram. Até que as freiras reivindicassem a propriedade, ela ficaria nessa villa com o inglês. Havia algo naquele homem que ela desejava saber, apreender, e se esconder lá dentro, um lugar onde pudesse fugir da obrigação de se tornar adulta. Havia uma certa valsa no jeito que ele tinha de falar com ela e no jeito de pensar. Queria salvá-lo, esse homem sem nome, quase sem rosto, um dos duzentos homens, mais ou menos, de que teve de cuidar durante a invasão do norte.

Com sua roupa estampada, ela se afastou da comemoração. Foi para o quarto que dividia com as outras enfermeiras e sentou-se. Algo brilhante piscou em seu olho quando sentou, e viu de relance um espelhinho redondo. Levantou-se devagar e se aproximou dele. Era bem pequeno, mas ainda assim parecia um luxo. Ela se recusava a olhar para si mesma há mais de um ano, de vez em quando apenas a sua sombra nas paredes. O espelho só revelou a sua bochecha, teve de recuar a distância de um braço, sua mão tremendo. Contemplou o pequeno retrato dela mesma como se estivesse dentro de um broche. Ela. Através da janela vinha o barulho dos pacientes sendo levados para o sol em suas cadeiras, rindo e conversando com os funcionários. Só os casos mais graves ficavam dentro dos quartos. Ela sorriu com isso. Oi, meu chapa, disse. Espiou os seus próprios olhos tentando reconhecer a si mesma.

* * *

Escuridão entre Hana e Caravaggio enquanto caminhavam pelo jardim. Agora ele começa a falar com a sua conhecida voz arrastada.

— Era o aniversário de alguém, tarde da noite na avenida Danforth. O restaurante Night Crawler. Lembra, Hana? Todo mundo tinha que levantar e cantar uma música. Seu pai, eu, Giannetta, os amigos, e você disse que também queria, pela primeira vez. Você ainda estava na escola e tinha aprendido a canção numa aula de francês. Você foi muito formal, ficou de pé no banco e depois deu mais um passo para cima da mesa de madeira no meio dos pratos e das velas acesas. *Alonsan fan!* Cantou bem alto, com a mão esquerda no coração. *Alonsan fan!* Metade das pessoas ali não tinham a menor idéia do que você estava cantando, e talvez até nem você soubesse direito o que as palavras significavam, mas sabia sobre o que a música falava. A brisa da janela fazia o seu vestido balançar e aí quase encostou numa vela e seus tornozelos cintilaram brancos no bar. Os olhos do seu pai pregados em você, como um milagre nessa língua nova, a causa proclamada com tanta clareza, perfeita, sem hesitações, e as velas dando guinadas, sem tocar seu vestido, mas quase tocando. Ficamos de pé no final e você saiu da mesa direto para os braços do seu pai.

— Eu podia tirar as ataduras das suas mãos. Sabe, eu *sou* uma enfermeira.

— Elas são confortáveis. Como luvas.

— Como aconteceu?
— Fui apanhado pulando da janela de uma mulher. Aquela mulher de quem lhe falei, que tirou a fotografia. Não foi culpa dela.
Hana aperta o seu braço, comprimindo o músculo.
— Deixe-me tirar.
Ela puxa as mãos enfaixadas para fora dos bolsos do casaco. Tinha visto as mãos dele cinzentas na luz do dia, mas nesta luz elas ficam quase luminosas.

À medida que Hana vai soltando as ataduras, ele recua, o branco saindo de seus braços como se ele fosse um mágico, até que fica livre delas. Hana chega perto do tio da sua infância, vê os olhos dele tentando captar o seu olhar a fim de adiar esse momento, e assim ela não enxerga nada senão os seus olhos.

As mãos de Caravaggio juntas como uma tigela humana. Hana traz essas mãos para si enquanto aproxima a cabeça do rosto dele e se aninha ali no seu pescoço. Aquilo que ela segura parece firme, curado.

— Eu tive que negociar com eles para que me soltassem.
— Como fez isso?
— Eu era um homem de muitas habilidades.
— Ah, eu lembro. Não, não se mexa. Não se afaste de mim.
— É uma época esquisita essa, o final da guerra.
— É sim. Uma fase de adaptação.
— Sim.

Caravaggio ergue as mãos como se fosse colher nelas a lua crescente.
— Cortaram os dedões, Hana. Está vendo?
Põe as mãos diante dela. Mostrando claramente o que Hana tinha visto de relance. Ele vira as mãos de um lado e outro como se fosse para deixar claro que não havia nenhum truque, que o que parece uma guelra é o lugar de onde o dedão foi arrancado. Estende a mão na direção da blusa de Hana.

Ela sente a roupa ser levantada logo abaixo do seu ombro quando Caravaggio segura o tecido com dois dedos e puxa de leve na direção dele.
— É assim que eu toco no algodão.
— Quando eu era criança sempre pensava em você como o Pimpinela Escarlate, e nos meus sonhos eu saía pelos telhados de noite a seu lado. Você vinha para casa trazendo para mim comida fria nos bolsos, caixinhas de caneta, partituras de músicas de piano.

Hana falava na escuridão do seu rosto, uma sombra de folhas banhando sua boca como um tecido rendado.
— Você gostava de mulheres, não é? Gostava delas.
— Gosto delas. Por que o verbo no passado?
Caravaggio move a cabeça e a renda das folhas desaba de seu rosto.
— Você era como aqueles artistas que só pintavam de noite, a única

luz acesa na rua. Como os catadores de minhoca com uma latinha velha de café presa no tornozelo e a lanterna no capacete disparando luz para dentro da grama. Em todos os parques da cidade. Você me levou àquele lugar, o bar onde eles vendem as minhocas. Era como uma Bolsa de Valores, você explicou, onde o preço das minhocas fica subindo e caindo, cinco centavos, dez centavos. As pessoas faziam fortuna ou iam à ruína. Lembra?

— Sim.
— Vamos voltar, está ficando frio.
— Os maiores batedores de carteira nasceram com os dedos médio e anular quase do mesmo comprimento. Não precisam ir muito fundo no bolso. A enorme distância de meio centímetro!

Seguem na direção da casa, passando embaixo das árvores.
— Quem fez isso com você?
— Arranjaram uma mulher para o serviço. Acharam que seria mais interessante. Trouxeram uma das enfermeiras. Meus pulsos algemados aos pés de uma mesa. Quando cortaram meus dedões, minhas mãos se livraram das algemas sem nenhum esforço. Como um desejo que se realiza num sonho. Mas o homem que a tinha chamado, ele é que estava no comando, ele era o chefe. Ranuccio Tommasoni. A enfermeira era uma inocente, nada sabia a meu respeito, meu nome, minha nacionalidade ou o que eu tinha feito.

Quando entraram, o paciente inglês estava gritando. Hana se separou de Caravaggio e ele a viu sair correndo escada acima, os tênis rebrilhando enquanto ela subia e fazia a curva seguindo o corrimão.

A voz enchia os salões. Caravaggio foi até a cozinha, partiu um pedaço de pão e foi atrás de Hana, subindo os degraus da escada. À medida que se aproximava do quarto, os gritos iam ficando mais frenéticos. Quando entrou, o inglês estava fitando um cachorro — a cabeça do cachorro voltada para trás como se estivesse atônito com a gritaria. Hana olhou para Caravaggio e deu um sorriso forçado.

— Eu não vejo um cachorro há *anos*. Durante a guerra toda não vi nenhum cachorro.

Ela se agachou e abraçou o animal, sentindo o cheiro do seu pêlo e o aroma do mato da montanha entranhado nele. Mandou o cachorro na direção de Caravaggio, que lhe oferecia o naco de pão. O inglês viu Caravaggio e sua mandíbula baixou. Deve ter tido a impressão de que o cachorro — agora encoberto pelas costas de Hana — havia se transformado em um homem. Caravaggio pegou o cachorro nos braços e saiu do quarto.

Andei pensando, disse o paciente inglês, que este deve ser o quarto de Poliziano. Esta villa em que estamos deve ter sido dele. É a água que vem daquele muro, aquela velha fonte. É um quarto famoso. Todos eles se reuniam aqui.

Era um hospital, ela explicou com calma. Antes disso, muito antes, foi um convento de freiras. Depois os soldados o ocuparam.

Acho que esta era a Villa Bruscoli. Poliziano, o grande protegido de Lorenzo. Estou falando de 1483. Em Florença, na Igreja da Santa Trinità, você pode ver a pintura dos Medicis com Poliziano em primeiro plano, com uma capa vermelha. Um homem brilhante, terrível. Um gênio que abriu à força seu caminho na sociedade.

Passava muito da meia-noite quando ele acordou de novo.

Muito bem, me ensine, ela pensou, me leve para algum lugar. Seu pensamento ainda nas mãos de Caravaggio. Caravaggio, que a essa altura se achava dando comida para o cachorro perdido, alguma coisa apanhada da cozinha da Villa Bruscoli, se era esse mesmo seu nome.

Era uma vida desgraçada. Adagas e políticos e chapéus de três bicos e meias acolchoadas e perucas. Perucas de seda! É claro que Savonarola veio mais tarde, não muito mais tarde, e teve a sua Fogueira das Vaidades. Poliziano traduziu Homero. Escreveu um grande poema sobre Simonetta Vespucci. Conhece?

Não, respondeu Hana, rindo.

Há pinturas dela espalhadas por toda Florença. Morreu de consumpção aos vinte e três anos. Ele a fez famosa com *Le Stanze per la Giostra* e depois Botticelli pintou cenas do poema. Leonardo pintou cenas do poema. Todo dia Poliziano dissertava duas horas em latim de manhã e duas horas em grego à tarde. Tinha um amigo chamado Pico della Mirandola, um tremendo mundano que subitamente se converteu e se aliou a Savonarola.

Era esse o meu apelido quando eu era criança, Pico.

Sim, acho que muita coisa aconteceu aqui. Essa fonte no muro. Pico, Lorenzo, Poliziano e o jovem Michelangelo. Eles traziam nas mãos o novo mundo e o velho mundo. A biblioteca andava à caça dos quatro últimos livros de Cícero. Importaram uma girafa, um rinoceronte, um dodo. Toscanelli desenhou mapas do mundo baseados nas cartas dos mercadores. Sentavam-se neste quarto com um busto de Platão e discutiam a noite inteira.

E então veio da rua o clamor de Savonarola: *"Arrependam-se! O dilúvio está próximo!"* E tudo foi arrasado: o livre-arbítrio, o desejo de ser elegante, a fama, o direito de cultuar Platão assim como Cristo. Agora eram as fogueiras, queimar as perucas, os livros, as peles de animais, os mapas. Mais de quatrocentos anos depois, os túmulos foram abertos. Os ossos de Pico foram preservados. Os de Poliziano tinham virado pó.

Hana ouvia enquanto o inglês virava as páginas do seu livro de citações e lia as informações coladas nele, extraídas de outros livros — sobre grandes mapas perdidos nas fogueiras e o fogo ateado à estátua de Platão, cujo mármore foi se escamando com o calor, as rachaduras atravessando a sabedoria como as informações precisas atravessavam o vale quando Poliziano ficava de pé no gramado nas montanhas farejando o futuro. Pico estava lá embaixo, em algum lugar, na sua cela cinzenta, olhando para tudo com o terceiro olho da salvação.

Pôs um pouco de água numa tigela para o cachorro. Um vira-lata velho, mais velho do que a guerra.

Sentou-se com a garrafa de vinho que os monges do monastério haviam dado para Hana. Era a casa de Hana e ele se movia com cuidado, sem desarrumar nada. Notou sua civilidade nas florzinhas selvagens, pequenos presentes para si mesma. Até no mato crescido do jardim achava um metro quadrado de grama aparada com tesoura de enfermagem. Se fosse um homem mais jovem, teria se apaixonado com isso.

Já não era jovem. Como ela o via? Com seus ferimentos, sua falta de equilíbrio, os cachos grisalhos na nuca. Nunca se imaginara um homem com sentido de idade e de sabedoria. Todos ficaram mais velhos, mas ele ainda não sentia em si a sabedoria que acompanha a idade.

Ficou de cócoras para observar o cachorro bebendo e quando tentou recuperar o equilíbrio era tarde demais, agarrando a mesa, virando a garrafa de vinho.

Seu nome é David Caravaggio, certo?

Tinham algemado suas mãos aos pés grossos de uma mesa de carvalho. A certa altura ele se pôs de pé abraçado com a mesa, sangue escorrendo da mão esquerda, e tentou correr com ela pela porta estreita e caiu. A mulher se deteve, largando a faca, recusando-se a continuar. A gaveta da mesa se abriu e bateu de encontro ao peito de Caravaggio, com tudo o que continha, e ele pensou quem sabe tinha uma arma que pudesse usar. Depois Ranuccio Tommasoni pegou a lâmina e veio em sua direção. *Caravaggio, certo?* Ele ainda não tinha certeza.

Deitado sob a mesa, o sangue das mãos caía no seu rosto e de repente pensou com mais clareza e tirou a algema do pé da mesa, atirando a cadeira para longe para afogar a dor e em seguida se inclinando para o lado esquerdo para se soltar da outra algema. O sangue agora estava por toda parte. Suas mãos ainda inúteis. Depois, durante meses, via-se com os olhos fixos no dedão das pessoas, como se a única mudança trazida pelo incidente fosse a inveja. Mas o fato havia produzido idade, como se durante a noite em que ficou preso àquela mesa, tivessem injetado nele um produto que o tornasse mais lento.

Ficou de pé meio tonto ao lado do cachorro, do vinho tinto — mesa encharcada. Dois guardas, a mulher, Tommasoni, que pôs de lado a lâmina, murmurou cáustico *Me desculpe* e pegou o telefone com a mão ensangüentada e ficou ouvindo. Nada dissera de valor para eles, pensou. Mas o deixaram ir, portanto talvez estivesse enganado.

Depois caminhou pela Via di Santo Spirito até um ponto geográfico que havia escondido no fundo do seu cérebro. Passou pela igreja de Brunelleschi até a biblioteca do Instituto Alemão, onde conhecia certa pessoa que poderia cuidar dele. De repente entendeu que era essa a razão por que o tinham libertado. Deixando que andasse solto, acabaria revelando o seu contato. Dobrou numa rua lateral, sem olhar para trás, sem nunca olhar para trás. Queria encontrar uma fogueira na rua, onde pudesse estancar o sangue de suas feridas, estender os braços por cima de um caldeirão de alcatrão fervente para que a fumaça negra envolvesse suas mãos. Estava na ponte da Santa Trinità. Nada havia ao redor, nenhum tráfego, o que o surpreendeu. Sentou-se na balaustrada lisa da ponte, e deitou-se de costas. Nenhum ruído. Antes, enquanto andava, as mãos nos bolsos empapados, havia o movimento frenético de tanques e jipes.

Enquanto estava ali deitado, a ponte minada explodiu e ele se viu arremessado para o alto e depois caiu como um pedaço do fim do mundo. Abriu os olhos e havia uma cabeça gigante a seu lado. Respirou e seus pulmões se encheram de água. Estava debaixo d'água. Havia uma cabeça barbada a seu lado nas águas rasas do Arno. Moveu-se em direção a ela mas não a acordou nem com suas cotoveladas. Jorrava luz para dentro do rio. Nadou até a superfície, partes da água pegavam fogo.

Quando contou a Hana a história, mais tarde naquela noite, ela disse:
— Pararam de torturar você porque os aliados estavam chegando. Os alemães estavam se retirando da cidade, explodindo as pontes depois que passavam.
— Não sei. Talvez eu tenha contado tudo a eles. De quem era aquela cabeça? O telefone não parava de tocar naquela sala. Havia um alvoroço, o homem me empurrou para trás e todos olhavam para ele no telefone, ouvindo o silêncio da *outra* voz, que não podíamos escutar. De quem era a voz? De quem era a cabeça?
— *Eles estavam indo embora*, David.

* * *

Ela abre *O último dos moicanos* na página em branco no final do livro e escreve ali.

> *Há um homem chamado Caravaggio, um amigo do meu pai. Sempre tive amor por ele. É mais velho do que eu, tem uns quarenta e cinco anos, eu acho. Está num período de sombras,*

não tem a menor confiança. Por algum motivo, eu recebo as atenções desse amigo do meu pai.

Fecha o livro, desce até a biblioteca e o esconde numa das prateleiras mais altas.

* * *

O inglês se achava adormecido, respirando pela boca como sempre, dormindo ou acordado. Ela se levantou da cadeira e com delicadeza puxou das mãos dele a vela acesa. Caminhou até a janela e ali apagou-a com um sopro, para que a fumaça saísse logo do quarto. Ela não gostava que ele ficasse ali deitado com uma vela nas mãos, imitando uma postura de defunto, a cera quente escorrendo sobre seu pulso sem ser sentida. Como se estivesse se preparando, como se desejasse escapar para dentro da sua própria morte, imitando sua atmosfera e sua luz.

Ela ficou de pé na janela e seus dedos seguraram os cabelos na cabeça com certa brutalidade, e puxaram. No escuro, em qualquer luminosidade após o pôr-do-sol, quando se abre uma veia o sangue é sempre preto.

Hana precisava sair do quarto. De repente sentiu-se claustrofóbica, inquieta. Atravessou o salão às pressas e desceu a escada aos pulos e saiu para o terraço da villa, depois olhou para o alto, como se tentasse discernir as feições da moça de quem acabara de fugir. Voltou para dentro da casa. Empurrou a porta emperrada e intumescida de umidade, entrou na biblioteca e retirou as tábuas que lacravam a porta dupla na outra extremidade da sala, deixando-a aberta, permitindo que o ar da noite entrasse. Onde estava Caravaggio, ela não sabia. Agora, passava a maioria das noites fora de casa, em geral voltando poucas horas antes do amanhecer. Em todo caso, não havia o menor sinal dele.

Agarrou o lençol cinzento que recobria o piano e seguiu para um canto do aposento, arrastando o pano atrás de si, uma mortalha, uma rede de peixes.

Nenhuma luz. Ouviu o ronco remoto de um trovão.

Estava de pé diante do piano. Sem olhar para baixo, desceu as mãos e começou a tocar, só os acordes, reduzindo a melodia a um esqueleto. Fazia uma pausa após cada grupo de notas como se retirasse as mãos da água para ver o que tinha apanhado, depois continuava, pondo no lugar os ossos mais importantes da melodia. Aumentava cada vez mais a lentidão do movimento de seus dedos. Estava com os olhos voltados para baixo quando dois homens se esgueiraram pela porta dupla, apoiaram suas ramas no outro lado do piano e ficaram de pé diante dela. O som dos acordes ainda no ar do aposento transformado.

Os braços caídos ao lado do corpo, o pé descalço no pedal dos graves, continuando a canção que sua mãe lhe ensinara e que ela praticava em qualquer superfície, uma mesa de cozinha, numa parede enquanto subia a escada, na sua própria cama antes de adormecer. Eles não tinham piano em casa. Hana ia ao centro comunitário nas manhãs de sábado e tocava ali, mas a semana inteira treinava em qualquer lugar, memorizando as notas que sua mãe riscava com giz na mesa da cozinha e depois apagava. Era a primeira vez que tinha tocado no piano da villa, apesar de estar ali há três meses, seus olhos tendo captado sua silhueta desde o primeiro dia, através da porta dupla. No Canadá, os pianos precisavam de água. A gente abria a parte de trás e deixava um copo cheio de água ali dentro, e um mês depois o copo estava vazio. Seu pai lhe contara que havia anõezinhos que só bebiam em pianos, nunca em bares. Ela nunca acreditou nisso e a princípio imaginou que talvez fossem camundongos.

O clarão de um relâmpago atravessou o vale, a tempestade caíra a noite inteira e ela viu que um dos homens era um sikh. Agora ela parou e sorriu, um tanto espantada, sem dúvida aliviada, o ciclorama de luz por trás deles tão breve que não foi mais que um lampejo a visão do seu turbante e do brilho das armas molhadas. O tampo do piano fora removido e usado como mesa hospitalar há muitos meses, portanto as armas estavam pousadas na extremidade do fosso do teclado. O paciente inglês poderia ter identificado as armas. Inferno. Ela estava cercada por homens estrangeiros. Nem um só italiano puro. Uma romance na villa. O que Poliziano ia pensar deste quadro de 1945, dois homens e uma mulher com um piano entre eles e a guerra quase terminada e o brilho molhado das armas quando o relâmpago se esgueirava para dentro da sala enchendo tudo de cor e sombra como fazia agora e um trovão de meio minuto rebentando pelo vale inteiro e a música de antífona, os acordes no teclado, *When I take my sugar to tea...*

Vocês sabem a letra?

Eles não se mexeram. Ela se desvencilhou dos acordes e liberou os dedos para algo mais intrincado, as piruetas que havia reprimido, a minúcia do jazz que faz as notas irromperem em lascas e ângulos da casca de noz da melodia.

> *When I take my sugar to tea*
> *All the boys are jealous of me,*
> *So I never take her where the gang goes*
> *When I take my sugar to tea*

As roupas molhadas, os soldados olhando para Hana sempre que um relâmpago caía entre eles, as mãos da moça agora tocando contra e dentro do relâmpago e do trovão, em confronto, tratando de encher a escuridão nos intervalos entre os clarões de luz. Seu rosto tão concentrado, eles sabiam que eram invisíveis para ela, para o seu cérebro que lutava para lembrar a mão da mãe rasgando o jornal e molhando o papel numa torneira da cozinha e usando-o para apagar as teclas riscadas sobre a mesa, o jogo de amarelinha em forma de teclado de piano. Depois disso, ia para a aula semanal no centro comunitário, onde tocava, os pés ainda nem podiam alcançar os pedais, sentada no banco, portanto preferia tocar de pé, a sandália de verão no pedal esquerdo e o metrônomo batendo. Ela não queria que isso terminasse. Desistir dessas palavras de uma velha canção. Via os lugares para onde iam, aonde a gangue nunca ia, cheios de lírios. Ergueu os olhos e meneou a cabeça para eles, um sinal de que ia parar agora.

Caravaggio não viu nada disso. Quando voltou, encontrou Hana e os dois soldados de uma divisão de sapadores preparando sanduíches na cozinha.

III.
UM DIA UM FOGO

A última guerra medieval foi travada na Itália, em 1943 e 1944. Cidades fortificadas em grandes promontórios, cenário de batalhas desde o século dezoito, agora se viam assaltadas sem cautela pelos exércitos dos novos reis. Ao redor das rochas que afloram do solo, corria o tráfego das padiolas, vinhedos massacrados, onde, se a pessoa cavasse bem fundo nos sulcos dos tanques, encontraria machado de guerra e lança. Monterchi, Cortona, Urbino, Arezzo, Sansepolcro, Anghiari. E depois o litoral.

Gatos dormem nas torres de vigia voltadas para o sul. Ingleses, americanos, indianos, australianos e canadenses avançam para o norte, e os riscos dos projéteis explodindo e se dissolvendo no ar. Quando os exércitos se reuniram em Sansepolcro, uma cidade cujo símbolo é a arma medieval chamada besta, alguns soldados compraram um punhado delas e ficavam disparando de noite, em silêncio, por cima dos muros da cidade ainda não ocupada. O marechal-de-campo Kesselring, do exército alemão em retirada, considerava seriamente a possibilidade de derramar azeite fervendo do alto das ameias.

Especialistas em Idade Média foram desalojados das faculdades de Oxford e embarcados para a Úmbria. Sua média de idade era sessenta anos. Foram instalados junto com as tropas e nas reuniões com o comando estratégico insistiam em esquecer que o avião fora inventado. Falavam das cidades em termos das obras de arte que continham. Em Monterchi estava a *Madona del Parto*, de Piero della Francesca, localizada na capela vizinha ao cemitério da cidade. Quando o castelo do século treze foi tomado afinal durante as chuvas da primavera, as tropas ficaram acampadas sob a cúpula elevada da igreja e dormiam ao lado do púlpito de pedra onde Hércules abate a Hidra. Toda a água era ruim. Muitos morreram de tifo e de outras febres. Voltando os binóculos militares para o alto, dentro da igreja gótica em Arezzo, os soldados surpreendiam os seus rostos atuais nos afrescos de Piero della Francesca. A Rainha de Sabá conversando com o Rei Salomão. Perto, um broto da Árvore do Bem e do Mal enxertado na boca de Adão morto. Anos mais tarde essa rainha iria entender que a ponte sobre Siloé era feita da madeira daquela árvore sagrada.

Estava sempre chovendo e fazendo frio, e não havia ordem alguma exceto nos grandes mapas artísticos que revelavam julgamento, piedade e sacrifício. O Oitavo Exército veio subindo, atravessando rio após rio, com as pontes destruídas, e as unidades de sapadores desciam árduos barrancos em escadas de cordas sob fogo inimigo e nadavam ou caminhavam na água para atravessar a correnteza. Comida e barracas eram arrastadas. Homens amarrados ao seu equipamento desapareciam. Ao chegar ao outro lado do rio, tentavam sair da água. Afundavam mãos e pulsos no barranco de lama em forma de despenhadeiro e ficavam ali agarrados. Queriam que a lama endurecesse e os segurasse melhor.

O jovem sapador sikh encostou a bochecha contra a lama e pensou no rosto da Rainha de Sabá, a textura da sua pele. Não havia conforto algum neste rio salvo pelo desejo que a rainha lhe inspirava, o que de algum modo servia para mantê-lo aquecido. Tinha vontade de puxar o véu que cobria os cabelos dela. Poria sua mão direita entre o seu pescoço e a blusa cor de oliva. Também ele estava triste e cansado, como o rei sábio e a rainha culpada que tinha visto em Arezzo duas semanas atrás.

Ficou suspenso acima da água, as mãos enfiadas no barranco de lama. Expressão, fisionomia, aquela arte sutil era algo que desaparecera entre eles através daqueles dias e noites, existia apenas em um livro ou em uma parede pintada. Quem estava mais triste no afresco daquela cúpula? Ele se inclinava para a frente a fim de descansar na pele do pescoço frágil da rainha. Apaixonou-se pelo seu olhar abatido. Esta mulher que um dia há de conhecer a natureza sagrada das pontes.

À noite, no leito do acampamento, estendia seus braços para o vazio como dois exércitos. Não havia qualquer promessa de solução ou de vitória senão no pacto provisório entre ele e a realeza pintada naquele afresco, que o esqueceria, nunca se daria conta da sua existência nem daria atenção a ele, um sikh, pendurado no meio do barranco sob a chuva numa escada de corda usada pelos sapadores, construindo uma ponte de campanha para o exército que vinha logo atrás. Mas ele lembrava a pintura. E quando um mês depois os batalhões alcançaram o mar, depois de terem sobrevivido a tudo e invadiram a cidade litorânea de Cattolica e os engenheiros eliminaram as minas da praia numa faixa de dezoito metros para que os homens pudessem tomar banho de mar sem roupa, aproximou-se de um dos medievalistas que fora amistoso com ele — apenas uma vez lhe dirigiu a palavra e lhe ofereceu um pouco de carne enlatada — e prometeu lhe mostrar uma coisa em troca de sua gentileza.

O sapador requisitou uma motocicleta Triumph, amarrou no braço uma lanterna de emergência vermelha e juntos voltaram pelo caminho que haviam feito antes — de novo penetrando e atravessando as agora inocentes cidades de Urbino e Anghiari, ao longo da crista serpenteante da cadeia de montanhas, uma coluna vertebral descendo a Itália, o velho agasalhado atrás dele, agarrado a ele, e desceram pelas encostas ocidentais na direção de Arezzo. A piazza à noite se achava vazia, sem tropas, e o sapador estacionou diante da igreja. Ajudou o medievalista a saltar, apanhou seu equipamento e entraram na igreja. Uma escuridão mais fria. Um vazio maior, o som de suas botas inundando a nave. Mais uma vez sentiu o aroma de pedra e madeira antigas. Acendeu três lanternas. Arremessou um gancho preso a uma corda para o outro lado das colunas por cima da nave, depois disparou um espeto com uma corda enfiada que foi se fixar numa alta trave de madeira. O professor observava com assombro, volta e meia tentando enxergar alguma coisa na escuridão no alto. O jovem sapador passou a corda ao redor dele e, com um nó, ajustou uma espécie de alça que ia da cintura aos ombros, fixou uma pequena lanterna acesa no peito do velho.

Deixou-o ali junto à balaustrada da comunhão e galgou ruidosamente os degraus para o andar de cima, onde estava a outra ponta da corda. Segurando-a, pulou para fora do balcão, dentro das trevas, e ao mesmo tempo o velho foi subindo, guindado para cima bem ligeiro até que, quando o sapador tocou o chão, ele parou em pleno ar balançando indolente a um metro dos afrescos, a lanterna criando um halo de luz a sua volta. Ainda segurando a corda, o sapador caminhou para a frente até que o homem, balançando para o lado direito, pairasse diante da *Fuga do Imperador Maxêncio*.

Cinco minutos depois, fez o homem descer. Acendeu uma lanterna para si mesmo e deixou seu corpo ser guindado para o interior da cúpula, para o azul do céu artificial. Tinha na lembrança as estrelas douradas que via através dos binóculos. Olhando para baixo, viu o medievalista sentado num banco, exausto. Agora ele se dava conta da profundidade da igreja, não da sua altura. O seu sentido líquido. A concavidade e a escuridão de um poço. A lanterna em sua mão lançava jatos de luz como uma vara de condão. Impeliu seu corpo na direção do rosto dela, a sua Rainha da Tristeza, e sua mão morena avançou miúda ao encontro do pescoço gigante.

O sikh arma uma barraca num ponto extremo do jardim, onde Hana acredita que a lavanda tenha crescido algum dia. Ela encontrou por ali umas folhas secas, que fez rolar entre os dedos e identificou. De vez em quando, após a chuva, reconhece o perfume.

A princípio ele nem sequer vai entrar na casa. Passa diante dela a caminho de algum serviço com o desmontador de minas. Sempre cortês. Um leve meneio de cabeça. Hana o vê se lavar numa bacia cheia de água da chuva, metodicamente colocada no alto de um relógio de sol. A bica do jardim, usada em tempos passados para as sementeiras, agora está seca. Hana vê o corpo moreno dele sem camisa enquanto derrama água por cima como um pássaro usando sua asa. Ao longo do dia, o que ela mais nota são os seus braços na camisa de manga curta do exército e o rifle que traz sempre consigo, embora as batalhas pareçam ter acabado para eles.

Com a arma, o sikh toma várias posturas — uma bandeira a meio-pau, um cabide para seus cotovelos quando o rifle fica atravessado sobre os ombros. Ele se volta de repente, percebendo que Hana o observa. É um sobrevivente de seus temores, contorna tudo aquilo de que suspeita, mostrando-se grato pelo olhar da moça nessa paisagem como se afirmasse que ele é capaz de cuidar de tudo.

Ele, na sua auto-suficiência, é um alívio para Hana, para todos na casa, embora Caravaggio resmungue reclamando das músicas ocidentais que o sapador não pára de cantarolar e que aprendeu nos últimos três anos da guerra. O outro sapador, que chegara com ele no meio da tempestade, chamava-se Hardy, está acampado em outro lugar, mais perto da cidade, embora ela tenha visto os dois trabalhando juntos, entrando num jardim com as engenhocas compridas que usam para localizar e desarmar minas.

O cachorro se apegou a Caravaggio. O soldado mais jovem, que fica correndo e pulando com o cachorro pelo caminho, se recusa a lhe dar qualquer tipo de comida, pensando que ele precisa sobreviver por sua própria conta. Se o soldado encontra comida, ele mesmo come. Sua cortesia só vai até aí. Certas noite, dorme no parapeito que dá para o vale, rastejando para a sua barraca só em caso de chuva.

Por sua vez, testemunha as perambulações noturnas de Caravaggio. Por duas vezes o sapador seguiu os passos de Caravaggio a certa distância. Mas dois dias depois Caravaggio o detém e diz, Não me siga mais. Começou a negar que tivesse feito isso, mas o homem mais velho pôs a mão sobre o seu rosto e o fez calar-se. Assim o soldado fica sabendo que Caravaggio percebeu sua presença duas noites atrás. Em todo caso, seguir os passos de alguém era apenas o traço remanescente de um hábito adquirido durante a guerra. Do mesmo modo ainda agora sente vontade de fazer pontaria com seu rifle, atirar e acertar um alvo com precisão. Vezes seguidas faz pontaria no nariz de uma estátua ou num dos gaviões marrons que dão guinadas bruscas pelo céu do vale.

Ainda é bem jovem. Devora a comida com ferocidade, se atira sobre o prato até ficar limpo, dá a si mesmo meia hora para almoçar.

Hana já o observou trabalhando no bosque e no jardim crescido atrás da casa, com cautela e sem noção de tempo, como um gato. Ela percebe a pele de um moreno mais escuro em seu pulso, que gira solto dentro da pulseira a qual às vezes fica tilintando quando ele bebe uma xícara de chá na sua frente.

Nunca fala sobre o perigo que há naquele tipo de busca. De tempos em tempos uma explosão faz Hana e Caravaggio saírem da casa às pressas, o coração dela tenso com o estrondo abafado. Ela corre para fora ou para uma janela enxergando Caravaggio também no seu ângulo de visão, e os dois vêem o sapador acenando despreocupado para a casa, sem sequer se virar de frente para eles no terreiro coberto de ervas.

Certa vez Caravaggio entrou na biblioteca e viu o sapador trepado no teto, junto ao *trompe l'oeil* — só Caravaggio era capaz de entrar num aposento e olhar para o alto, para os cantos do teto, a fim de verificar se estava sozinho —, e o jovem soldado, os olhos sem se despregarem do foco de sua atenção, estendeu a mão e estalou os dedos, fazendo Caravaggio parar assim que entrou, um aviso para que deixasse o aposento por uma questão de segurança enquanto tratava de desligar e cortar o fio de um detonador que havia seguido até aquele canto, oculto acima do dossel.

Fica o tempo todo assoviando ou cantarolando.

— Quem está assoviando? — Perguntou o paciente inglês, certa noite, não tendo ainda sido apresentado e nem sequer tendo visto o recém-chegado. Sempre cantando para si mesmo quando fica deitado no parapeito olhando para o movimento das nuvens.

Quando entra na villa aparentemente vazia ele sempre faz barulho. É o único ali a permanecer de uniforme. Imaculado, fivelas polidas, o sapador assoma saindo de sua barraca com o turbante simetricamente enrolado em camadas, as botas limpas que batem firme no chão de tábuas ou de pedra da casa. Sem motivo, abandonava um problema em que estava concentrado e soltava uma gargalhada. Parece inconscientemente apaixonado pelo seu corpo, pela sua presença física, inclinando-se para pegar um pedaço de pão, os nós dos dedos roçando a grama, e até rodopiando o rifle distraído como um enorme bastão enquanto caminha pela trilha de ciprestes ao encontro dos outros sapadores na aldeia.

Parece sentir uma alegria descuidada ao lado desse pequeno grupo na aldeia, uma espécie de estrela desgarrada nas fronteiras do seu sistema. Para ele, é como um feriado após a guerra de lama, rios e pontes. Só entra na casa quando é convidado, apenas um visitante acanhado, do mesmo modo que agiu naquela primeira noite quando seguiu o som balbuciante do piano de Hana e veio subindo pela trilha margeada de ciprestes e entrou na biblioteca.

Naquela noite de tempestade, não tinha sido por curiosidade em relação à música que ele se aproximara da villa e sim pelo perigo que o pianista corria. O exército em retirada muitas vezes deixava minas dentro dos instrumentos musicais. Os donos voltavam, abriam os pianos e perdiam as mãos. As pessoas faziam o pêndulo de um relógio de parede voltar a funcionar, e uma bomba de vidro mandava pelos ares metade da parede, junto com a pessoa que estivesse ali perto.

Seguiu o som do piano, subindo o morro às pressas com Hardy, pulou o muro de pedra e entrou na villa. Enquanto não houvesse pausa, significava que o pianista não havia se debruçado para a frente para soltar o pininho de metal que poria o metrônomo em funcionamento. A maioria das minas desse tipo ficavam nos metrônomos — o lugar mais fácil para soldar a fina camada de fios na posição vertical. As bombas eram instaladas nas torneiras, na lombada dos livros, encravadas no tronco de árvores frutíferas de modo que bastava uma maçã cair e bater num galho mais baixo para detonar a árvore, assim como explodiria se a mão de alguém agarrasse esse galho. Ele era incapaz de olhar um aposento ou um campo sem enxergar as formas possíveis de se esconder bombas ali.

Tinha parado na porta dupla, encostara a cabeça no portal e em seguida se esgueirou para dentro da sala e, salvo pelos clarões dos relâmpago, permanecia em total escuridão. Havia uma moça de pé, como se esperasse por ele, olhando para as teclas do piano em que tocava. Os olhos dele, antes de assimilar a moça, assimilaram a sala, passando tudo em revista como a varredura de um radar. O metrônomo já estava batendo, indo e vindo em total inocência. Não havia perigo, nenhum fio minúsculo. Ficou ali parado, no seu uniforme ensopado, a moça num primeiro momento não se deu conta de sua presença.

Ao lado da sua barraca, há uma antena com receptor de cristal atada aos galhos de uma árvore. Hana pode ver o verde do fósforo do mostrador do rádio brilhando no escuro quando olha para lá de noite com os binóculos de campo de Caravaggio, e às vezes o corpo do sapador cobre a luz, quando passa de repente pela sua área de observação. Ele usa o equipamento portátil durante o dia, apenas um fone de ouvido preso à cabeça, o outro solto balançando abaixo do queixo, para poder escutar os ruídos do resto do mundo que sejam importantes para ele. Entra na casa para transmitir qualquer informação captada que julgue ser do interesse deles. Certa tarde, vem avisar que o maestro Glenn Miller morreu, o avião em que viajava tinha se espatifado em algum ponto entre a França e a Inglaterra.

Assim ele circula entre os outros. Hana o vê ao longe, num jardim defunto com o detector ou, no caso de já ter encontrado alguma coisa, desembaraçando o bolo de fios e estopins que alguém deixara para ele como uma carta terrível.

Vive lavando as mãos. No início, Caravaggio o acha meticuloso demais.

— Como é que você saiu vivo dessa guerra? — Caravaggio ri.

— Fui criado na Índia, tio. A gente lava as mãos o tempo todo. Antes das refeições. Um hábito. Nasci no Punjab.

— Sou do extremo norte da América — diz Hana.

O Paciente Inglês 55

Ele dorme metade dentro e metade fora da barraca. Ela vê suas mãos retirarem o fone do ouvido e colocá-lo de lado.

Depois Hana baixa os binóculos e vira para o outro lado.

* * *

Estavam sob a enorme abóbada. O sargento acendeu uma lanterna, o sapador se deitou no chão e olhou pelo telescópio do rifle, olhou aqueles rostos ocres como se procurasse por um irmão no meio de uma multidão. A cruz da mira telescópica tremia ao ir passando pelas figuras bíblicas, a luz banhando a carne e as vestimentas coloridas, escurecidas por séculos de fumaça de vela e de óleo. E agora essa fumaça amarela de gás, que eles sabiam ser um ultraje nesse santuário, e assim os soldados seriam expulsos, punidos por abusarem da permissão que receberam para ver o Grande Salão, para onde vieram, chapinhando na água em cabeças de praia e enfrentando as mil escaramuças de pequenas guerras isoladas e o bombardeio de Monte Cassino e depois, com uma reverência silenciosa, entrando nas Stanze de Rafael até chegarem aqui, por fim, dezessete homens que desembarcaram na Sicília e foram abrindo caminho à força até o tornozelo daquele país, para chegarem aqui — onde lhes era oferecida apenas uma sala quase toda escura. Como se estar no lugar já fosse o suficiente.

E um deles falou:

— Droga. Quem sabe com um pouco mais de luz, sargento Shand?

E o sargento aumentou a chama da lanterna e suspendeu-a com o braço esticado para o alto, a cachoeira de luz jorrando sobre o seu punho, e ficou ali de pé, suportando o calor enquanto o pavio queimava. O resto deles permaneceu de pé, os olhos virados para o alto, para as figuras e os rostos amontoados no teto e que iam emergindo com a luz. Mas o jovem sapador já estava deitado de costas, o rifle apontado, o olho quase roçando as barbas de Noé e Abraão e a diversidade de demônios até alcançar o rosto maior de todos e se sentir apaziguado por ele, o rosto como uma lança, sábio, implacável.

Os guardas gritaram na entrada e ele escutou os passos apressados, só restavam trinta segundos para o combustível da lanterna. Rolou no chão e passou o rifle para o capelão.

— Aquele lá! Quem é ele? Três horas a noroeste, quem é? Rápido, a lanterna vai apagar.

O capelão arrebatou o rifle e apontou-o para o canto, e a lanterna apagou.

Em seguida, devolveu o rifle para o jovem sikh.

— Você sabe que a gente vai se meter numa encrenca danada trazendo armas e luzes aqui para a Capela Sistina. Eu não devia ter vindo para cá.

Mas também devo agradecer ao sargento Shand, ele foi um herói por fazer isso. Nada foi danificado, na verdade, pelo que eu vejo.
— Viu aquilo? O rosto. Quem era?
— Ah, sim, é mesmo um rosto incrível.
— Você viu.
— Sim. Isaías.

Quando o Oitavo Exército chegou a Gabicce na costa leste, o sapador era o chefe de uma patrulha noturna. Na segunda noite as ondas curtas deram sinais de movimento inimigo no mar. A patrulha disparou um projétil e houve uma erupção na água, um mero tiro de advertência. Não acertaram coisa alguma, mas, no esguicho branco provocado pela explosão, ele vislumbrou uma silhueta mais escura de algo em movimento. Ergueu o rifle e examinou a sombra movediça à sua frente por um minuto inteiro, resolvido a não atirar, a fim de observar se havia mais algum movimento nas redondezas. O inimigo se encontrava ainda acampado ao norte dali, em Rimini, nos limites da cidade. Mantinha a sombra na sua mira quando de repente o halo se iluminou em torno da cabeça da Virgem Maria. Ela vinha saindo do mar.

Estava de pé em um bote. Dois homens remavam. Dois outros a seguravam na vertical, e quando tocaram a praia as pessoas da cidade começaram a bater palmas, de dentro de suas janelas escuras e abertas.

O sapador podia ver o rosto creme e o halo das pequenas luzes ligadas a uma bateria elétrica. Ele estava deitado sobre o concreto da casamata, entre a cidade e o mar, olhando para ela enquanto os quatro homens desciam do bote e erguiam nos braços a estátua de gesso de quatro metros. Subiram pela praia, sem pararem uma só vez, sem medo das minas. Talvez tenham observado quando foram enterradas e tenham feito um mapa de sua posição quando os alemães estiveram aqui. Os pés afundavam na areia. Isso foi em Gabicce Mare, em 29 de maio de 1944. A Festa do Mar da Virgem Maria.

Adultos e crianças vieram para as ruas. Homens com uniformes de banda também apareceram. A banda não ia tocar para não violar o toque de recolher, mas os instrumentos eram ainda parte da cerimônia, imaculadamente polidos.

Esgueirou-se para fora da escuridão, o cano do morteiro amarrado às suas costas, com o rifle nas mãos. Em seu turbante e com as armas, o sikh foi um choque para eles. Não esperavam que também ele fosse emergir da terra de ninguém que era a praia.

Ergueu o rifle e colheu o rosto da Virgem na mira da arma — sem idade, sem sexo, o primeiro plano das mãos escuras dos homens estendidas na luz que era dela, o gracioso balanço de vinte lâmpadas pequeninas.

A figura vestia um manto azul e desbotado, o joelho esquerdo levemente erguido para realçar o panejamento.

Não era um povo romântico. Haviam sobrevivido aos fascistas, aos ingleses, gauleses, godos e alemães. Viram-se expropriados tantas vezes que isso nada mais significava. Mas aquela figura de gesso azul e creme saíra do mar para ser colocada num caminhão de transportar uvas, cheio de flores, enquanto a banda marchava na frente, em silêncio. Seja qual for a proteção que coubesse ao sikh lhes dar, nada significaria para essa cidade. Com todas aquelas armas, não poderia caminhar no meio das crianças vestidas de branco.

Foi para uma rua ao sul de onde eles estavam e caminhou no mesmo passo do cortejo da estátua, e assim chegavam às ruas transversais ao mesmo tempo. Erguia o rifle para colher mais uma vez o rosto da Virgem na sua mira telescópica. Tudo terminou num promontório sobre o mar, onde a deixaram e voltaram para suas casas. Nenhum deles se deu conta da sua contínua presença nas imediações.

O rosto dela ainda estava iluminado. Os quatro homens que a haviam trazido no bote se encontravam sentados em um quadrado em torno da Virgem, como sentinelas. A bateria presa às costas da estátua começou a falhar; extinguiu-se por volta das quatro e meia da manhã. Ele olhou o seu relógio de pulso. Observou os homens no telescópio do rifle. Dois dormiam. Ergueu a mira para o rosto da imagem e o examinou mais uma vez. Um olhar diferente à medida que a luz ia desvanecendo em torno dela. Um rosto que na escuridão se tornava mais parecido com o de alguém que ele conhecia. Uma irmã. Quem sabe, uma filha. Se houvesse algo de que pudesse se desfazer, o sapador deixaria ali como uma dádiva sua. Mas afinal de contas ele tinha a sua própria fé.

* * *

Caravaggio entra na biblioteca. Tem ficado ali a maior parte das tardes. Como sempre, os livros são criaturas místicas para ele. Apanha um deles e abre na folha de rosto. Está na sala há uns cinco minutos quando escuta um leve gemido.

Vira-se e vê Hana dormindo no sofá. Fecha o livro e se recosta nas prateleiras. Ela está encolhida, a face esquerda sobre o brocado empoeirado e o braço direito junto ao rosto, o punho encostado ao queixo. Por trás das pálpebras, seus olhos se agitam, o rosto concentrado no sono.

Quando ele a viu pela primeira vez depois de todo aquele tempo, Hana lhe parecera tensa, reduzida à mera existência física, o bastante para que se saísse bem daquela situação. Seu corpo estivera numa guerra e, como em uma paixão, havia dado tudo de si.

Caravaggio espirrou e quando reaprumou a cabeça ela havia acordado, os olhos abertos voltados para ele.

— Adivinha que horas são.

— Umas quatro e cinco. Não, quatro e sete — ela disse.

Era uma brincadeira antiga entre um homem e uma menina. Ele saiu da sala para olhar o relógio, e pelo seu movimento e sua segurança ela adivinhava que tinha tomado morfina há pouco tempo, mostrava-se preciso e revigorado, com a sua confiança habitual. Hana sentou-se e sorriu quando ele voltou balançando a cabeça espantado com a sua precisão.

— Nasci com um relógio de sol dentro da cabeça, certo?

— E de noite?

— Existem relógios de lua? Já inventaram isso? Talvez todos os arquitetos que planejaram uma villa tenham escondido um relógio de lua para os ladrões, como um dízimo obrigatório.

— Uma grande preocupação para os ricos.

— Encontre-me no relógio de lua, David. Um lugar onde o fraco pode enfrentar o forte.

— Como o paciente inglês e você.

— Há um ano eu quase tive um bebê.

Agora que a mente de Caravaggio está leve e precisa com a droga, Hana pode divagar à vontade e ele vai acompanhá-la, seguir o seu pensamento. E Hana está descontraída, pouco atenta ao fato de estar acordada e conversando, como se falasse ainda num sonho, como se o espirro de Caravaggio tivesse sido um espirro em um sonho.

Caravaggio está familiarizado com esse estado. Muitas vezes encontrou pessoas no relógio de lua. Perturbando-as às duas horas da madrugada como um guarda-louça inteiro desabando por engano. Descobriu que esse tipo de choque o mantinha a salvo do medo e da violência. Surpreendido pelos proprietários das casas que estava roubando, ele batia uma mão contra a outra e se punha a falar freneticamente, lançando um relógio caríssimo para o alto e pegando de novo ao cair, fazendo-lhes perguntas muito rapidamente, acerca do lugar onde as coisas estavam.

— Perdi a criança. Quero dizer, eu tinha que perder. O pai já estava morto. Havia uma guerra.

— Você estava na Itália?

— Na Sicília, na época em que isso aconteceu. Fiquei pensando no assunto o tempo todo que gastamos avançando pelo Mar Adriático, sempre seguindo as tropas. Eu conversava com a criança sem parar. Dei muito duro nos hospitais e me isolei das pessoas a minha volta. Exceto da criança, com quem eu partilhava tudo. Na minha cabeça. Falava com ela enquanto cuidava dos pacientes e lhes dava banho. Estava um pouco doida.

— E então seu pai morreu.

— Foi. Então Patrick morreu. Eu estava em Pisa quando soube.
Ela havia acordado. Sentou-se.
— Soube, é?
— Recebi uma carta de casa.
— Foi por isso que veio para cá, porque soube?
— Não.
— Bom, não acho que Patrick acreditasse em velórios e coisas desse tipo. Ele costumava dizer que queria um dueto, duas mulheres tocando instrumentos musicais quando morresse. Sanfona e violino. Só isso. Era um sujeito tremendamente sentimental.
— Sim. A gente podia fazer com ele o que quisesse. Bastava pôr uma mulher angustiada na sua frente, e ele estava perdido.

O vento subiu do vale até a montanha e os ciprestes que margeavam os trinta e sete degraus até a capela brigaram com o ar. Gotas da chuva que caíra mais cedo se desprenderam e tombaram sobre os dois, sentados na balaustrada junto aos degraus, com estalidos de um relógio batendo. Já passava bastante da meia-noite. Ela estava deitada na beirada de concreto e ele dava uns passos a esmo, ou se debruçava olhando para o vale lá embaixo. Só o barulho da chuva desalojada das árvores.
— Quando você parou de falar com o bebê?
— De repente havia coisa demais para fazer. As tropas entraram em combate na Ponte Moro e depois em Urbino. Talvez eu tenha parado de falar com ele em Urbino. A sensação era que você podia levar um tiro a qualquer momento, nem precisava ser soldado, podia ser padre ou enfermeira. Era igual a um viveiro de coelhos, com aquelas ruazinhas estreitas e inclinadas. Os soldados entravam no hospital só com alguns pedaços do corpo, se apaixonavam por mim durante uma hora e depois morriam. Era importante lembrar seus nomes. Mas eu sempre revia a criança quando eles morriam. Eu dava banho neles. Alguns se sentavam na cama e rasgavam todas as roupas na tentativa de respirar melhor. Alguns ficavam preocupados com pequenos arranhões no braço, na hora de morrer. A boca espumava, formava uma bolha. A bolha estourava com aquele barulhinho. Eu me inclinei para fechar os olhos de um soldado morto, mas ele os abriu de novo e deu um sorriso de escárnio: "Mal pode esperar para me ver morto, não é? *Piranha!*" Ele se sentou na cama e derrubou no chão tudo que estava na minha bandeja. Enfurecido. Quem ia querer morrer desse jeito? Morrer com toda aquela fúria. *Piranha!* Depois disso, passei a esperar aquela bolha estourar na boca. Agora conheço a morte, David. Conheço todos os cheiros, sei como distrair o ferido da agonia. Quando dar a carga rápida de morfina numa veia mais grossa. A solução salina. Fazer que esvaziem as tripas antes de morrer. Todos esses generais desgraçados

deveriam fazer o que eu fiz. Todos os generais. Devia ser um pré-requisito para qualquer travessia de rio. Quem éramos nós afinal para recebermos essa responsabilidade? Esperavam que fôssemos sábios como padres velhos, que soubéssemos fazer as pessoas irem para onde não queriam ir de jeito nenhum e ainda dar um jeito para que se sentissem confortáveis. Nunca consegui acreditar nos funerais e homenagens que dedicavam aos mortos. A sua retórica vulgar. Que coragem! Que coragem eles tinham para falarem daquele jeito sobre seres humanos que estavam sendo mortos.

Não havia luz alguma, todas as luzes apagadas, o céu quase todo encoberto pelas nuvens. Era mais seguro não chamar atenção da civilização. Estavam acostumados a caminhar pelo terreno da casa no escuro.

— Sabe por que o exército não queria que você ficasse aqui, com o paciente inglês? Sabe?

— Um casamento embaraçoso? Meu complexo paterno? — Ela sorria para ele.

— Como vai o nosso amigo?

— Ainda não se acalmou depois que viu o cachorro.

— Diga que ele veio comigo.

— Ele também não tem muita certeza de que você está morando aqui. Acha que você vai embora com seus companheiros.

— Será que ele ia gostar de beber um pouco de vinho? Consegui surrupiar uma garrafa hoje.

— De quem?

— Quer ou não quer?

— Vamos beber o vinho nós mesmos. Vamos esquecer o paciente inglês.

— Ah, a ruptura!

— *Não* é a ruptura nada. Preciso muito beber um pouco de vinho.

— Vinte anos. Quando eu tinha essa idade...

— Eu sei, eu sei. Por que não rouba um gramofone um dia desses? Aliás, chamam isso de saque.

— Minha pátria me ensinou essas coisas. Foi o que fiz para eles durante a guerra.

Caravaggio atravessou a capela bombardeada e entrou na casa. Hana sentou-se, um pouco tonta, sem equilíbrio.

— E vejam o que fizeram com você — disse para si mesma.

Durante a guerra, ela mal dirigia a palavra a quem quer que fosse, nem mesmo às pessoas com quem trabalhava. Precisava de um tio, um membro da família. Precisava do pai, enquanto, aqui nessa montanha, esperava que fosse ficando embriagada pela primeira vez em vários anos, enquanto um homem queimado no andar de cima começava suas quatro horas de sono e um velho amigo de seu pai andava agora saqueando a sua caixa de remédios, quebrando a pontinha de vidro da ampola, apertando o nó de uma atadura no braço e injetando a morfina bem ligeiro em si mesmo, só o tempo de se virar.

À noite, nas montanhas à sua volta, mesmo às dez horas, só a terra fica escura. O cinza claro do céu e o verde das montanhas.
— Eu estava cansada daquela ansiedade. De ser só desejada. Então eu escapulia para me divertir, os encontros, os passeios de jipe, os namoros. A última dança antes de eles morrerem. Eu era considerada uma esnobe. Trabalhava mais do que as outras. Dobrava os turnos, sob ataque inimigo, fazia tudo por eles, esvaziava todos os urinóis. Tornei-me uma esnobe porque não queria sair e gastar o dinheiro deles. Queria ir para casa, mas não tinha mais ninguém em casa. E estava cheia da Europa. Cheia de ser tratada como ouro porque era mulher. Namorei um homem e ele morreu e o bebê morreu. Quer dizer, a criança não morreu, fui eu que a destruí. Depois disso eu me retraí tanto que ninguém mais podia chegar perto de mim. Não adiantava falar que eu era esnobe. Não adiantava falar que ia morrer. Aí eu o encontrei, o homem preto de tão queimado. Que, visto de perto, era na verdade um inglês. David, faz muito tempo desde a última vez que passou pela minha cabeça qualquer coisa que uma mulher possa fazer com um homem.

* * *

Depois que o sikh estava há uma semana na villa, eles se adaptaram a seus hábitos alimentares. Onde quer que estivesse — na montanha ou na aldeia — voltava ao meio-dia e meia para se encontrar com Hana e Caravaggio, puxava de dentro do saco que trazia no ombro uma trouxinha embolada que era um lenço azul, e estendia o pano sobre a mesa, junto com a comida. Suas cebolas e ervas — as quais Caravaggio suspeitava terem sido tiradas do jardim dos franciscanos no período que ele ficou por ali eliminando as minas. Descascava as cebolas com a mesma faca usada para desencapar o fio de um detonador. Em seguida vinha uma fruta. Caravaggio desconfiava que ele tivesse passado todo o tempo da invasão sem nunca ter comido num prato sujo.

De fato, sempre estivera devidamente a postos logo ao raiar do dia, segurando sua xícara para tomar o chá inglês de que tanto gostava, adicionando a ele um pouco de seu próprio suprimento de leite condensado. Bebia devagar, de pé sob o sol para observar o movimento vagaroso das tropas que, se fossem ficar estacionadas naquele dia, já estariam jogando canastra às nove da manhã.

Agora, ao amanhecer, sob as árvores feridas com cicatrizes nos jardins bombardeados da Villa San Girolamo, ele bebe um gole de água do seu cantil. Coloca pó dentifrício na escova e começa uma sessão de dez minutos de langorosa esfregação enquanto perambula observando o vale lá embaixo, ainda oculto pela neblina, sua mente mais curiosa do que apavorada com a paisagem, que agora via tão do alto. A escovação de dentes, desde pequeno, sempre fora para ele uma atividade ao ar livre.

A paisagem à sua volta é só uma coisa temporária, não há nela permanência alguma. Limita-se a identificar alguma possibilidade de chuva, um certo aroma de algum arbusto. Como se a sua mente, ainda que fora de uso, fosse sempre um radar, seus olhos localizam a coreografia dos objetos inanimados num raio de quinhentos metros a seu redor, que é o raio de alcance mortal de armas leves. Examina as duas cebolas que arrancou da terra com cuidado, ciente de que também os jardins foram minados pelos exércitos que bateram em retirada.

No almoço, há o olhar avuncular de Caravaggio dirigido para os objetos dentro do lenço azul. Existe provavelmente algum animal raro, reflete Caravaggio, que se alimenta com a mesma comida que esse jovem soldado come com a mão direita, os dedos trazendo o alimento para a boca. Só usa a faca para descascar a cebola, cortar a fruta em fatias.

Os dois homens fazem uma viagem de carroça, descendo até o vale, a fim de pegar um saco de farinha. Além disso, o soldado precisa apresentar ao quartel-general em San Domenico mapas das áreas já livres de minas. Como os dois tinham dificuldade em fazer perguntas sobre suas vidas, conversavam sobre Hana. Muitas perguntas são feitas antes que o homem mais velho admita que já a conhecia antes da guerra.

— No Canadá?

— Sim, eu a conheci lá.

Passam por inúmeras fogueiras ao lado da estrada e Caravaggio distrai a atenção do soldado com elas. O apelido do sapador é Kip. "Chamem o Kip." "Lá vai o Kip." O nome aderiu a ele de um modo curioso. No seu treinamento no manejo de bombas, na Inglaterra, o papel do seu relatório ficou um pouco sujo de manteiga e o oficial exclamou, de gozação:

— O que é isso aqui? Gordura de salmão?[2] — E todo mundo riu dele.

Não tinha a menor idéia do que fosse um salmão, mas o jovem sikh já estava definitivamente traduzido pelo nome de um peixe inglês, seco e salgado. Em uma semana, o seu nome verdadeiro, Kirpal Singh, foi totalmente esquecido. Não se importou com isso. Lorde Suffolk e sua equipe de demolições passaram a chamá-lo apenas pelo apelido, o que achava até melhor do que o costume inglês de chamar as pessoas pelo sobrenome.

---

[2] Em inglês, "Kipper grease". (N. do T.)

Naquele verão o paciente inglês usava o seu aparelho de audição, de modo que estava a par de tudo o que ocorria na casa. A cápsula de âmbar enfiada em seu ouvido traduzia os ruídos mais casuais — uma cadeira arrastando no chão da sala, as unhas do cachorro estalando do lado de fora do seu quarto, o que o levava a aumentar o volume do aparelho e escutar até a árdua respiração do bicho, ou o sapador gritando do terraço. Assim o paciente inglês, alguns dias depois da chegada do jovem soldado, ficou ciente de sua presença nas imediações da casa, embora Hana os mantivesse separados, pensando que provavelmente não fossem gostar um do outro.

Mas um dia ela entrou no quarto do inglês e deu com o sapador ali. Estava de pé junto à cama, os braços pendurados no rifle, atravessado sobre os ombros. Ela não gostou desse jeito despreocupado de lidar com a arma, sua espinha preguiçosa voltada para ela, na porta, como se o seu corpo fosse o eixo de uma roda, como se a arma tivesse sido costurada através dos seus ombros e braços e por dentro de seus pulsos finos e morenos.

O inglês virou-se para ela e disse:

— Estamos nos dando otimamente!

Ela ficou aborrecida pelo sapador ter entrado por acaso naquele aposento, parecia capaz de saber tudo que ela fazia, estar em toda parte. Kip, tendo ouvido Caravaggio falar que o paciente sabia muito a respeito de armas, passou a trocar idéias com o inglês acerca da busca de bombas ocultas. Subira até o quarto e descobriu nele um reservatório de informações sobre armamentos, dos aliados e dos inimigos. O inglês não só sabia a respeito dos absurdos detonadores italianos como também conhecia detalhadamente a topografia dessa região da Toscana. Logo os dois estavam desenhando esquemas de bombas um para o outro, e explicando a teoria de cada circuito específico.

— Os detonadores italianos parecem ser dispostos na vertical. E nem sempre na ponta.

— Bem, isso depende. Os feitos em Nápoles são assim, mas os fabricados em Roma seguem o sistema alemão. Nápoles, é claro, se voltarmos ao século quinze...

Era preciso ficar ouvindo o paciente falar no seu jeito tortuoso, e o jovem soldado não estava habituado a permanecer parado e mudo. Ia ficando irrequieto e sempre dizia alguma coisa nas pausas e silêncios que o inglês concedia a si mesmo, para revigorar o ímpeto do pensamento. O soldado virava a cabeça para cima e olhava para o teto.

— O que devíamos era fazer uma maca especial — ponderou o sapador, virando-se para Hana quando ela entrou — e carregar o inglês pela casa.

Ela olhou para os dois, deu de ombros e saiu do quarto.

Quando Caravaggio passou por ela no salão, Hana sorria. Ficaram no salão ouvindo a conversa que prosseguia dentro do quarto.

Já lhe expliquei meu conceito de homem virgiliano, Kip?
O seu aparelho de audição está ligado?
O quê?
Ligue...
— Acho que ele encontrou um amigo — Hana disse para Caravaggio.

Hana caminha pelo pátio sob o sol. Ao meio-dia as torneiras despejam água na fonte da villa e durante quarenta minutos a água fica esguichando. Ela tira os sapatos, passa para dentro do tanque seco da fonte e espera. A essa hora o cheiro de capim seco está em toda parte. Moscas varejeiras rodopiam pelo ar aos tropeções e esbarram nas pessoas como se estivessem se chocando contra uma parede, e depois vão embora distraídas. Ela observa o local onde as aranhas d'água fizeram seus ninhos, embaixo da bandeja mais alta da fonte, seu rosto encoberto pela sombra do círculo de cimento. Gosta de ficar sentada nesse berço de pedra, o cheiro do ar oculto, frio e escuro subindo do repuxo ainda vazio a seu lado, como o ar de um porão que foi aberto pela primeira vez no final da primavera e assim contrasta com o calor do lado de fora. Esfrega os braços e os dedos do pé para tirar a poeira, o enrugado dos sapatos, e se espicha.

Homens demais na casa. Sua boca se inclina de encontro à pele nua do ombro. Sente o cheiro da pele, o seu cheiro familiar. O seu próprio aroma e sabor. Lembra quando pela primeira vez tomou consciência disso, em algum ponto da adolescência — parece mais um lugar do que um tempo — beijando o seu próprio braço para treinar como se beija, cheirando o seu pulso ou se debruçando sobre sua coxa. Respirando dentro das suas mãos em concha de modo que o ar voltava para o seu nariz. Agora ela esfrega os seus pés brancos e descalços contra a coloração desigual da fonte. O sapador lhe contou acerca das estátuas que tinha encontrado durante os combates, como dormira ao lado de uma que era um anjo atormentado, metade homem, metade mulher, e que ele achara lindo. Ele tinha se deitado, olhando o corpo, e pela primeira vez durante a guerra sentira paz.

Ela cheira a pedra, o frio odor de traças.

Será que a morte do seu pai foi sofrida ou ele morreu tranqüilo? Será que ficou deitado como o paciente inglês que repousa solenemente no seu catre? Terá sido tratado por um estranho? Um homem que não é do nosso próprio sangue pode ferir muito mais os nossos sentimentos do que alguém do próprio sangue. Como se caindo nos braços de um estranho, a gente descobrisse o espelho da nossa própria escolha. Ao contrário do sapador, seu pai nunca se sentira inteiramente confortável neste mundo. Perdiam-se algumas sílabas nas suas conversas em razão da timidez. Em todas as frases de Patrick, sua mãe reclamava, perdiam-se duas ou três palavras essenciais. Mas Hana gostava disso nele, não parecia haver a menor sombra de um espírito feudal à sua volta. Tinha certa vaguidão, uma incerteza que lhe dava um encanto hesitante. Era diferente da maioria dos homens. Mesmo o paciente inglês possuía aquela familiar determinação do homem feudal. Mas o seu pai era um fantasma ansioso, satisfeito quando as pessoas a seu redor se mostravam confiantes, e até ásperas.

Será que foi ao encontro da morte com o mesmo jeito despreocupado de quem está ali por acaso? Ou estava enfurecido? Era o homem mais difícil de se enfurecer que ela já tinha visto, detestava discussão, limitava-se a sair da sala se alguém começava a falar mal de Roosevelt ou de Tim Buck ou elogiava certos figurões de Toronto. Nunca tentara converter quem quer que fosse ao seu modo de vida, apenas remediava ou festejava os fatos que ocorressem perto dele. Só isso. Um romance é um espelho andando por uma estrada. Ela havia lido isso num dos livros que o paciente inglês recomendara, e era assim que se lembrava do pai — sempre que buscava reunir momentos que teve com ele — parando seu carro debaixo de uma certa ponte em Toronto, ao norte da Pottery Road, à meia-noite, e explicando a ela que aquele era o lugar onde, com algum desconforto e sem muita satisfação, os estorninhos e os pombos partilhavam os abrigos nos buracos da parede para passar a noite. Assim tinham parado ali numa noite de verão e puseram a cabeça para fora, para o barulho alvoroçado das aves e seus pios e gorjeios sonolentos.

Me disseram que Patrick morreu num pombal, disse Caravaggio.

O pai dela adorava uma cidade que ele mesmo tinha inventado, cujas ruas e paredes e muros ele e seus amigos haviam pintado. Na verdade, nunca saíra desse mundo. Hana compreende que tudo que sabe a respeito do mundo real ela aprendeu sozinha e com Caravaggio ou com sua madrasta, Clara, durante o tempo em que viveram juntas. Clara, que um dia fôra atriz, a articulada, que mostrara uma fúria bem articulada quando eles todos partiram para a guerra. Durante todo o último ano, na Itália, Hana levava consigo as cartas de Clara. Cartas que ela sabia terem sido escritas sobre uma pedra cor-de-rosa numa ilha na Georgian Bay, escritas com o vento soprando da água e enrolando o papel do seu caderno de anotações, antes que afinal ela arrancasse as páginas e as pusesse dentro de um envelope para Hana. Levava as cartas em sua maleta, cada uma contendo um floco da pedra cor-de-rosa e daquele mesmo vento. Mas nunca as respondera. Sentia a falta de Clara com desgosto, mas é incapaz de escrever para ela, agora, depois de tudo que lhe aconteceu. Não suporta falar a respeito da morte de Patrick e nem mesmo consegue admitir o fato.

E agora, neste continente, depois que a guerra se deslocou para adiante, os conventos e igrejas que durante um breve tempo se converteram em hospitais estão abandonados, solitários, encravados nas montanhas da Toscana e da Úmbria. Abrigam os remanescentes das sociedades formadas pela guerra, pequenos detritos de rochas deixados para trás após a passagem de uma enorme geleira. Em torno deles há apenas a floresta sagrada. Hana enfia seus pés embaixo da manta fina e repousa os braços ao longo do corpo. Tudo está parado. Escuta a agitação familiar e oca de uma batedeira por dentro do cano que passa no interior da coluna central da fonte. O silêncio. Em seguida, de repente, há um estrondo no instante em que a água chega e esguicha ao redor dela.

* * *

As histórias que Hana tinha lido para o paciente inglês, viajando ao lado do velho andarilho em *Kim* ou com Fabrizio em *A Cartuxa de Parma*, os haviam intoxicado num turbilhão de exércitos e cavalos e trens — sempre correndo para longe ou na direção de alguma guerra. Empilhados num canto do seu quarto, se achavam outros livros que tinha lido para ele, cujas paisagens haviam percorrido juntos.

Muitos livros começam com uma garantia de ordem apresentada pelo autor. A gente penetra suavemente em suas águas com um silencioso golpe de remo.

Inicio minha obra no tempo em que Sérvio Galba era cônsul.

... As histórias de Tibério, Calígula, Cláudio e Nero, enquanto estiveram no poder, foram falsificadas pela força do terror e após sua morte foram escritas sob o efeito de um ódio ainda recente.

Assim Tácito começa seus *Anais*.

Mas os romances começavam com hesitação ou caos. Os leitores nunca se sentiam inteiramente firmes. Uma porta uma tranca um dique se abria e eles entravam de chofre, um açoite em uma das mãos, um chapéu na outra.

Quando ela começa um livro, atravessa portais requintados que dão para pátios espaçosos. Parma e Paris e Índia estendem seus tapetes.

Ele se sentou, desafiando as leis municipais, acarranchado sobre o canhão chamado Zam-Zammah, no alto do seu pedestal de tijolos diante do velho Ajaib-Gher — a Casa das Maravilhas, como os nativos chamavam o Museu Lahore. Quem dominasse Zam-Zammah, aquele "dragão que cospe fogo", tinha nas mãos o Punjab inteiro; pois a grande peça de bronze é sempre a primeira presa dos conquistadores.

— Leia devagar, minha cara, é preciso ler Kipling devagar. Observe bem onde caem as vírgulas e assim descubra as pausas naturais. Ele era um escritor que usava tinta e pena. Erguia muitas vezes os olhos do papel, eu acho, espiava pela janela e ouvia os pássaros, como fazem a maioria dos escritores quando estão sozinhos. Alguns não sabem os nomes dos pássaros, mas ele sabia. O seu olho, minha jovem, é muito rápido e norte-americano. Pense na velocidade da caneta dele. Caso contrário, que raio de parágrafo mais constrangedor e irritante podia haver do que esse aí?

Esta foi a primeira aula de leitura do paciente inglês. Ele não a interrompeu mais. Se acontecia de pegar no sono, Hana ia adiante, sem erguer os olhos até que ela mesma se sentisse fatigada. Caso ele tivesse perdido a trama da última meia hora, seria apenas um quarto escuro no conjunto de uma história que provavelmente já conhecia. Estava familiarizado com o mapa da história. Havia Benares no leste e Chilianwalah no norte do Punjab. (Tudo isso se passou antes do sapador entrar em suas vidas, como se tivesse saído daquelas ficções. Como se alguém tivesse esfregado as páginas de Kipling durante a noite, como uma lâmpada mágica. Como uma droga que produz maravilhas.)

Ela se desprendeu do final de *Kim*, com suas frases delicadas e sagradas — e agora com uma dicção limpa — e apanhou o livro de citações do paciente, o livro que ele de algum modo conseguira trazer consigo a salvo do fogo. O livro abriu-se um tanto desmantelado, quase na metade de sua espessura.

Havia pedaços de papel-bíblia rasgados e colados no meio do texto.

O Rei Davi porém tinha envelhecido e achava-se numa idade mui avançada: e por mais que o cobrissem de roupa, não aquecia.

Disseram-lhe pois seus criados: busquemos para o Rei nosso senhor uma jovem virgem, que o acalente, e durma sobre o seu peito e preserve do frio o nosso Rei.

Buscaram pois em todas as terras de Israel uma linda donzela, e encontraram Abisag, uma sunamita, e a trouxeram para o Rei. E a donzela dormia com o Rei e o acalentava: mas o Rei a deixou sempre virgem.

A tribo _____, que salvara o piloto queimado, o tinha levado para a base inglesa de Siwa, em 1944. Foi transportado, no trem de socorro da meia-noite, do Deserto Ocidental para Túnis, e depois embarcado para a Itália. A essa altura da guerra, havia centenas de soldados perdidos, sem saber quem eram, mais inocentes do que trapaceiros. Aqueles que se diziam incertos acerca da sua nacionalidade eram instalados em um estabelecimento em Tirrenia, onde ficava o hospital do mar. O piloto queimado era mais um enigma, sem qualquer identificação, irreconhecível. Em uma prisão ali perto, o poeta Ezra Pound se achava trancafiado em uma jaula, onde tratava de esconder no corpo e nos bolsos — mudando de lugar todos os dias para manter sua própria imagem de segurança — um chumaço de folhas de eucalipto bem dobradas, que tinha colhido no jardim do seu traidor quando foi preso.

— *Eucalipto, bom para a memória.*

— Vocês deviam tentar me enganar — disse o piloto queimado aos seus interrogadores —, me obrigar a falar em alemão, o que aliás sei fazer muito bem, me perguntar a propósito de Don Bradman. Perguntem sobre Marmite, a grande Gertrude Jekyll. — Ele sabia onde se encontravam todos os quadros de Giotto na Europa, e a maioria dos lugares onde era possível ver *trompe l'oeil* convincentes.

O hospital do mar foi construído a partir das cabines de banhistas dispostas ao longo da praia e que os turistas alugavam no início do século. Na temporada do calor, os velhos guarda-sóis Campari eram ajustados mais uma vez nos bocais nas mesas, e os enfaixados e os feridos e os comatosos sentavam-se na sua sombra, ao ar marinho, e conversavam devagar, ou ficavam olhando, ou falavam sem parar. O homem queimado notou a jovem enfermeira, separada dos demais. Conhecia aquele tipo de olhares mortos, sabia que ela era mais paciente do que enfermeira. Quando precisava de alguma coisa, só se dirigia a ela.

Foi interrogado outra vez. Tudo sobre ele era muito inglês, exceto pelo fato de sua pele estar toda preta, esturricada, uma criatura saída do pântano da história ali no meio dos oficiais interrogadores.

Perguntaram-lhe onde estavam os aliados na Itália, e ele respondeu que achava que tinham tomado Florença, mas foram barrados pelas cidades no topo das montanhas ao norte. A Linha Gótica.

— A sua Divisão está empacada em Florença e não consegue ultrapassar bases como as de Prato e Fiesole, por exemplo, porque os alemães se aquartelaram nas villas e conventos e esses lugares são muito bem protegidos. É uma história antiga, os cruzados cometeram o mesmo erro contra os sarracenos. E, assim como eles, vocês agora precisam dessas cidades fortificadas. Nunca foram abandonadas, exceto nos tempos do cólera.

Continuou divagando, deixando todos loucos, aliado ou traidor, não havia como ter certeza do que ele era.

Agora, meses depois na Villa San Girolamo, na aldeia no alto da montanha ao norte de Florença, no quarto-caramanchão que era o seu aposento, ele repousa como a escultura do cavaleiro morto em Ravenna. Fala em fragmentos sobre cidades em oásis, os últimos Medicis, a prosa de Kipling, a mulher que mordia seu corpo. E em seu livro de citações, sua edição de 1890 das *Histórias* de Heródoto, há mais fragmentos: mapas, anotações de um diário, textos em muitas línguas, parágrafos recortados de outros livros. Só o que falta é o seu próprio nome. Não há ainda a menor pista para saber quem ele é na verdade, anônimo, sem exército, batalhão ou esquadrão. As referências em seu livro são todas anteriores à guerra, os desertos do Egito e da Líbia na década de trinta, intercalados com referências a arte rupestre ou arte de galerias ou notas de jornal, tudo na sua letrinha miúda.

— Não há mulheres morenas — diz o paciente inglês para Hana, quando ela se inclina sobre ele — entre as Madonnas de Florença.

O livro está na mão dele. Ela o afasta do seu corpo adormecido e o coloca sobre a mesa-de-cabeceira. Deixando-o aberto, ela permanece ali de pé, olhos voltados para baixo, e lê. Promete a si mesma não virar a página.

Maio, 1936.

Vou ler para você um poema, disse a esposa de Clifton, em sua voz formal, que é o seu jeito de sempre a menos que a pessoa seja muito chegada a ela. Estávamos todos no terreno para acampamento no lado sul, próximos à fogueira.

Eu caminhava por um deserto.
E gritei:
— Deus, tire-me deste lugar!
Uma voz disse: — Isto não é um deserto.
Eu gritei: — Ora, mas...
e a areia, o calor, o horizonte vazio?
A voz disse: — Isto não é um deserto.

Ninguém falou nada.
Ela disse, isto é de Stephen Crane, ele nunca esteve num deserto.
Ele esteve num deserto sim, replicou Madox.

Julho, 1936.

Há traições na guerra que são pirraças de criança quando comparadas com nossas traições em tempo de paz. A nova amante se integra aos hábitos do outro. As coisas são despedaçadas, expostas a uma nova luz. Isto é feito com frases nervosas ou ternas, embora o coração seja um órgão de fogo.

Uma história de amor não trata daqueles que perderam o coração, mas sim dos que encontram aquela criatura taciturna que, quando cruza o nosso caminho, não deixa mais que o corpo engane a ninguém e a nada — de nada valem a sabedoria do sono ou o costume das medidas sociais. A pessoa consome a si mesma e ao seu passado.

Está quase escuro no quarto verde. Hana se vira e percebe que seu pescoço ficou endurecido com a imobilidade. Esteve concentrada e submersa na caligafria emaranhada do grosso atlas de textos e mapas do inglês. Tem até um pedacinho de feno colado. *As Histórias*. Ela não fecha o livro, não o tocou desde o momento em que o colocou sobre a mesinha. Afasta-se dele.

Kip se achava em um campo ao norte da villa quando encontrou a grande mina, seu pé — quase tocando o fio verde quando atravessava o bosque — torceu para se desviar e por isso ele perdeu o equilíbrio e caiu de joelhos. Ergueu o fio até ficar tensionado, depois seguiu-o, serpenteando por entre as árvores.

Sentou-se no ponto de partida do fio com o saco de lona no colo. Ficou espantado com a mina. Cobriram-na com concreto. Puseram o explosivo ali e em seguida cobriram-no com uma camada de concreto para disfarçar seu mecanismo e seu poder. Havia uma árvore desfolhada a uns quatro metros. Outra árvore a uns nove metros. Durante dois meses a grama cresceu e cobriu a esfera de concreto.

Abriu o saco e, com a ajuda de uma tesoura, podou a grama. Amarrou uma pequena rede feita de cordas em torno da mina e, depois de passar a corda numa roldana presa a um galho de árvore, içou lentamente a estrutura de concreto, suspensa no ar. Dois fios vinham do concreto para a terra. Sentou-se, recostou-se à árvore e ficou observando. Agora, a rapidez de nada adiantava. Retirou do seu saco a antena de cristal e ajustou os fones nos ouvidos. Num instante o rádio o entupia de música americana da estação AIF. Dois minutos e meio em média para cada canção ou música para dançar. Ele sabia muito bem encontrar seu caminho de volta em meio a "A string of pearls", "C-Jam blues" e outras tantas melodias para descobrir quanto tempo estivera ali, recebendo no subconsciente a música de fundo.

O ruído não atrapalhava. Nesse tipo de bomba não havia qualquer débil estalido ou tique-taque para indicar perigo. A distração da música ajudava a limpar as idéias, vislumbrar as formas e estruturas possíveis da mina, a personalidade que havia instalado aquela cidade de fios e em seguida cobrira tudo com concreto.

Firmar a esfera de concreto suspensa no ar, atada por uma segunda corda, significava que os dois fios não puxariam mais o detonador, por mais que fossem sacudidos. Pôs-se de pé e começou a talhar a mina camuflada com um cinzel, com toda delicadeza, soprando os detritos para longe, desbastando o concreto um pouco mais com o auxílio de uma ponteira. Desviava-se de sua atividade apenas quando a música escapava da sintonia e era preciso realinhar a estação, trazendo de volta a clareza para o balanço das melodias. Bem devagar, foi desentranhando a série de fios. Havia seis fios emaranhados, ligados uns aos outros, todos pintados de preto.

Varreu a poeira do mapa em cima do qual se achavam os fios. Seis fios pretos. Quando era criança, seu pai uma vez agarrara seus dedos juntos e, deixando visíveis apenas as pontas dos dedos, lhe perguntou qual era o mais comprido. Acabou escolhendo o seu próprio dedo mindinho e seu pai abriu a mão, como uma flor, revelando o erro do menino. É claro que alguém poderia ligar o pólo negativo num fio vermelho. Mas este adversário não só cobrira tudo com concreto como também pintara todos os caracteres de preto. Kip sentia-se tragado por um redemoinho psicológico. Com a faca, começou a raspar a tinta, revelando o azul, o vermelho, o verde. Teria o seu adversário também trocado os fios? Seria preciso instalar uma extensão com o seu próprio fio preto, como água desviada na curva de um rio, e depois testar o circuito para determinar a força positiva e a negativa. Em seguida verificaria a oscilação da energia e descobriria onde estava o perigo.

Hana levava um espelho comprido pelo salão no andar debaixo. Parava em razão do peso e depois ia em frente, o espelho refletindo a pintura escura e antiga do corredor.

O inglês havia manifestado o desejo de ver a si mesmo. Antes de entrar no quarto, ela teve o cuidado de virar o espelho contra si mesma, para que a luz não refletisse da janela sobre o rosto do inglês.

Estava ali deitado, com sua pele negra, o único ponto branco era o seu aparelho de surdez e a brancura luminosa do seu travesseiro. Com as mãos, ele puxou o lençol que o cobria. Aqui, faça assim, empurrando o tecido o mais que podia, e Hana puxou o lençol até a beirada da cama.

Ela ficou de pé em uma cadeira junto à cama e foi virando o espelho para ele bem devagar. Esta era a sua posição, as mãos segurando bem firmes, estendidas para a frente, quando ouviu os gritos muito longe.

A princípio, ela os ignorou. Muitas vezes chegavam à casa ruídos vindos do vale. O emprego de megafones para ordens militares a irritava constantemente quando morava sozinha com o paciente inglês.

— Não deixe o espelho tremer, minha cara — disse ele.

— Acho que alguém está gritando. Está ouvindo?

A mão esquerda aumentou o volume do aparelho de audição.

— É o rapaz. É melhor você ir ver o que há.

Hana encostou o espelho na parede e saiu às pressas pelo corredor. Parou do lado de fora à espera do próximo grito. Quando veio, ela atravessou a jardim e entrou pelos campos acima da casa.

Ele estava de pé, as mãos erguidas para cima, como se segurasse uma teia de aranha gigante. Sacudia a cabeça para se livrar dos fones de ouvido. Quando ela correu na sua direção, Kip gritou para que Hana desse a volta pela esquerda, havia fios de mina por todo lado. Ela parou. Andara por ali inúmeras vezes, sem a menor noção do perigo. Levantou um pouco a saia e foi em frente, atenta aos pés quando pisavam na grama alta. As mãos dele ainda estavam erguidas para o ar quando ela chegou a seu lado. Kip fora ludibriado, acabando com dois condutores de corrente seguros nas mãos, os quais não podia soltar sem a segurança de um contraponto. Precisava de uma terceira mão para anular um deles e precisava retornar uma vez mais à ponta do detonador. Com cuidado, passou os fios para ela e baixou os braços, trazendo o sangue de volta.

— Vou pegar os fios outra vez num minuto.
— Tudo bem.
— Fique bem quieta.

Abriu sua mochila para apanhar o contador Geiger e o magneto. Deslizou o aparelho pelos fios que Hana segurava. Nenhum desvio para o negativo. Nenhuma indicação. Nada. Deu um passo atrás, conjeturando qual seria o truque.

— Vamos prender os fios na árvore e você pode ir embora.
— Não. Eu fico segurando. Não vão alcançar a árvore.
— Não.
— Kip... Eu posso ficar segurando os fios.
— Estamos em um impasse. Há uma espécie de arapuca. Não sei mais o que fazer daqui para a frente. Não sei até que ponto vai esse ardil.

Deixando-a ali, foi até o ponto onde encontrara o fio pela primeira vez. Ergueu-o e seguiu-o desta vez até o fim, com o contador Geiger. Depois ficou de cócoras a uns nove metros de Hana, refletindo, de vez em quando olhando para o alto, seu olhar passando através dela, observando apenas os dois fios-afluentes que a moça tinha nas mãos. Eu não sei, disse em voz alta, devagar, *eu não sei*. Acho que preciso cortar o fio que está na sua mão esquerda, e você precisa ir embora. Ele puxou os fones por cima da cabeça e assim o som voltou para dentro dele, enchendo tudo com uma claridade. Desenhou mentalmente os diversos percursos dos fios e se embrenhou nas circunvoluções de seus nós, as súbitas guinadas, as conexões ocultas que os transformavam de positivos em negativos. O isqueiro. Lembrou-se do cão, cujos olhos eram grandes como pires. Disparava apostando corrida com a música pelos fios afora, e o tempo todo observava as mãos da moça, que as mantinha muito firmes e bem fechadas.

— É melhor você ir embora.
— Você precisa de outra mão para poder cortar, não é?
— Posso prender numa árvore.
— Eu vou ficar segurando.

Pegou o fio da mão esquerda de Hana, como se fosse uma cobrinha fina. Depois, o outro. Ela não saiu do lugar. Kip nada mais falou, agora precisava pensar do modo mais claro possível, como se estivesse sozinho. Hana pegou de volta um dos fios. Ele nem se deu conta disso, a presença dela havia sido apagada. Kip voltou a percorrer o caminho do detonador da mina, seguindo os passos da mente que havia coreografado tudo isso, tocando os pontos-chave, examinando pelos raios X, a orquestra enchendo de música todo o resto do seu pensamento.

Virando-se para ela, cortou o fio logo abaixo do seu pulso esquerdo antes que a imagem do teorema se desfizesse, o som semelhante a algo partido com uma dentada. Viu o estampado escuro do vestido de Hana cobrindo o seu ombro até tocar o pescoço. A bomba estava morta. Largou o alicate e pôs a mão no seu ombro, sentindo a necessidade de tocar algo humano. Hana falava alguma coisa que ele não conseguia escutar. Ela avançou e arrancou os fones da sua cabeça, assim o silêncio o invadiu. Brisa e folhas farfalhando. Compreendeu que o estalido do fio sendo cortado não fora ouvido na verdade, apenas sentido, o corte, um ossinho de coelho sendo partido. Sem a soltar, desceu a mão pelo seu braço e puxou os dois centímetros de fio ainda presos na sua mão fechada.

Ela olhava para ele, zombeteira, esperando a resposta para o que tinha dito, mas ele não escutara. Hana balançou a cabeça e sentou-se. Ele começou a reunir os diversos objetos espalhados a sua volta, enfiando-os na mochila. Ela olhou para o alto da árvore e depois, por acaso, baixou os olhos e viu as mãos de Kip tremendo com força, e tensas como as de um epilético, sua respiração profunda e rápida, voltando ao normal após um instante. Estava de cócoras.

— Você ouviu o que eu disse?
— Não. O que foi?
— Pensei que eu ia morrer. Eu queria morrer. E pensei que, se ia morrer, era melhor morrer com você. Alguém como você, jovem como eu, vi tanta gente morrer perto de mim no último ano. Não senti medo. Claro que não fui corajosa, nem mesmo agora. Pensei comigo mesma, temos esta villa, este gramado, devíamos cair deitados juntos, você nos meus braços, antes de morrer. Eu queria tocar nesse osso no seu pescoço, a clavícula, é como uma asa dura por baixo da pele. Queria encostar meus dedos nela. Sempre gostei de pele da cor de rios e pedras ou como o miolo de uma flor chamada Susan, conhece? Já viu uma? Estou tão cansada, Kip, quero dormir. Quero dormir ao pé desta árvore, encostar meus olhos na sua clavícula, só queria fechar os olhos sem ter de pensar nos outros, queria achar uma árvore que me abrigasse e onde eu pudesse dormir. Que mente cuidadosa! Saber o fio que era preciso cortar. Como descobriu? Você não parava de dizer Eu não sei, Eu não sei, mas conseguiu. Certo? Não trema, você tem de ser uma cama firme para mim, deixe que eu fique encolhidinha como se você fosse um bom avô que eu

pudesse abraçar, adoro a palavra "encolhidinha", é comprida, não adianta se apressar com ela...

A boca de Hana estava encostada na camisa de Kip. Ele estava deitado a seu lado, o mais imóvel que podia, olhos abertos, observando o ramo de uma árvore acima deles. Escutava a respiração profunda de Hana. Quando pôs o braço ao redor dos ombros da moça, ela já havia adormecido, mas mesmo assim apertou o braço contra si. Voltando os olhos para baixo, notou que ela ainda segurava o fio, devia tê-lo apanhado outra vez.

O mais sensível era a sua respiração. Hana parecia tão leve que devia ter desviado seu peso de cima dele. Por quanto tempo Kip poderia ficar assim, sem se mexer ou se virar para nada? Era essencial permanecer parado, a mesma imobilidade que confiara encontrar nas estátuas durante aqueles meses em que veio subindo pelo litoral em ações de combate com o fim de tomar e ultrapassar todas as cidades fortificadas, tantas que já não via diferença alguma entre uma e outra, as mesmas ruazinhas estreitas em toda parte, que logo se tornavam esgotos de sangue, e então podia sonhar que, caso perdesse equilíbrio, deslizaria por aquelas ladeiras, arrastado pelo caldo vermelho e terminaria cuspido do alto do penhasco para dentro do vale lá embaixo. Todas as noites caminhava para o frio interior de alguma igreja capturada e escolhia uma estátua para servir de sentinela durante a noite. Só confiava nessa raça de pedra, se aproximando delas no escuro o máximo possível, um anjo angustiado cuja coxa era exatamente igual à coxa de uma mulher, cujas linhas e sombras pareciam tão suaves. Colocava a cabeça no colo dessas criaturas e se abandonava ao sono.

De repente Hana pôs mais peso sobre ele. E agora sua respiração se alongava mais profunda ainda, como a voz de um violoncelo. Observou o rosto da moça dormindo. Ainda estava perturbado pelo fato de Hana ter ficado com ele depois que desarmou a bomba, como se por esse motivo tivesse ficado devendo alguma coisa a ela. Fazer com que Kip, em retrospecto, se sentisse responsável por ela, embora ninguém estivesse pensando nisso por enquanto. Como se *isso* pudesse ter alguma influência útil na decisão do que fazer com uma mina.

Mas agora Kip sentia que estava no interior de alguma coisa, talvez dentro de uma pintura que vira em algum lugar ao longo do último ano. Um casal deitado em segurança em um campo. Quantos ele vira com aquela preguiça sonolenta, sem preocupações com trabalho ou com os perigos do mundo. A seu lado, havia os movimentos tímidos da respiração de Hana; seus olhos, por trás das pálpebras, giraram agitados, uma pequena fúria em seu sonho. Kip desviou os olhos para o alto, para as árvores, para as nuvens brancas no céu. A mão de Hana o agarrara com a mesma força do barro mole no barranco do rio Moro, seus pulsos enterrados na terra molhada para evitar que continuasse a escorregar de volta para a correnteza do rio, que havia acabado de atravessar.

Se ele era um herói numa pintura, tinha o direito de dormir. Mas como Hana havia dito, Kip tinha a cor morena das pedras, a cor morena de um rio barrento. E algo o fez recuar mesmo diante da inocência desse comentário. Uma bomba desarmada costumava ser o final dos romances. Homens brancos e sábios trocavam apertos de mão fraternais, reconhecidos, e partiam com seu passinho cambaleante, persuadidos por esse evento especial a abandonar sua solidão. Mas ele era um profissional. E continuava a ser o estrangeiro, o sikh. Seu único contato pessoal e humano era com esse inimigo que fizera a bomba e partira, apagando suas pegadas com um ramo de árvore.

Por que não podia dormir? Por que não podia se voltar para a moça, parar de pensar que tudo ainda estava meio aceso, em chamas? Numa pintura que representasse a sua imaginação, o campo em volta daquele casal abraçado apareceria em chamas. Certa vez acompanhara pelo binóculo os movimentos de um sapador ao entrar numa casa minada. Viu-o roçar uma caixa de fósforos na beirada de uma mesa e ser envolvido pela luz meio segundo antes do barulho arrepiante da bomba o alcançar. Assim eram os relâmpagos em 1944. Como poderia confiar sequer no círculo de elástico que prendia a manga do camisolão no braço da moça? Ou na fricção áspera da sua respiração, profunda como pedras no fundo de um rio?

Hana acordou quando a lagarta passou do colarinho para o seu rosto, e abriu os olhos, viu-o de cócoras debruçado sobre ela. Kip retirou a lagarta do seu rosto, sem tocar na pele, e colocou-a na grama. Hana notou que ele já havia guardado seu equipamento. Kip se afastou e sentou-se junto à árvore, olhando para ela enquanto se espreguiçava, deitada de costas, prolongando esse momento o mais que podia. Devia ser de tarde, o sol lá adiante. Inclinou a cabeça para trás e olhou para ele.

— Você devia tomar conta de mim!
— Fiz isso. Até que você se desprendeu de mim.
— Por quanto tempo ficou abraçado comigo?
— Até você se mexer. Até você precisar se mexer.
— Eu não me aproveitei demais de você, não é? — E vendo que ele corava, acrescentou: — Estou brincando.
— Você quer ir para a casa?
— Quero, estou com fome.

Ela mal podia ficar de pé, a tonteira com a luz do sol, as pernas cansadas. Por quanto tempo haviam ficado ali, ela não sabia. Não conseguia esquecer como dormira profundamente, a leveza do chumbo na água.

*   *   *

Uma festa começou no quarto do paciente inglês assim que Caravaggio mostrou o gramofone que trouxera de algum lugar.
— Vou usá-lo para ensinar você a dançar, Hana. Não essas coisas que o seu jovem amigo aí sabe. Eu vi e não quero saber desse tipo de dança. Mas essa música, "How long has this been going on", é uma das melhores porque a melodia da introdução é mais pura do que a canção que ela apresenta. E só grandes jazzistas reconheceram isso. Agora, a gente podia fazer essa festa no terraço, e assim podíamos convidar também o cachorro. Ou podíamos invadir o território do inglês e fazer a farra no quarto no andar de cima. O seu jovem amigo que não bebe conseguiu algumas garrafas de vinho ontem em San Domenico. Só faltava a música. Me dê o braço. Não, primeiro a gente precisa riscar o chão com giz e treinar os passos. Três passos principais, um-dois-três, agora me dê o braço. Mas o que deu em você hoje?
— Ele desmontou uma bomba grande, das mais difíceis. Deixe que ele mesmo vai contar para você.

O sapador deu de ombros, não por modéstia, mas como se fosse complicado demais explicar. A noite ia caindo ligeiro, o vale ia se enchendo com a noite, e depois as montanhas e logo eles ficaram mais uma vez com a luz das lanternas.

Seguiram pelos corredores em confusão, na direção do quarto do paciente inglês, Caravaggio com o gramofone, uma das mãos segurando o braço e a agulha.
— Agora, antes que comece a contar sua história — falou para a estática figura na cama — vou brindar você com essa "My romance".
— Composta em 1935 por Lorenz Hart, quero crer — murmurou o inglês. Kip estava sentado na janela e ela disse que queria dançar com o sapador.
— Não antes de eu ter ensinado você a dançar, minha querida pestinha.
Hana olhou para Caravaggio de um modo estranho; era este o tratamento afetuoso que seu pai usava com ela. Caravaggio a puxou para si, num abraço grisalho e pesado, repetiu "minha querida pestinha", e deu início à aula de dança.

Hana usava um vestido limpo, mas que não foi passado. Sempre que davam um rodopio, ela via o sapador cantando para si mesmo, acompanhando a letra da música. Se tivessem eletricidade, poderiam ligar um rádio, poderiam ter notícias da guerra. Tudo que tinham era a antena do rádio de Kip, mas por cortesia ele a deixara em sua barraca. O paciente inglês comentava a vida infeliz de Lorenz Hart. Alguns de seus melhores versos na música "Manhattan" foram trocados e então o inglês entoou estes versos:

> *"Vamos tomar banho em Brighton:*
> *Vamos dar um susto nos peixes*
> *Quando cairmos n'água.*
> *Seu maiô tão fininho*
> *Vai fazer os mariscos e ostras*
> *Sorrirem de costa a costa."*

— Versos excelentes, e eróticos, mas é de suspeitar que Richard Rodgers quisesse mais dignidade.
— Você precisa adivinhar meus movimentos, está vendo?
— Por que você não adivinha os meus?
— Farei isso quando você souber o que fazer. Por enquanto só eu sei.
— Aposto que Kip sabe.
— Pode até saber, mas não vai dançar.
— Preciso tomar um pouco de vinho — disse o paciente inglês, e o sapador pegou um copo de água, despejou o conteúdo pela janela e serviu o vinho para o inglês.
— É a minha primeira bebida em um ano.

Ouviu-se um ruído abafado, o sapador virou-se ligeiro e olhou pela janela, para dentro da escuridão. Os outros pararam congelados. Podia ter sido uma mina. Ele se virou para a festa e disse:

— Está tudo bem, não foi uma mina. O som parece que veio de uma área já limpa.
— Vire o disco, Kip. Vou apresentar a vocês "How long has this been going on", composta por... — Deu a deixa para o paciente inglês, que se viu numa sinuca, balançando a cabeça, fazendo uma careta com o vinho na boca.
— Esse álcool na certa vai me matar.
— Nada vai matar você, meu amigo. Você já é puro carvão.
— Caravaggio!
— George e Ira Gershwin. Escutem.

Caravaggio e Hana deslizavam na melancolia do saxofone. Ele tinha razão. O fraseado tão lento, tão arrastado, Hana podia sentir que o músico não queria deixar a pequena sala de visitas da introdução para entrar finalmente na melodia, insistia em permanecer ali, onde a história não havia ainda começado, como se estivesse apaixonado por uma donzela no prólogo. O inglês murmurou que as introduções deste tipo de música eram chamadas "refrões".

Hana apoiava seu rosto contra os músculos do ombro de Caravaggio. Ela podia sentir aquelas terríveis garras nas suas costas, tocando no camisolão limpo, e os dois se moviam no espaço diminuto entre a cama e a parede, entre a cama e a porta, entre a cama e o nicho da janela onde Kip se achava sentado. Toda vez que davam uma volta, ela via o seu rosto. Seus joelhos erguidos e os braços descansando sobre eles. Ou então estava olhando pela janela para dentro da escuridão.

— Algum de vocês conhece uma dança chamada o abraço do Bósforo?
— Perguntou o inglês.
— Nunca ouvi falar.

Kip observava as sombras volumosas deslizando sobre o telhado, sobre a parede pintada. Desenroscou-se para ficar de pé, se aproximou do paciente inglês a fim de encher seu copo vazio e tocou com a garrafa contra a borda do copo num brinde. O vento oeste entrando no quarto. E ele de repente se virou, preocupado. Um débil aroma de cordite o atingia, uma percentagem daquilo no ar, e logo Kip se esgueirava para fora do quarto, com uma expressão de enfado, deixando Hana nos braços de Caravaggio.

Não havia luz alguma quando atravessou correndo o salão. Pôs nos ombros a mochila, saiu da casa em disparada pelos trinta e seis degraus da capela até a estrada, sem parar de correr, apagando de seu corpo qualquer idéia de cansaço.

Teria sido um sapador ou um civil? O aroma de flores e ervas ao longo do muro da estrada, a pontada começando a ferir no lado do corpo. Um acidente ou uma escolha errada. Os sapadores em geral eram arredios, isolados. Formavam um grupo incomum, no que diz respeito à personalidade, um pouco parecidos com as pessoas que trabalham com jóias ou pedras preciosas, tinham dentro de si uma firmeza e uma lucidez próprias, suas decisões eram assustadoras até para outros que lidam no mesmo ramo. Kip reconhecera esta qualidade entre os lapidadores de pedras preciosas, mas nunca em si mesmo, embora soubesse que os outros a encontravam nele. Os sapadores nunca se tornavam íntimos uns dos outros. Quando conversavam, limitavam-se a transmitir informações, novos equipamentos, hábitos do inimigo. Entraria no prédio da prefeitura, onde estavam acampados, seus olhos assimilariam os três rostos e iam registrar a ausência do quarto rosto. Ou então estariam lá os quatro e em um campo em algum lugar haveria o corpo de um velho ou de uma moça.

Aprendera diagramas quando ingressou no exército, esquemas que se tornaram cada vez mais complicados, como imensos nós ou partituras musicais. Descobriu que possuía a habilidade de visualizar em três dimensões, o olhar arisco capaz de examinar uma página de informações e realinhá-la, enxergar todas as notas fora do tom. Por natureza, era conservador, mas também capaz de imaginar os piores mecanismos, os acidentes que um quarto era capaz de conter — uma ameixa numa mesa, uma criança se aproxima e come o fruto envenenado, um homem entra num quarto escuro e antes de alcançar sua esposa na cama tira um lampião de parafina do suporte na parede. Qualquer aposento estava cheio dessas coreografias. O olhar arisco podia enxergar a linha enterrada por baixo da superfície, como um nó pode se embolar sozinho quando ninguém está olhando. Abandonava os livros de mistério com irritação, capaz de apontar os criminosos com excessiva facilidade. Sentia-se bastante confortável ao lado de homens dotados da loucura abstrata dos autodidatas, como o seu mentor, Lorde Suffolk, como o paciente inglês.

Ainda não tinha fé nos livros. Nos últimos dias, Hana o observara sentado ao lado do paciente inglês, e lhe pareceu o reverso de *Kim*. O jovem estudante era agora um indiano, o velho professor sábio era inglês. Mas era Hana que ficava de noite com o velho, que o guiava pelas montanhas até o rio sagrado. Chegaram a ler este livro juntos, a voz de Hana bem lenta enquanto o vento fazia minguar a chama da vela a seu lado, a página escurecendo por um momento.

> *Ele ficava de cócoras num canto da ruidosa sala de espera, apartado de qualquer outro pensamento; mãos no colo e pupilas contraídas até o tamanho de pontas de agulha. Num instante — em outra metade de segundo — sentia que ia chegar à solução do terrível quebra-cabeça...*

E de algum modo nessas noites compridas de leitura em voz alta, é o que Hana supunha, eles haviam se preparado para receber o jovem soldado, o menino crescido, que viria se juntar a eles. Mas foi Hana quem representou o papel do menino na história. E se Kip fosse alguém, seria o oficial Creighton.

Um livro, um mapa de nós entrelaçados, a placa de um detonador, um quarto com quatro pessoas numa villa abandonada iluminada apenas pela luz de uma vela e de vez em quando pelo clarão de um relâmpago, e de vez em quando o possível clarão de uma explosão. As montanhas, os morros e Florença estavam às cegas sem eletricidade. A luz de uma vela não alcança mais do que quarenta e cinco metros. Mais longe que isso, nada havia ali que pertencesse ao mundo exterior. Haviam celebrado suas próprias e simples aventuras na breve dança dessa noite no quarto do paciente inglês — Hana o seu sono, Caravaggio a "descoberta" do gramofone, e Kip o difícil desativamento de uma mina, embora já tivesse quase esquecido o caso. Era do tipo que se sente desconfortável em comemorações, vitórias.

A apenas quarenta e cinco metros dali, já não havia o menor sinal deles no mundo, nenhum som ou luz vindo do olho do vale enquanto as sombras de Hana e Caravaggio deslizavam pelas paredes e Kip ficava sentado confortavelmente aninhado no nicho junto à janela e o paciente inglês bebericava seu vinho e sentia seu efeito infiltrando-se em seu corpo desabituado, de modo que logo ficou bêbado, sua voz emitindo o silvo de uma raposa do deserto, emitindo o alarido esganiçado de um tordo inglês que segundo ele só era encontrado em Essex, pois só vicejava na vizinhança de pés de lavanda e absinto. Todos os desejos do homem queimado estavam em seu cérebro, o sapador pensava consigo mesmo, sentado no nicho de pedra junto à janela. Então virou a cabeça de repente, compreendendo tudo assim que escutou o barulho, certo do que significava. Voltou-se para eles e mentiu pela primeira vez na vida:

— Está tudo bem, não foi uma mina. O som parece que veio de uma área já limpa.

E passou a esperar que o cheiro de cordite o alcançasse.

Agora, horas mais tarde, Kip está outra vez sentado no nicho da janela. Se pudesse atravessar os seis metros do quarto do inglês e tocá-la recuperaria o equilíbrio. Havia muito pouca luz no aposento, só a vela na mesa onde ela estava sentada, sem ler esta noite; Kip pensou que ela estava um pouquinho embriagada.

Voltara da origem da explosão para encontrar Caravaggio adormecido no sofá da biblioteca com o cachorro nos braços. O cão observou-o parado na porta aberta, movendo o corpo o mínimo necessário para indicar que estava acordado e vigiando o lugar. O seu rosnado suave se sobrepondo ao ronco de Caravaggio.

Descalçou as botas, amarrou os cadarços um no outro e pendurou-as no ombro enquanto subia a escada. Havia começado a chover e ele precisava de lona encerada para sua barraca. Do salão, viu a luz ainda acesa no quarto do paciente inglês.

Ela estava sentada na cadeira, um cotovelo sobre a mesa de onde a vela, já baixa, disseminava sua luz, a cabeça caída para trás. Kip pôs as botas no chão e entrou no quarto sem fazer barulho, ali onde três horas antes acontecera uma festa. Sentia no ar o cheiro de álcool. Ela pôs os dedos nos lábios quando Kip entrou, e apontou para o paciente. Não ia mesmo escutar os passos leves de Kip. O sapador mais uma vez sentou-se no retiro da janela. Se pudesse atravessar o quarto e tocá-la recuperaria o equilíbrio. Mas separando um do outro havia uma viagem traiçoeira e complicada. Era um mundo muito amplo. E o inglês despertava ao menor ruído, o aparelho de audição no volume máximo sempre que ia dormir, para se sentir seguro do domínio que tinha das coisas. Os olhos da moça dispararam para todos os lados e por fim ficaram imóveis quando se voltaram para Kip no retângulo da janela.

Ele havia encontrado o local da morte e o que restara ali, e enterraram o seu segundo oficial, Hardy. Depois ficou pensando na moça e no que tinha acontecido naquela tarde, de repente aterrorizado com o perigo que ela correra, irritado por ela ter se envolvido. Hana tentara destruir sua vida do modo mais despreocupado. Ela olhava fixamente. Sua última comunicação tinha sido o dedo nos lábios. Kip se inclinou e esfregou a bochecha contra a passadeira no seu ombro.

Ele tinha caminhado de volta através da aldeia, a chuva caía pelas árvores podadas na praça, que desde o início da guerra não tinha sido enfeitada, passou pela estátua estranha de dois homens a cavalo apertando as mãos. E agora estava aqui, a chama da vela oscilando, modificando o aspecto de Hana de modo que era impossível adivinhar o que ela estava pensando. Compreensão, tristeza ou curiosidade.

Se ela estivesse lendo ou se estivesse cuidando do inglês, Kip a teria cumprimentado e provavelmente ido embora, mas agora ele a observa como uma mulher jovem e sozinha. Esta noite, ao contemplar o local da detonação da mina, tinha começado a temer a presença dela durante a desativação da bomba, à tarde. Precisava acabar com isso, caso contrário ela iria estar a seu lado toda vez que se aproximasse de um estopim. Ficaria grávido dela. Quando trabalhava, música e clareza o enchiam, extinguia-se o mundo humano. Agora ela estava dentro dele ou atrás do seu ombro, do mesmo modo que viu uma cabra viva ser carregada nas costas de um oficial para fora de um túnel que ia ser inundado.

Não.

Isso não era verdade. Ele queria o ombro de Hana, queria pôr sua mão sobre o ombro dela como fizera à luz do sol quando Hana dormia e Kip ficara ali deitado ao seu lado como alguém sob a mira de um rifle, numa posição desconfortável. No interior da paisagem de uma pintura imaginária. Ele não queria consolo, mas desejava cercar a moça com sua proteção, mostrar a ela o caminho para fora deste quarto. Recusava-se a acreditar na sua própria fraqueza, e em Hana não encontrara uma outra fraqueza contra a qual pudesse se ajustar. Nenhum dos dois estava disposto a demonstrar esta possibilidade para o outro. Hana ficou muito parada. Olhava para ele, a vela bruxuleava e modificava seu aspecto. Kip não tinha consciência de que, para Hana, ele era apenas uma silhueta, seu corpo franzino e sua pele eram parte da escuridão.

Antes, quando Hana percebeu que ele havia deixado o nicho da janela, tinha ficado furiosa. Ciente de que ele os protegia da mina como crianças. Apertou-se mais contra o corpo de Caravaggio. Tinha sido um insulto. E nesta noite a alegria festiva não permitiu que Hana lesse depois que Caravaggio foi dormir, parando antes para saquear sua caixa de medicamentos, e depois o paciente inglês beliscou o ar com seu dedo ossudo, acenando em sua direção, e quando Hana se debruçou ele a beijou na bochecha. Apagou as outras velas, deixando aceso apenas o toquinho na mesa-de-cabeceira e sentou-se ali, o corpo do inglês voltado para ela, em silêncio, após o ímpeto de seus discursos de bêbado.

— *Um dia hei de ser um cavalo, um dia um cão. Um porco, um urso sem cabeça, um dia um fogo.*

Hana podia escutar a cera escorrendo na bandeja de metal a seu lado. O sapador havia atravessado a aldeia até certo ponto das montanhas onde ocorrera a explosão, e o silêncio desnecessário de Kip ainda a deixava mais irritada.

Ela não podia ler. Estava sentada no quarto com o seu eterno moribundo, ainda uma dorzinha nas costas, pois tinha se arranhado ao se chocar por acidente contra a parede enquanto dançava com Caravaggio.

Agora, se Kip se mover na direção de Hana, ela vai olhar duro para ele, recebê-lo com um silêncio também duro. Ele que tente alguma coisa. Hana já fora abordada por soldados muitas vezes antes.

Mas o que Kip faz é o seguinte: está a meia distância do outro lado do quarto, sua mão enfiada até o pulso dentro da mochila aberta, ainda presa no ombro. Caminha em silêncio. Pára e vira de lado junto à cama. Quando o inglês completa um de seus longos suspiros, corta o fio do aparelho de audição com o alicate e o põe de volta dentro da mochila. Volta-se para Hana com um sorriso:

— Amanhã eu conserto o fio para ele.

Põe a mão esquerda no ombro de Hana.

* * *

— David Caravaggio... um nome absurdo esse seu, é claro...
— Pelo menos tenho um nome.
— Sim.

Caravaggio está sentado na cadeira de Hana. O sol da tarde enche o quarto, revelando os ciscos flutuantes. O rosto escuro e magro do inglês com seu nariz anguloso tem a aparência de um falcão imóvel envolto em ataduras. O esquife de um falcão, pensa Caravaggio.

O inglês vira para ele.

— Existe um quadro de Caravaggio, feito no final da vida. *Davi com a cabeça de Golias.* Nele, o jovem guerreiro, com o braço bem esticado, segura a cabeça do gigante Golias, velha e destroçada. Mas não é essa a verdadeira tristeza no quadro. Presume-se que o rosto de Davi seja um retrato de Caravaggio quando jovem e a cabeça de Golias, o seu retrato na época em que pintou o quadro, um velho. O jovem julgando a idade na ponta de seu braço estendido. O julgamento da própria mortalidade. Quando vejo Kip ao lado da minha cama, penso que ele é o meu Davi.

Caravaggio fica ali sentado em silêncio, os pensamentos perdidos entre os ciscos flutuantes. A guerra o desequilibrou e não é capaz de voltar para nenhum outro mundo desse jeito, com o aprumo ilusório que a morfina promete. É um homem de meia-idade que jamais se habituou a famílias. Por toda a vida, evitou a intimidade permanente. Até a guerra, tinha sido melhor amante do que marido. Era um homem que vai embora sorrateiramente, como os amantes deixam o caos atrás de si, como os ladrões abandonam casas saqueadas.

Observa o homem na cama. Precisa descobrir quem é esse inglês dos desertos, e para o bem de Hana acabar com esse mistério. Ou talvez inventar uma pele para ele, assim como o ácido tânico camufla a carne viva de um homem queimado.

No Cairo, no início da guerra, Caravaggio foi treinado a inventar agentes duplos ou fantasmas que se encarnariam nele. Esteve a serviço de um agente lendário chamado "Queijo", e passou semanas recheando seu nome de fatos, atribuindo-lhe qualidades de caráter — tais como ganância e baixa resistência à bebida, o que o fazia revelar informações falsas aos inimigos. Junto com alguns outros no Cairo, integrava pelotões inteiros fictícios, espalhados pelo deserto. Vivera um tempo da guerra em que tudo oferecido às pessoas à sua volta era mentira. Sentia-se como um homem num quarto escuro imitando um passarinho.

Mas aqui todos estão mudando de pele. Não podem imitar coisa alguma, exceto aquilo que já são. Não havia outra defesa senão procurar a verdade nos outros.

* * *

Hana tira o exemplar de *Kim* da estante na biblioteca e, recostada no piano, começa a escrever numa das folhas em branco no final do livro.

> *Ele diz que o canhão — o Zam-Zammah — está ainda diante do museu em Lahore. Havia dois canhões, fundidos com tigelas e cuias de metal tomadas de todas as famílias hindus da cidade, a título de* jizya, *ou tributo. Foram derretidas e transformadas em canhões, usados em muitas batalhas contra os sikhs nos séculos dezoito e dezenove. O outro canhão perdeu-se durante uma batalha, na travessia do rio Chenab...*

Ela fecha o livro, sobe numa cadeira e aninha o volume na prateleira mais alta, invisível.

Hana entra no quarto pintado com um livro novo e anuncia qual o título.

— Nada de livros agora, Hana.

Olha para ele. Mesmo agora, Hana pensa, seus olhos são lindos. Tudo acontece ali, naqueles olhos cinzentos acesos na escuridão do rosto. Por um momento, Hana tem a sensação de numerosos olhares cintilando em sua direção, mas depois se desviam como a luz de um farol.

— Nada de outros livros. Me dê o Heródoto.

Ela põe em suas mãos o livro grosso, enxovalhado.

— Já vi edições das *Histórias* com um retrato estampado na capa. Alguma estátua encontrada num museu francês. Mas nunca imaginei Heródoto desse jeito. Vejo-o como um desses homens esquálidos do deserto, que viajam de um oásis para o outro, fazendo comércio com lendas como se fossem mercadores de sementes, consumindo tudo sem a menor desconfiança, montando as peças soltas de uma miragem. "Esta minha história", diz Heródoto, "procurou desde o início os elementos suplementares ao argumento principal." O que encontramos nele são becos sem saída no curso da história. Como os homens traem uns aos outros em nome da pátria, como se apaixonam... Quantos anos você falou que tinha?

— Vinte.

— Eu era bem mais velho quando me apaixonei.

Hana fez uma pausa.

— Quem era ela?

Mas os olhos do inglês já estão longe de Hana.

* * *

— Os passarinhos preferem as árvores com galhos secos — disse Caravaggio. — Assim têm a visão total do que acontece à sua volta. Podem fugir voando em qualquer direção.

— Se está falando de mim — replicou Hana —, eu não sou um passarinho. O verdadeiro pássaro é o homem no andar de cima.

Kip tentou imaginá-la como um passarinho.

— Me diga uma coisa, é possível a gente amar uma pessoa que não é tão esperta quanto a gente? — Caravaggio, num entusiasmo beligerante de morfina, queria criar um clima de discussão. — Isso é uma coisa que me trouxe muita preocupação na minha vida sexual, que aliás começou bem tarde, devo logo informar a esta seleta platéia. Do mesmo modo, o prazer sexual da conversação só veio depois do casamento. Nunca tinha pensado que as palavras fossem eróticas. Às vezes eu acabo falando mais do que transando mesmo. Frases. Um punhado disso um punhado daquilo e mais um punhado disso outra vez. O problema com as palavras é que elas acabam deixando a gente num beco sem saída. E trepando, mesmo num beco, a gente tem sempre por onde sair.

— É um homem falando — resmungou Hana.

— Bom, falo por mim — prosseguiu Caravaggio. — Talvez com você tenha sido diferente, Kip, quando desceu lá das montanhas para Bombaim, quando veio para a Inglaterra para o treinamento militar. Será que alguém já se viu sem saída quando está apenas trepando? Quantos anos você tem, Kip?

— Vinte e seis.

— Mais velho do que eu.

— Mais velho do que Hana. Você poderia se apaixonar pela Hana se ela não fosse mais esperta do que você? Quero dizer, ela pode não ser mais esperta do que você. Mas não é importante para você *pensar* que ela é mais esperta do que você para então se apaixonar? Pense só. Ela pode ser assim obcecada pelo inglês porque ele sabe mais coisas. Quando falamos com aquele sujeito acabamos num vasto espaço aberto. Nem sabemos se é inglês. Na certa não é. Sabe, acho mais fácil alguém se apaixonar por ele do que por você. Por quê? Porque todo mundo quer *saber* coisas, como os pedacinhos se encaixam. Quem fala bem seduz, as palavras nos deixam encurralados. Mais do que tudo, a gente deseja crescer e mudar. Bravo mundo novo.

— Não concordo — disse Hana.

— Nem eu. Deixe que eu fale um pouco sobre a gente da minha idade. A pior coisa é que os outros acham que a gente já desenvolveu a personalidade de uma vez por todas. O problema com a meia-idade é que as pessoas acham que você está inteiramente formado e pronto. *Aqui.*

Caravaggio ergueu as mãos, que ficaram voltadas para Hana e Kip. Ela se levantou, foi para trás de Caravaggio e passou o braço em volta do seu pescoço.

— Não faça assim, está bem, David?

Hana apertou delicadamente as mãos dele nas suas.

— Já temos um tagarela louco no andar de cima.

— Olhe só para a gente. Ficamos aqui sentados como ricaços safados que vão para suas villas safadas no alto das montanhas safadas quando o calor na cidade fica muito forte. São nove da manhã, o figurão lá em cima está dormindo. Hana está obcecada por ele. Eu estou obcecado pela sanidade de Hana, obcecado pelo meu senso de "equilíbrio" e Kip na certa vai explodir pelos ares qualquer dia desses. Por quê? De que adianta? Tem vinte e seis anos. O exército inglês lhe ensina algumas técnicas e os americanos lhe ensinam mais um bocado e a equipe de sapadores assiste a palestras, são condecorados e despachados para as montanhas acolhedoras. Você está sendo usado, *boyo*, como dizem os galeses. Não vou ficar aqui mais muito tempo não. Quero levar você para casa. Dar o fora dessa Terra de Mentira.

— Pare, David. Ele vai sobreviver.

— O sapador que explodiu na outra noite, como ele se chamava? Kip nada respondeu.

— Qual era o nome dele?

— Sam Hardy. — Kip foi até a janela e olhou para fora, abandonando a conversa.

— O problema com todos nós é que estamos onde não deveríamos estar. O que viemos fazer na África, na Itália? Por que Kip anda desativando bombas pelos bosques? Pelo amor de Deus! Por que está lutando uma guerra dos ingleses? Qualquer fazendeiro no *front* ocidental não pode podar uma árvore sem estragar seu serrote. Por quê? Por causa da quantidade de estilhaços de granada espalhados na *última* guerra. Até as árvores estão recheadas das moléstias que trouxemos. Os exércitos doutrinaram você e o deixaram aqui, e foram depois fuçar em algum outro lugar para arrumar confusão, engraçadinhos sem-vergonha *parlez-vous*. Nós devíamos ir embora todos juntos.

— Não podemos abandonar o inglês.

— O inglês foi embora há meses, Hana. Ficou com os beduínos em algum jardim inglês com suas florzinhas de merda. Na certa não pode nem se lembrar direito da mulher de que ele vive tentando falar. Não sabe nem mesmo onde é que ele está. Acha que estou aborrecido com você, não é? Porque se apaixonou. Não foi? Um tio ciumento. Fico apavorado por sua causa. Quero matar o inglês, porque esse é o único jeito de salvar você, de tirar você daqui. E estou começando a gostar dele. Deserte do seu posto. Como Kip pode amar você se você não é esperta o suficiente para fazer com que pare de pôr a vida em risco?

— Porque. Porque ele acredita num mundo civilizado. É um homem civilizado.

— Primeiro erro. O movimento correto é entrarem num trem, irem embora e ter filhos juntos. Será que devemos ir perguntar ao inglês, o Pássaro, o que ele acha? Por que você não é mais esperta? Só os ricos é que não podem se dar ao trabalho de serem espertos. Estão comprometidos. Foram trancafiados anos atrás nos seus privilégios. Precisam proteger seus bens. Ninguém é mais mesquinho do que os ricos. Acredite. Mas eles precisam seguir as regras de seu mundinho de merda civilizado. Declaram guerra, têm as honrarias, e não podem ser de outro modo. Mas vocês dois. Nós três. Somos livres. Quantos sapadores morrem? Por que vocês não estão mortos ainda? Sejam irresponsáveis. A sorte voa.

Hana punha leite na xícara. Ao terminar, passou a xícara para Kip, segurando pela borda, e continuou a derramar leite na sua mão morena, no seu braço, no seu cotovelo e então parou. Ele não saiu do lugar onde estava.

* * *

O jardim comprido e estreito a oeste da casa tem dois planos. Um terraço normal e, mais acima, um jardim mais sombrio, onde degraus de pedras e estátuas de concreto quase desaparecem sob o bolor verde das chuvas. O sapador armou aqui sua barraca. A chuva cai e a neblina sobe do vale, e outra chuva desce dos ramos dos ciprestes e dos abetos sobre esta concavidade aberta no flanco da montanha.

Só as fogueiras podem secar os jardins superiores, perpetuamente molhados e sombrios. Tábuas jogadas fora, caibros descascados, galhos caídos, ervas daninhas que Hana arrancou durante as tardes, urtiga e capim cortados com foice — tudo trazido para cá e queimado por eles no último giro da tarde para dentro do crepúsculo. As fogueiras úmidas soltam muita fumaça enquanto queimam, e a fumarada com cheiro de planta se esgueira para dentro dos arbustos, sobe pelas árvores, depois vai se esvaindo no terraço diante da casa. Alcança a janela do paciente inglês, que pode ouvir a torrente das vozes, de vez em quando uma risada proveniente do jardim fumegante. Traduz o cheiro, retrocedendo àquilo que foi queimado. Alecrim, ele pensa, asclépia, absinto, uma ou outra coisa a mais aqui e ali, sem cheiro, talvez uma violeta, ou o falso girassol, que adora o solo levemente acídico destas montanhas.

O paciente inglês orienta Hana quanto ao que plantar.

— Vá com seu amigo italiano procurar sementes. Ele parece capacitado para esta tarefa. Você precisa de folhas de ameixeira. E também cravos de fogo e cravos indianos. Se quiser o nome latino para a sua amiga latina, é a *Silene virginica*. A segurelha vermelha é boa. Se quiser tentilhões por aqui, traga aveleiras e cerejeiras silvestres.

Ela anota tudo num papel. Depois coloca a caneta-tinteiro na gaveta da mesinha onde guarda o livro que está lendo para ele, junto com duas velas e fósforos. Não há suprimentos médicos neste quarto. Hana os esconde em outros quartos. Se Caravaggio vai ficar fuçando os remédios, ela não quer que isso perturbe o inglês. Põe a tira de papel com os nomes das plantas no bolso de seu vestido para entregar depois a Caravaggio. Agora que a atração física levantou a cabeça, ela se sente constrangida na presença dos três homens.

Se é que se trata de atração física. Se é que tudo isso tem alguma coisa a ver com amor por Kip. Hana gosta de descansar o rosto na parte de cima do seu braço, aquele rio marrom barrento, e de acordar submersa nele, contra o latejar de uma veia invisível na carne a seu lado. A veia que ela teria de localizar para introduzir uma solução salina caso ele estivesse morrendo.

Às duas ou três da manhã, após deixar o inglês, ela atravessa o jardim na direção do lampião do sapador, pendurado no braço de São Cristóvão. Treva absoluta entre ela e o lampião, mas Hana conhece cada arbusto e arvoredo no caminho, passa ao lado da fogueira, baixa e rosada, já quase extinta. Às vezes faz uma concha com a mão sobre a campânula de vidro e apaga a chama com um sopro, e às vezes deixa o pavio aceso, se abaixa para passar por baixo do lampião e penetra entre as abas abertas da barraca, para rastejar ao encontro do corpo dele, o braço que Hana deseja, usando a língua em lugar do chumaço de gaze, os dentes em lugar de agulhas, a boca em lugar da máscara com gotas de codeína para que ele adormeça, para que o mecanismo do seu cérebro imortal vá aos poucos se entregando ao sono. Ela dobra seu vestido de lã escocesa e o coloca em cima do par de tênis. Sabe que para ele o mundo em volta está em chamas, restam apenas algumas regras essenciais. O TNT é neutralizado com ajuda do vapor, e depois de bem seco, você... tudo isso Hana sabe que se passa na sua cabeça, enquanto ela dorme a seu lado, virtuosa como uma irmã.

A barraca e o bosque escuro os envolvem.

Estão apenas um passo adiante do conforto que ela proporcionou a outros soldados nos hospitais provisórios em Ortona ou em Monterchi. O seu corpo como a última fonte de calor, seus sussurros para consolar, sua agulha para dormir. Mas o corpo do sapador não permite que nada proveniente de um outro mundo entre nele. Um rapaz apaixonado que não come a refeição que ela lhe traz, que não deseja ou não precisa da droga na ponta da agulha que ela poderia introduzir em seu braço, como faz Caravaggio, ou aqueles ungüentos do deserto pelos quais o inglês suplica, ungüentos e pólen para se recuperar, como os beduínos fizeram com ele. Só para gozar o conforto do sono.

Há ornamentos que ele arruma à sua volta. Certas folhas que ela lhe deu, um toco de vela, e dentro da barraca a antena de cristal e a mochila repleta dos objetos da sua disciplina. Ele emergiu dos combates com uma serenidade que, mesmo que fosse falsa, para ele significa ordem. Continua na sua obediência estrita, seguindo o vôo do falcão pelo vale no V da mira do seu rifle, desarmando uma bomba sem jamais desviar os olhos daquilo que está procurando, enquanto pega uma garrafa térmica, desatarraxa a tampa e bebe um gole, sem sequer olhar para o copinho de metal.

Nossos restos são apenas periferia, ela pensa, os olhos de Kip estão voltados apenas para o que é perigoso, seus ouvidos atentos ao que ocorre em Helsinque ou Berlim e vem pelas ondas curtas. Mesmo quando se mostra um amante carinhoso, e a mão esquerda de Hana o segura acima do *kara*, onde os músculos do seu antebraço se tensionam, ela se sente invisível àquele olhar perdido, até que ele solta um rugido e a cabeça tomba de encontro ao seu pescoço. Tudo, exceto o perigo, é periferia. Ela o ensinou a fazer um ruído, queria isso dele, e se alguma coisa deixa Kip relaxado desde o final dos combates é apenas isso, como se finalmente quisesse admitir o lugar em que se encontra no meio da escuridão, expressando sua satisfação com um som humano.

O quanto ele e ela estão apaixonados não sabemos. Ou até que ponto se trata de um jogo de segredos. À medida que se tornam íntimos, o espaço entre eles durante o dia vai crescendo. Ela aprecia a distância que ele lhe concede, o espaço que Kip calcula ser direito deles. Isto lhes proporciona uma energia particular, um código de ar entre os dois quando ele passa embaixo da janela de Hana sem dizer nada, caminhando os oitocentos metros que o separam dos outros sapadores. Ele passa um prato ou um pouco de comida para as mãos de Hana. Ela põe uma folha no seu pulso moreno. Ou trabalham juntos com Caravaggio, recompondo com argamassa uma parede desmoronada. O sapador entoa canções ocidentais, o que dá muito gosto a Caravaggio, embora finja que não.

— *Pennsylvania six-five-oh-oh-oh* — arqueja o jovem soldado.

Ela aprende todos os matizes da sua cor escura. A cor do seu antebraço contra a cor do seu pescoço. A cor da palma das mãos, das bochechas, a pele por baixo do turbante. O escuro dos dedos separando os fios pretos dos vermelhos, ou contrastando com o pão que ele pinça do prato feito de cobre e zinco, que ainda usa para comer. Depois ele fica em pé. Sua auto-suficiência parece algo rude para os outros, embora para ele sinta nisso uma polidez excessiva.

O que Hana mais adora são as cores úmidas de seu pescoço quando ele toma banho. E seu peito suado que os dedos de Hana apertam quando ele está em cima dela, e os braços escuros, rígidos na escuridão da barraca, ou aquela vez no quarto dela quando as luzes da cidade lá embaixo no vale, livre já do toque de recolher, se erguem entre os dois como um crepúsculo e iluminaram as cores do seu corpo.

Mais tarde Hana irá compreender que Kip jamais permitiu a si mesmo ficar em dívida com ela, nem ela com ele. Hana vai deparar com a palavra num romance, vai suspendê-la do livro e levá-la até o dicionário. *Dívida. Aquilo que se deve, obrigação.* E Kip, ela sabe, nunca permitiu tal coisa. Se Hana atravessa os cento e oitenta metros na escuridão do jardim ao encontro dele é por opção sua, e podia encontrá-lo adormecido, não por falta de amor, mas sim por necessidade, para enfrentar com a mente lúcida os maquinismos traiçoeiros do dia seguinte.

Para Kip, ela é uma moça notável. Acorda e a vê no jato de luz do lampião. O que mais admira é a expressão esperta em seu rosto. Ou de noite, quando adora ouvir sua voz discutindo com Caravaggio por causa de alguma bobagem. Ou o jeito que ela tem de rastejar ao encontro do seu corpo, como de um santo.

Conversam, o leve cantarolar da voz dele dentro do cheirinho de lona da barraca, que atravessara a seu lado toda a campanha da Itália, que ele toca com os dedos franzinos, esticando o braço para o alto, como se fosse também uma parte do seu corpo, uma asa cáqui que ele fecha sobre si mesmo durante a noite. É o seu mundo. Ela se sente deslocada fora do Canadá nessas noites. Kip pergunta por que Hana não consegue dormir. Ela mente, irritada com a auto-suficiência dele, sua capacidade de dar as costas tão facilmente para o mundo. Ela quer um telhado de zinco para as noites de chuva, dois choupos tiritando em frente à sua janela, um ruído que embale seu sono, árvores de dormir e um telhado de dormir, como os que a viram crescer na parte leste de Toronto e depois, por alguns anos, com Patrick e Clara, às margens do rio Skootamatta e mais tarde na Georgean Bay. Ela não tinha encontrado uma única árvore de dormir, nem mesmo na densa vegetação deste jardim.

— Me beije. É pela sua boca que o meu amor é mais puro. Pelos seus dentes. — E mais tarde, quando a cabeça dele tiver tombado de lado, na direção do ar na entrada aberta da barraca, ela vai sussurrar em voz alta, ouvida apenas por si mesma: — Talvez devêssemos perguntar ao Caravaggio. Meu pai uma vez me disse que Caravaggio era um homem que estava sempre apaixonado. Não só apaixonado, mas esmagado de paixão. Sempre confuso. Sempre feliz. Kip? Está ouvindo? Estou tão feliz com você. De estar com você assim.

Mais do que tudo, ela desejava um rio onde pudessem nadar. Havia uma certa formalidade em nadar, que para Hana era algo semelhante a estar num salão de baile. Mas ele tinha uma idéia diferente a respeito dos rios, havia entrado no Moro em silêncio e puxado os arreios de cordas atadas à ponte de campanha, as placas de aço escapando do encaixe, arrastadas pela água atrás dele como se fossem criaturas vivas, e o céu se iluminara então com o fogo de artilharia e alguém afundou do seu lado no meio das águas. Os sapadores mergulhavam sem parar em busca das roldanas que tinham se desprendido, fixando ganchos e cordas entre eles, a lama e a terra firme, e rostos fulgurando sob os clarões de fósforo no céu em volta.

Durante toda a noite, gritando e se esgoelando uns para os outros, faziam tudo para impedir que ficassem loucos. As roupas encharcadas com a água do rio, a ponte aos poucos ajustada como uma estrada acima de suas cabeças. E dois dias depois mais um rio. Todos os rios com que topavam não tinham ponte, como se o seu nome tivesse sido riscado, como se o céu não tivesse estrelas, e as casas não tivessem portas. As unidades de sapadores deslizavam nas cordas, carregavam cabos nos ombros e apertavam os parafusos besuntados de óleo para que os ferros não fizessem ruído, e depois as tropas passavam. Por sobre a ponte pré-fabricada com os sapadores embaixo, ainda na água.

Muitas vezes viam-se atingidos ainda no meio do rio pelos obuses de artilharia, que rebentavam em chamas na lama das margens abarrancadas, o ferro e o aço se desfazendo em pedras. Nada os protegia nessas horas, o rio barrento fino como seda sob o impacto dos pedaços de metal que o rasgavam.

Kip afastou-se disso tudo. Sabia aplicar o truque de dormir bem rápido para escapar dessa moça que tinha seus próprios rios e havia perdido o caminho até eles.

Sim, Caravaggio explicaria a ela como mergulhar no amor. E até como mergulhar cautelosamente no amor.

— Quero levar você para o rio Skootamatta, Kip — disse ela. — Quero mostrar o lago Smoke. A mulher que meu pai amava mora nos lagos, manobra uma canoa melhor do que um carro. Sinto falta do trovão que faz a luz elétrica piscar. Quero que você conheça a Clara das canoas, a última que sobrou na minha família. Agora não há mais ninguém. Meu pai desistiu dela em troca de uma guerra.

Hana caminha na direção da barraca, de noite, sem um único passo em falso, nenhuma hesitação. As árvores formam uma peneira para o luar, como se Hana tivesse sido colhida pela luz do globo luminoso de um salão de baile. Ela entra na barraca e encosta a orelha no seu peito adormecido, ouve o coração batendo, do mesmo modo que ele escuta um relógio ou uma mina. Duas da madrugada. Todos dormem menos ela.

IV.
SUL DO CAIRO, 1930-1938

Segundo Heródoto, durante centenas de anos é pequeno o interesse do mundo ocidental em relação ao deserto. De 425 a.C. até o início do século vinte, as atenções são desviadas para outras coisas. Silêncio. O século dezenove foi uma era de exploradores de rios. E então na terceira década do século vinte há um doce posfácio dedicado a este bolsão de terra desolada, escrito sobretudo por expedições privadas, logo seguidas por conferências modestas apresentadas na Sociedade Geográfica de Londres, em Kensington Gore. Estas conferências são feitas por homens exaustos, queimados de sol, que, como os marinheiros de Conrad, não se sentem muito à vontade com as regras do movimento dos táxis, nem com a sagacidade mecânica, rasteira, dos motoristas de ônibus.

Quando viajam de trem, vindo dos subúrbios para Knightsbridge, a caminho das reuniões da Sociedade Geográfica, é comum se perderem, misturarem os bilhetes de trem, atentos apenas aos seus mapas antigos e às anotações para as suas palestras — escritas com grande vagar e esforço — aferrados a suas eternas mochilas, para sempre uma parte de seus próprios corpos. Estes homens, de todas as nações, viajam assim no início da noite, seis horas apenas, quando ainda brilha a luz dos solitários. É uma hora anônima, a maior parte da cidade está voltando para casa. Os exploradores chegam cedo demais a Kensington Gore, comem na Lyons Corner House e em seguida entram na Sociedade Geográfica, onde sentam-se no salão do andar de cima, ao lado da grande canoa Maori, repassando suas anotações. Às oito horas, começam os discursos.

De duas em duas semanas, ocorre uma palestra. Alguém introduz e alguém agradece a atenção. O orador encarregado da conclusão discute e põe em questão o conteúdo da conferência, mostra-se crítico com toda pertinência, nunca de modo impertinente. Os principais oradores, todos presumem, atêm-se aos fatos e até mesmo certas suposições obsessivas são apresentadas com modéstia.

Minha viagem através do deserto líbio, de Sokum no Mediterrâneo até El Obeid no Sudão, foi feita por uma das poucas tri-

lhas na superfície da Terra que apresenta uma quantidade e uma variedade tão grande de problemas geográficos interessantes...

Os anos de preparação e pesquisa e levantamento de fundos jamais são mencionados nessas salas de carvalho. O palestrante da semana anterior registrou a perda de trinta pessoas no gelo da Antártida. Perdas semelhantes no calor extremo ou em tempestades de areia são anunciadas com um mínimo de louvores. Todos os problemas econômicos e humanos repousam no extremo oposto do único tema que lhes interessa — a saber, a superfície da terra e seus "problemas geográficos interessantes".

Outras depressões nessa região, além da muito mencionada Wadi Rayan, podem ser consideradas passíveis de utilização em projetos de irrigação e drenagem no Delta do Nilo? Os suprimentos de água artesiana nos oásis estão gradualmente diminuindo? Onde devemos procurar pelo misterioso "Zerzura"? Haverá ainda outros oásis "perdidos" à espera de serem descobertos? Onde se encontram os pântanos das tartarugas, citados por Ptolomeu?

John Bell, diretor do Departamento de Pesquisas no Deserto do Egito, apresentou estas perguntas em 1927. Nos anos trinta, os relatórios mostram-se ainda mais modestos. *"Eu gostaria de acrescentar algumas observações acerca de alguns pontos levantados na interessante discussão sobre a 'Geografia Pré-Histórica do Oásis de Kharga.'"* Em meados dos anos trinta, o oásis perdido de Zerzura foi descoberto por Ladislaus de Almásy e seus companheiros.

Em 1939, a grande década das expedições no deserto líbio chegou ao fim, e esse vasto e silencioso bolsão de terra se converteu em um dos teatros da guerra.

* * *

No quarto-caramanchão, o paciente queimado avista grandes distâncias. É como aquele antigo cavalheiro em Ravenna, cujo corpo de mármore parece vivo, quase líquido, e tem a cabeça apoiada sobre um travesseiro de pedra, um pouco mais alta do que o resto do corpo, para que possa enxergar além dos seus pés e contemplar a paisagem. Para além da sonhada chuva na África. Na direção da vida de todos eles, no Cairo. Seus trabalhos e dias.

Hana senta-se junto à sua cama, e viaja como um escudeiro a seu lado durante essas jornadas.

Em 1930 começamos a mapear a maior parte do platô de Gilf Kebir, em busca do oásis perdido chamado Zerzura. A cidade das acácias. Éramos europeus do deserto. John Bell avistara Gilf Kebir em 1917. Depois Kemal el Din. Depois Bagnold, que partiu para o sul, penetrando no Mar de Areia. Madox, o Walpole dos estudos do deserto, Sua Excelência Wasfi Bey, Casparius o fotógrafo, Dr. Kadar o geólogo, e Bermann.

E Gilf Kebir — o amplo platô estirado no deserto líbio, do tamanho da Suíça, como Madox gostava de dizer — era o nosso coração, seus precipícios escarpados a leste e oeste, o platô ascendendo gradualmente para o norte. Erguia-se do deserto a seiscentos quilômetros a oeste do Nilo.

Para os antigos egípcios, supostamente não havia água a oeste das cidades dos oásis. O mundo terminava ali. O interior era seco, sem água. Mas no ermo dos desertos sempre nos vemos cercados pela história perdida. As tribos Senussi e Tebu vagavam pela região, senhores de fontes que guardavam para si em segredo. Corriam rumores sobre terras férteis ocultas nas profundezas do deserto. Escritores árabes no século treze falaram de Zerzura. "O Oásis dos Passarinhos." "A Cidade das Acácias." No *Livro dos Tesouros Escondidos*, o *Kitab al Kanuz*, Zerzura é pintado como uma cidade branca, "branca como um cisne".

Olhe o mapa no deserto líbio e você verá os nomes. Kemal el Din, que, em 1925, praticamente sozinho, realizou a primeira grande expedição moderna. Bagnold, 1930-1932. Almásy-Madox, 1931-1937. Ao norte do Trópico de Câncer.

Éramos um país à parte entre uma guerra e outra, mapeando e reexplorando. Nós nos reuníamos em Dakhla e Kufra como se fossem bares ou cafés. Uma sociedade de oásis, Bagnold designava assim. Conhecíamos o que se passava no íntimo uns dos outros, a capacidade e as fraquezas de cada um. Perdoávamos tudo em Bagnold, exceto o modo pelo qual descrevia as dunas. *"Os sulcos e a areia enrugada pareciam a pele no céu da boca de um cão."* Assim era o verdadeiro Bagnold, um homem capaz de enfiar a mão curiosa na boca de um cachorro.

1930. Nossa primeira viagem, partindo de Jaghbub para o sul, deserto adentro, entre os territórios das reservas das tribos Zwaya e Majabra. Uma viagem de sete dias até El Taj. Madox e Bermann, mais quatro. Alguns camelos, um cavalo e um cachorro. Quando partimos, nos contaram a velha piada. "Começar a viagem com uma tempestade de areia é sinal de boa sorte."

Na primeira noite acampamos trinta quilômetros ao sul. Na manhã seguinte acordamos e saímos de nossas barracas às cinco. Frio demais para dormir. Andamos na direção das fogueiras e sentamos junto à luz do fogo, cercados pela grande escuridão. Acima de nós estavam as últimas estrelas. O sol não se levantaria antes de passarem duas horas. Distribuímos copos com chá quente. Os camelos estavam sendo alimentados, semi-adormecidos, mascando as tâmaras junto com os caroços. Tomamos o café da manhã e depois bebemos mais três copos de chá.

Horas mais tarde nos encontrávamos no meio de uma tempestade de areia, que nos atingiu de repente, vindo do nada, quando a manhã estava clara. A brisa que começara refrescante foi aumentando aos poucos. De repente, olhamos para baixo e a superfície do deserto havia mudado. Me dê o livro... aqui. Este é o texto maravilhoso que Hassanein Bey dedica a essas tempestades...

"É como se por baixo da superfície houvesse chaminés de vapor, milhares de orifícios através dos quais soprassem minúsculos jatos de vapor. A areia salta em pequeninos esguichos e redemoinhos. Centímetro por centímetro, a agitação cresce à medida que o vento se torna mais forte. Parece que toda a superfície do deserto se ergue em obediência a alguma força insurgente subterrânea. Os seixos maiores se chocam de encontro às canelas, joelhos, coxas. Os grãos de areia sobem pelo corpo até cobrirem a cabeça. O céu fica oculto, tudo se perde de vista exceto os objetos mais próximos, o universo fica cheio."

Precisávamos continuar andando. Se você pára, a areia o enterra como faz com tudo aquilo que não se move, e você fica preso. Perdido para sempre. Uma tempestade de areia pode durar cinco horas. Mesmo quando viajávamos em caminhões, nos últimos anos, precisávamos continuar dirigindo sem enxergar nada. Os piores terrores vinham à noite. Certa vez, ao norte de Kufra, fomos atingidos por uma tempestade no escuro. Três da madrugada. O vendaval arrancou as barracas das cordas e nós ficamos enrolados na lona, íamos nos enchendo de areia como um barco que naufraga vai fazendo água, íamos ficando pesados, afundando, sufocando, até que um condutor de camelos nos soltou.

Atravessamos três tempestades em nove dias. Não encontramos as pequenas aldeias com que contávamos para nos reabastecer no deserto. O cavalo desapareceu no ar. Três camelos morreram. Nos últimos dois dias, não havia mais comida, só chá. A última ligação com qualquer outro mundo era o tilintar da chaleira escurecida de tanto ir ao fogo, a colher comprida e o copo que vinha às nossas mãos na escuridão das manhãs. Após a terceira noite, desistimos de conversar. Tudo que importava era o fogo e a ínfima porção de líquido marrom.

Só por sorte topamos com a cidade de El Taj em pleno deserto. Caminhei pelo mercado, no beco dos relógios que batiam as horas, na rua dos barômetros, percorri as bancas que vendiam cartuchos de rifle, tendas que vendiam molho de tomate italiano e outros alimentos enlatados de Benghazi, morim do Egito, enfeites de penas de avestruz, dentistas de calçada, mercadores de livros. Ainda estávamos mudos, nos dispersamos, cada um seguindo um caminho. Recebíamos devagar esse mundo novo, como se nos recuperássemos de um afogamento. Na praça central de El Taj, sentamos e comemos carne de carneiro, arroz, doces *badawi*, bebemos leite com polpa de amêndoa misturada. Tudo isso depois da longa espera por três copos cerimoniais de chá aromatizado com hortelã e âmbar.

Certa vez em 1931 juntei-me a uma caravana de beduínos e fui informado de que havia nela outro como eu. Fenelon-Barnes, descobri. Fui à sua barraca. Estava fora até o final do dia, metido em alguma pequena expedição, catalogando árvores fósseis. Examinei sua barraca, o maço de mapas, as fotos da família que sempre levava consigo, etc. Quando ia saindo, notei um espelho espetado na parede de pano e ao olhar para ele vi o reflexo da cama. Parecia haver uma pequena protuberância por baixo das cobertas, na certa um cachorro. Puxei o *djellaba* e lá estava uma moça árabe amarrada, dormindo.

Em 1932, Bagnold estava acabado e Madox e o resto de nós andávamos espalhados por toda parte. À procura do exército perdido de Cambises. À procura de Zerzura. 1932, 1933 e 1934. Meses sem ver uns aos outros. Só os beduínos e nós, zanzando pela Estrada dos Quarenta Dias. Havia rios de tribos do deserto, os seres humanos mais maravilhosos que encontrei na vida. Nós éramos alemães, ingleses, húngaros, africanos — todos insignificantes ao lado deles. Aos poucos fomos nos tornando homens sem pátria. Passei a odiar as nações. Somos deformados pelo estado-nação. Madox morreu por causa das nações.

O deserto não podia ser possuído nem reclamado por ninguém — era uma peça de roupa arrastada pelo vento, nunca enroscava entre as pedras, batizada com cem nomes diferentes muito antes de existir a Cantuária, muito antes de guerras e tratados terem retalhado a Europa e o Oriente. Suas caravanas, aqueles estranhos festivais ambulantes de cultura, nada deixavam atrás de si, sequer um resíduo. Todos nós, mesmo os que tinham família e filhos na Europa distante, desejávamos tirar a roupa de nossos países. Era um lugar de fé. Desaparecíamos na paisagem. Fogo e areia. Partíamos do abrigo dos oásis. Os lugares onde a água vinha tocar... *Ain, Bir, Wadi, Foggara, Khottara, Shaduf.* Não quero que meu nome venha atrapalhar nomes tão maravilhosos. Apagar o nome da família! Apagar as nações! O deserto me ensinou essas coisas.

Apesar disso, alguns queriam deixar lá sua marca. Naquele leito seco de rio, naquela colina arrasada. Pequenas vaidades naquela fatia de terra a noroeste do Sudão, sul da Cirenaica. Fenelon-Barnes queria dar o seu nome às árvores fósseis que tinha descoberto. Chegou a desejar que uma tribo passasse a usar o seu nome, e perdeu um ano em negociações. Mais tarde, Bauchan passou a sua frente, dando o seu nome a certa espécie de duna de areia. Mas eu queria apagar meu nome e o lugar de onde vim. Quando veio a guerra, depois de dez anos no deserto, foi fácil para mim escapulir pelas beiradas, para não pertencer a ninguém, a nenhuma nação.

1933 ou 1934. Esqueci o ano. Madox, Casparius, Bermann, eu, dois motoristas sudaneses e um cozinheiro. A essa altura viajávamos em jipes fechados Ford, modelo A, e usávamos pela primeira vez grandes rodas de borracha conhecidas como pneus balão. Rodam melhor na areia, mas a dúvida é saber se vão agüentar os terrenos pedregosos e os estilhaços de rocha.

Partimos de Kharga no dia vinte e dois de março. Bermann e eu tínhamos formulado a teoria de que os três rios intermitentes descritos por Williamson em 1838 formavam o oásis de Zerzura.

A sudoeste de Gilf Kebir se avistam três maciços de granito isolados, despontando na planície — Gebel Arkanu, Gebel Uweinat e Gebel Kissu. Ficam a vinte e cinco quilômetros um do outro. Boa água em diversas ravinas, embora os poços em Gebel Arkanu sejam amargos, não potáveis, salvo em caso de emergência. Williamson disse que três rios intermitentes formavam Zerzura, mas nunca os localizou e isso é considerado uma fábula. E na verdade um único oásis de chuva nessas montanhas em forma de cratera bastaria para solucionar o mistério de como Cambises e seu exército puderam se aventurar a atravessar o deserto, de como os Senussi puderam executar seus ataques surpresa durante a Grande Guerra, quando os gigantes negros arremetiam vindo do deserto onde, ao que se sabia, não havia água nem pasto. Era um mundo que fora civilizado ao longo de séculos, possuía uma centena de trilhas e estradas.

Encontramos vasos em Abu Ballas com o formato da clássica ânfora grega. Heródoto fala desses vasos.

Eu e Bermann conversamos com um velho misterioso com cara de serpente na fortaleza de El Jof — no salão de pedra que fora certa vez a biblioteca do grande Xeique Senussi. Um velho tebu, guia profissional de caravanas, falando árabe com sotaque. Mais tarde Bermann diz "como os guinchos de um morcego", citando Heródoto. Conversamos com ele o dia inteiro, a noite toda, e ele nada revelou. O credo senussi, sua doutrina básica, ainda é não revelar os segredos do deserto para os estrangeiros.

Em Wadi el Melik vimos pássaros de espécies desconhecidas.

No dia cinco de maio, galguei uma encosta de pedra e cheguei ao platô Uweinat por uma direção nova. Eu me vi num largo rio intermitente, repleto de acácias.

Houve um tempo em que os homens que faziam mapas davam aos lugares por onde passavam os nomes das pessoas que amavam e não os seus próprios nomes. Uma mulher que fora vista se banhando numa caravana do deserto, a musselina segura pelo braço, estendida à sua frente. A mulher de algum velho poeta árabe, cujos ombros brancos como pombas levavam-no a descrever um oásis com o seu nome. A cuia de couro entorna água sobre o corpo da mulher, ela se enrola na roupa, e o velho escriba desvia os olhos da jovem para descrever Zerzura.

Assim um homem no deserto pode escorregar para dentro de um nome como quem cai numa fonte que acaba de descobrir, e em sua sombra e frescor sente-se tentado a jamais deixar seu domínio. Meu grande desejo era permanecer ali, entre aquelas acácias. Não estava andando num lugar onde ninguém jamais pisara, mas sim num lugar habitado ao longo dos séculos por populações passageiras, momentâneas — um exército no século quatorze, uma caravana tebu, os guerreiros senussi em 1915. E nos intervalos, nada havia ali. Quando não chovia, as acácias murchavam, os rios intermitentes secavam... até que a água subitamente reaparecesse, cinqüenta ou cem anos depois. Aparições e desaparições esporádicas, como as lendas e os boatos no decurso da história.

No deserto, as águas mais amadas, como o nome da pessoa amada, são trazidas nas mãos com todo cuidado, e roladas pela garganta. O homem engole a ausência. Uma mulher no Cairo curva a extensão branca de seu corpo, ergue-se da cama e se debruça para fora da janela a fim de que sua nudez possa acolher a tempestade.

Hana se inclina para a frente, pressentindo que ele está perdendo o rumo, observa-o, sem dizer uma palavra. Quem é ela, essa mulher?

As fronteiras do mundo nunca são aqueles pontos que assinalam em um mapa a expansão dos colonizadores, alargando sua esfera de influência. De um lado, servos, escravos, ondas de poder e a correspondência com a Sociedade Geográfica. Do outro lado, o primeiro passo de um homem branco ao cruzar um grande rio, a primeira visão (por um olho branco) de uma montanha que sempre esteve ali.

Quando somos jovens, não olhamos para espelhos. Só quando ficamos velhos, preocupados com nosso nome, nossa lenda, o significado de nossas vidas para o futuro. Ficamos vaidosos com nossos nomes, nossas pretensões de termos sido os primeiros a ver, o exército mais forte, o comerciante mais sagaz. Só quando fica velho é que Narciso deseja uma imagem esculpida de si mesmo.

Mas nós estávamos interessados em que nossas vidas pudessem ter algum significado para o passado. Navegávamos para o passado. Éramos jovens. Sabíamos que o poder e as grandes finanças eram coisas temporárias. Dormíamos todos com Heródoto. "*Pois aquelas cidades que foram grandes em eras passadas devem agora ter se tornado pequenas, e aquelas que foram grandes na minha época foram pequenas em épocas anteriores... A boa fortuna do homem jamais persiste no mesmo lugar.*"

Em 1936 um jovem chamado Geoffrey Clifton encontrou um amigo em Oxford, que contou o que andávamos fazendo. Entrou em contato comigo, casou-se no dia seguinte e duas semanas depois veio para o Cairo de avião com sua esposa.

O casal entrou no nosso mundo — nós quatro, o Príncipe Kemal el Din, Bell, Almásy e Madox. O nome que ainda enchia nossas bocas era Gilf Kebir. Em algum ponto do Gilf se aninhava Zerzura, cujo nome aparece em velhos textos árabes, inclusive do século treze. Quando se viaja para tão longe no tempo, é preciso ter um avião e o jovem Clifton era rico, podia voar, tinha um avião.

Clifton nos encontrou em El Jof, ao norte de Uweinat. Estava no seu avião de dois assentos e nós caminhamos na sua direção no campo de pouso. Ele se levantou na cabine e serviu um drinque com a sua garrafinha portátil. Sua esposa estava sentada a seu lado.

— Batizo este local com o nome de Bir Messaha Country Club — declarou.

Observei uma incerteza amistosa dominar o rosto da esposa, seu cabelo de leão quando tirou o capacete de couro.

Eram jovens, se sentiam como nossos filhos. Saltaram do avião e apertaram nossas mãos.

Isso foi em 1936, o início de nossa história...

Saltaram da asa do Moth. Clifton veio em nossa direção segurando a garrafinha e todos tomamos um gole daquele álcool estimulante. Ele gostava de cerimônias. Batizara seu avião *Urso Rupert*. Não acho que Clifton amasse o deserto, mas tinha por ele um entusiasmo oriundo do seu espanto com a nossa rígida ordem, na qual desejava se incluir — como um calouro jovial que respeita o silêncio numa biblioteca. Não esperávamos que fosse trazer a esposa, mas suponho que nós nos mostramos gentis com ela. Ficava ali de pé enquanto a areia ia se acumulando na sua juba.

O que íamos fazer com aquele jovem casal? Alguns de nós haviam escrito livros sobre a formação das dunas, o aparecimento e o desaparecimento dos oásis, a cultura perdida dos desertos. Parecíamos interessados apenas em coisas que não podiam ser compradas e vendidas, de nenhum interesse para o mundo exterior. Discutíamos sobre latitudes, ou sobre um fato ocorrido setecentos anos antes. Os teoremas da exploração. Aquele Abd el Melik Ibrahim el Zwaya que vivia no oásis Zuck pastoreando camelos foi o primeiro homem daquelas tribos a conseguir ter uma noção do que eram fotografias.

Os Clifton estavam nos últimos dias da lua-de-mel. Deixei-os com os outros e fui ao encontro de um homem em Kufra, passei vários dias com ele testando teorias que mantive em segredo para o resto da expedição. Voltei ao acampamento em El Jof três noites depois.

A fogueira do deserto estava entre nós. Os Clifton, Madox, Bell e eu. Se um homem se inclinasse para trás alguns centímetros, desapareceria nas trevas. Katharine Clifton começou a recitar alguma coisa e minha cabeça não estava mais no halo da fogueira de gravetos do acampamento.

Seu rosto tinha sangue clássico. Os pais de Katharine eram famosos, ao que parece, no mundo da história legal. Sou um homem que não gostava de poesia até que ouvi uma mulher recitar. E ali no meio daquele deserto ela foi desencavar seus dias de universidade na nossa frente para descrever as estrelas — como Adão ensinava carinhosamente uma mulher usando metáforas graciosas.

> *Estes, portanto, embora invisíveis na noite profunda,*
> *Não brilham em vão, nem pensam, embora homens não sejam,*
> *Que o Paraíso deseje espectadores, e Deus queira louvores.*
> *Milhões de Criaturas espirituais caminham pela Terra*
> *Invisíveis, estejamos nós acordados ou adormecidos:*
> *Todas, com incessantes louvores, contemplam suas obras*
> *Dia e noite: quantas e quantas vezes ouvimos vindo*
> *Das encostas ecoantes da Montanha ou do Bosque*
> *Vozes celestiais voando no ar da meia-noite,*
> *Solitárias, ou em responsos às notas umas das outras*
> *Cantando hosana a seu grande Criador...*

Naquela noite eu me apaixonei por uma voz. Só uma voz. Não desejava ouvir mais nada. Fiquei de pé e me afastei.

Ela era um salgueiro. Que aspecto ela tomaria no inverno, na minha idade? Ainda a vejo, sempre, com os olhos de Adão. Ela tinha sido braços e pernas desajeitados saltando de um avião, abaixando-se entre nós para atiçar uma fogueira, seu ombro erguido e apontado na minha direção quando matava a sede num cantil.

Alguns meses depois, dançou uma valsa comigo, quando fomos em grupo a um baile no Cairo. Apesar de um pouco embriagada, mantinha um rosto inexpugnável. Ainda hoje, creio que seu rosto mais revelador era o dos momentos em que estávamos ambos semi-embriagados, não amantes.

Por todos esses anos, tenho tentado desvendar o que ela queria dizer olhando para mim daquele jeito. Parecia desprezo. É o que me parecia. Hoje acredito que estivesse me estudando. Ela era inocente, algo em mim a deixava surpresa. Eu me comportava do jeito que costumava fazer em bares, mas dessa vez com a companhia errada. Eu era um homem que seguia códigos peculiares de comportamento. Estava esquecendo que ela era mais jovem do que eu.

Ela estava me *estudando*. Uma coisa simples. E eu esperava algum passo em falso no seu olhar de estátua, algo que a traísse.

Mostre-me um mapa e eu construirei uma cidade. Dê-me uma caneta e eu desenharei um quarto ao sul do Cairo, mapas do deserto na parede. O deserto sempre estava entre nós. Eu podia acordar e erguer os olhos para um mapa com as antigas cidades ao longo das margens do Mediterrâneo — Gazala, Tobruk, Mersa Matruh — e ao sul, os rios intermitentes pintados a mão, e ao redor deles as sombras amarelas que invadíramos, e onde tínhamos tentado nos perder. *"Minha tarefa consiste em descrever em breves palavras as diversas expedições que seguiram o rumo de Gilf Kebir. Dr. Bermann mais tarde nos levará de volta ao deserto tal como era há milhares de anos..."*

Madox falava assim para os outros geógrafos em Kensington Gore. Mas não se encontra adultério nas atas da Sociedade Geográfica. Nosso quarto jamais aparece nos relatos minuciosos que mapeavam cada colina e cada incidente na história.

Na rua dos papagaios importados, no Cairo, quem passa se vê ridicularizado por pássaros fanfarrões, quase inteligentes. Os pássaros latem e assoviam dispostos em fileiras, como uma avenida emplumada. Eu sabia que tribo tinha viajado por que estrada de mercadores de camelo ou de seda, trazendo-os em seu pequenos palanquins através dos desertos. Quarenta dias de viagem, depois de os pássaros terem sido capturados por escravos ou colhidos como flores em jardins tropicais, e depois enfiados em gaiolas de bambu para caírem nas águas do rio que é o comércio. Pareciam noivas numa cerimônia medieval.

Ficávamos de pé no meio deles. Eu mostrava a Katharine uma cidade nova para ela.

Sua mão tocou no meu pulso.

— Se eu lhe desse minha vida, você deixaria escapar? Não é?

Nada respondi.

V.
KATHARINE

Na primeira vez que sonhou com ele, ela acordou gritando, ao lado do marido.

No quarto, ela ficou olhando para o lençol, a boca aberta. Seu marido pôs a mão nas suas costas.

— Pesadelo. Não se preocupe.
— É.
— Quer que eu pegue um pouco de água para você?
— Quero.

Ela não se mexia. Não queria deitar e voltar para aquela região onde estiveram juntos.

O sonho se passava neste quarto — a mão dele no seu pescoço (ela o estava tocando agora), sua fúria contra ela, a mesma que Katharine sentira nas primeiras poucas vezes em que estivera com ele. Não, não era fúria, uma falta de interesse, irritação por uma mulher casada vir parar no meio deles. Estavam curvados como animais e ele enlaçara seu pescoço por trás de modo que não podia respirar quando acordou.

Seu marido trouxe o copo em um pires, mas ela não conseguia levantar os braços, estavam tremendo, frouxos. Ele trouxe o copo até sua boca, meio sem jeito, para que sorvesse um pouco da água clorada, escorrendo um pouco pelo queixo, caindo na barriga. Quando voltou a deitar, mal teve tempo de refletir no que tinha testemunhado, num instante caiu num sono profundo.

Esse foi o primeiro sinal. Ela lembrou-se disso à certa altura no dia seguinte, mas estava ocupada e se recusou a acolher seu significado, repudiou-o; tratou-se de uma colisão acidental na multidão de seus sonhos, nada mais.

Um ano depois vieram os outros sonhos, tranqüilos, os mais perigosos. E mesmo no primeiro destes sonhos, ela lembrou-se das mãos no seu pescoço e temia que a qualquer momento a serenidade entre eles degenerasse em violência.

Quem atira essas migalhas de comida que são uma tentação para a gente? Uma pessoa que a gente nunca imaginou. Um sonho. Depois, mais tarde, outra série de sonhos.

Tempos depois, ele chamou a isso propinqüidade. Propinqüidade no deserto. Isso acontece aqui, disse ele. Amava a palavra — a propinqüidade da água, a propinqüidade de dois ou três corpos em um veículo viajando pelo Mar de Areia durante seis horas. O joelho suado de Katharine ao lado da caixa de mudanças do caminhão, o joelho se mexendo, levantando com os solavancos. No deserto a pessoa tem tempo para olhar tudo, para teorizar sobre a coreografia de tudo à sua volta.

Quando ele falava assim, ela o odiava, os olhos ainda bem educados, o pensamento querendo lhe dar tapas. Sempre teve o desejo de dar tapas nele, e compreendia que era algo sexual. Para ele, todos os relacionamentos se enquadravam em modelos. Acabavam sempre se definindo por propinqüidade ou por distância. Assim como, para ele, as histórias de Heródoto explicavam todas as sociedades. Acreditava ser um homem com experiência nas coisas do mundo que deixara inteiramente para trás há anos, desde então se empenhando em explorar o mundo semi-inventado do deserto.

No aeroporto do Cairo, acomodaram o equipamento nos veículos, e o seu marido ficou para verificar os cabos de combustível do Moth antes que os três homens partissem na manhã seguinte. Madox foi a uma das embaixadas passar um telegrama. E ele ia para a cidade se embriagar, o fim de noite habitual no Cairo, primeiro no Ópera Cassino de Madame Badin, e depois desaparecer nas ruas atrás do Hotel Paxá. Faria as malas antes da noite chegar, o que lhe permitia, na manhã seguinte, apenas acordar e saltar direto para dentro do caminhão.

Assim ele a levou para a cidade, o ar úmido, o trânsito ruim e lento em razão da hora.

— Está muito quente. Preciso de uma cerveja. Quer uma?

— Não, preciso arrumar muita coisa nas próximas duas horas. Você vai me desculpar.

— Tudo bem — disse ela. — Não quero interferir.

— Tomo uma cerveja com você quando eu voltar.

— Daqui a três semanas, não é?

— Mais ou menos.

— Queria ir também.

Ele nada disse em resposta a isso. Cruzaram a ponte Bulaq e o trânsito ficou pior. Muitas carroças, muitos pedestres que atravancavam as ruas. Ele pegou um atalho pelo sul, seguindo o Nilo na direção do Hotel Semiramim, onde ela estava hospedada, logo depois do quartel.

— Dessa vez você vai encontrar Zerzura, não vai?

— Dessa vez vou, sim.

Ele estava cheio de si. Mal olhava para ela enquanto estava no volante, mesmo quando ficavam empacados no mesmo lugar por mais de cinco minutos.

No hotel ele se mostrou extremamente educado. Quando agia assim, ela gostava dele ainda menos; todos precisavam fingir que aquela pose era cortesia, gentileza. Lembrava a ela um cachorro com roupas de homem. Que ele vá para o inferno. Se o seu marido não tivesse que trabalhar com ele, ela preferia não o ver nunca mais.

Ele pegou a mala de Katharine do bagageiro e ia levá-la para o saguão.

— Deixe, eu levo a mala. — A blusa de Katharine estava molhada nas costas quando saiu do banco do passageiro.

O porteiro se ofereceu para levar a mala, mas ele disse:

— Não, ela quer levar sozinha — e Katharine ficou irritada outra vez com essa intromissão. O porteiro deixou-os. Ela virou-se e ele lhe passou a mala, de frente um para o outro, depois carregando a mala pesada com as duas mãos na frente do corpo, de mau jeito.

— Bom, até logo. Boa sorte.

— Pois é. Vou tomar conta de todos eles. Vão estar a salvo.

Ela fez que sim com a cabeça. Estava numa sombra e ele, como se não tomasse conhecimento do sol escaldante, ficou de pé, parado.

Então aproximou-se dela, chegou bem perto, e por um momento Katharine pensou que fosse abraçá-la. Em lugar disso, estendeu o braço direito para a frente e fez com ele um movimento na horizontal, tocando o seu pescoço nu, de modo que Katharine sentiu na pele toda a extensão do antebraço suado.

— Até logo.

Voltou para o caminhão. Agora Katharine podia sentir o suor dele, como o sangue deixado por uma lâmina, que o movimento do seu braço parecia ter imitado.

Ela apanha uma almofada e a coloca sobre o colo como uma barreira contra ele.

— Se você me amar, eu não vou mentir. Se eu amar você, você não vai mentir.

Ela aperta a almofada contra o coração como se quisesse sufocar essa parte de si mesma, que queria se desprender do resto.

— O que você mais detesta? — ele pergunta.

— Uma mentira. E você?

— Propriedade — responde ele. — Quando for embora, me esqueça.

Katharine dispara o punho contra ele e acerta com força logo abaixo do olho. Ela se veste e vai embora.

A cada dia ele voltava para casa e olhava a mancha roxa no espelho. Ficou curioso, não tanto com a mancha, mas com a forma do seu rosto. As sobrancelhas compridas que nunca notara antes, os primeiros toques grisalhos em seu cabelo ruivo. Há anos não olhava para si mesmo num espelho desse jeito. Era uma sobrancelha bem comprida.

Nada pode deixá-lo longe dela.

Quando não está no deserto com Madox ou com Bermann nas bibliotecas árabes, vai ao encontro dela no parque Groppi — ao lado dos jardins de ameixeiras, bem irrigados. Aqui ela é mais feliz. É uma mulher que sente falta de umidade, que sempre amou sebes verdejantes e samambaias. Para ele, todo esse verdor é como um carnaval.

Do parque Groppi fazem uma volta e vão para a cidade velha, o sul do Cairo, os mercados aonde vão poucos europeus. Em seus quartos, os mapas recobrem as paredes. E apesar de suas tentativas de mobiliar e decorar o ambiente, sempre prevalece uma sensação de acampamento.

Estão deitados nos braços um do outro, a pulsação e a sombra do ventilador sobre eles. Durante toda a manhã, ele e Bermann trabalharam no museu de arqueologia confrontando textos árabes e historiadores europeus no esforço de identificar algum eco, alguma coincidência, nomes trocados — desde Heródoto até o *Kitab al Kanuz*, onde Zerzura é batizada com o nome de uma mulher que toma banho numa caravana no deserto. E lá também os lentos lampejos da sombra de um ventilador. E aqui também o intercâmbio e o eco íntimo de histórias da infância, cicatrizes, maneiras de beijar.

— Não sei o que fazer. Não sei o que fazer! Como posso ser sua amante? Ele vai ficar louco.

Uma lista de feridas.

As diversas cores das manchas roxas — do leve rosado até o marrom-escuro. O prato que ela foi pegar no outro lado do quarto e, depois de jogar no chão a comida, espatifou em cima da cabeça dele, o sangue subindo no meio dos cabelos de palha. O garfo que enterrou atrás do seu ombro, deixando a marca de uma mordida que o médico desconfiou ser de uma raposa.

Quando a abraçava, verificava que objetos podiam estar ao alcance das mãos dela. Encontrava-a com outros, em público, com manchas roxas ou a cabeça enfaixada e explicava como o táxi tinha dado uma freada e a cabeça tinha batido de encontro à janela. Ou com iodo no antebraço, cobrindo a marca de uma chicotada. Madox ficou preocupado por ele de repente ter se tornado tão propenso a acidentes. Ela fazia força para não rir com as suas frágeis explicações. Talvez seja a idade, talvez precise de óculos, disse o seu marido, cutucando Madox com o cotovelo. Talvez seja alguma mulher que encontrou, disse ela. Olhem isso, não parece arranhão ou mordida de mulher? Foi um escorpião, ele explicou. *Androctonus australis.*

Um cartão-postal. A letra bem legível enche o retângulo.

Passo metade dos dias desesperada por não poder tocar em você. No resto do tempo parece que isso não tem importância, se um dia vou ver você outra vez. Não é a moralidade, mas até que ponto é possível agüentar.

Sem data e sem nome.

Às vezes, quando ela pode passar a noite com ele, são acordados pelos três minaretes da cidade, dando início a suas orações antes do nascer do sol. Caminha ao lado dela pelos mercados de índigo que se estendem entre o sul do Cairo e a casa de Katharine. Os lindos cânticos de fé penetram no ar como flechas, um minarete responde ao outro, como se passassem adiante a notícia deles dois, enquanto caminham no ar frio da manhã, o aroma de carvão e cânhamo já dando ao ar certa profundidade. Pecadores numa cidade santa.

Na mesa de um restaurante, com um só movimento do braço, arroja ao chão pratos e copos para que ela escute, em algum lugar da cidade, e venha procurar a causa de tanto barulho. Quando está sem ela. Ele que nunca se sentiu só nos muitos quilômetros que separam as cidades do deserto. Um homem no deserto pode reter o sentimento de ausência nas mãos juntas em concha, certo de que se trata de uma fonte de sustento maior do que a água. Existe uma planta que conheceu perto de El Taj, cujo núcleo ou coração, quando cortado, é substituído por um fluido rico em virtudes medicinais. Um homem pode beber todas as manhãs uma quantidade de sumo equivalente a um coração cortado. A planta continua a florescer por mais um ano, antes de morrer por uma razão ou outra.

Ele fica deitado em seu quarto, rodeado pelos mapas desbotados. Está sem Katharine. Seu desejo gostaria de pôr abaixo todas as regras sociais, toda cortesia.

Sua vida com os outros não lhe interessa mais. Só quer a sua beleza de caule espigado, seu teatro de expressões. Quer o reflexo entre eles, minúsculo e secreto, a profundidade do mínimo espaço, íntimos e estranhos um ao outro, como duas páginas de um livro fechado.

Foi desmontado por ela.
E se ela o fez chegar a esse ponto, o que ele terá feito dela?

Quando ela se encontra dentro dos muros da sua condição social e ele está a seu lado, em grupos maiores, ele conta piadas de que ele mesmo não acha graça. Com uma obsessão que foge a suas características, ele ataca a história das explorações. Faz isso quando se sente infeliz. Só Madox identifica este seu costume. Mas ele não dirige um único olhar para ela. Katharine sorri para todos, para os objetos na sala, elogia um arranjo de flores, coisas impessoais e sem importância. Interpreta erradamente o comportamento dele, presumindo que é isso que ele deseja, e duplica a espessura dos muros para se proteger.

Mas agora não consegue suportar esse muro. Você também constrói os seus muros, diz a ele, e eu tenho o meu muro. Fala cintilando em uma beleza que ele não pode suportar. Ela, com suas roupas maravilhosas, seu rosto pálido que ri para todos que sorriem para ela, com o esgar inseguro provocado pelas piadas amargas dele. Ele continua suas afirmações pavorosas sobre isso e aquilo, em alguma expedição com a qual todos estão familiarizados.

No instante em que Katharine se afasta no saguão do bar do parque Groppi, depois de ele a ter cumprimentado, ele se sente enlouquecer. Sabe que o único jeito de aceitar perdê-la está em continuar a ampará-la ou ser amparado por ela. Em cuidarem um do outro para, de algum modo, se livrarem disso tudo. Nada de muros.

A luz do sol escorre para dentro do seu quarto no Cairo. Sua mão frouxa sobre o diário de Heródoto, toda a tensão no resto do corpo, e assim escreve errado as palavras, a caneta correndo sem firmeza, como um corpo sem espinha. Mal consegue escrever as palavras *luz do sol*. A palavra *apaixonado*.

No apartamento, só há a luz do rio e do deserto que se estende além dele. A luz vem cair no pescoço dela, nos pés, na marca de vacina que ele adora, no seu braço direito. Ela fica sentada na cama, abraçando calorosa a sua nudez. Ele desliza a mão espalmada pelo suor no seu ombro. Este ombro é meu, ele pensa, não do marido dela, este ombro é meu. Como amantes, ofereceram partes do corpo um para o outro, desse jeito. Neste quarto, nas imediações do rio.

Nas poucas horas de que dispõem, o quarto foi escurecendo até este nível de luz. Só a luz do rio e do deserto. Só quando há o raro impacto da chuva eles vão para a janela e põem os braços para fora, esticados, para banharem na chuva o máximo possível de si mesmos. Uma gritaria para o aguaceiro que cai toma conta das ruas.

— Nunca mais amaremos um ao outro. Não podemos nunca mais nos ver.

— Eu sei — ele diz.

A noite em que ela insistia em partir.

Ela se senta, enlaçada em si mesma, na couraça da sua consciência terrível. Ele é incapaz de vencer esta barreira. Apenas o seu corpo está próximo dela.

— Nunca mais. Aconteça o que acontecer.

— Sim.

— Acho que ele vai ficar louco, entende?

Ele nada responde, desistindo de tentar arrebatá-la para o seu domínio. Uma hora depois, saem caminhando por uma noite seca. Podem ouvir as músicas no gramofone ao longe, no cinema Música Para Todos, as janelas abertas por causa do calor. Terão de se separar antes que termine a sessão e pessoas talvez conhecidas surjam vindo de lá.

Estão no jardim botânico, perto da Catedral de Todos os Santos. Ela vê uma lágrima, se inclina e lambe, trazendo-a para sua boca. Assim como removeu o sangue da sua mão quando ele se cortou cozinhando para ela. Sangue. Lágrima. Ele sente que no seu corpo tudo está faltando, se sente cheio de fumaça. Tudo o que vive é o conhecimento do desejo e da carência futura. O que tem a dizer não pode dizer a essa mulher cuja franqueza é igual a uma ferida, cuja juventude ainda não é mortal. Ele não pode alterar o que mais ama nela, o seu descompromisso, ali onde o romance dos poemas que ela ama ainda se encaixa com naturalidade no mundo real. Fora dessas qualidades, ele sabe que não existe outra ordem no mundo.

Essa noite em que ela insistia em partir. Vinte e oito de setembro. A chuva já havia secado nas árvores com o calor do luar. Nem uma só gota fria para cair sobre ele como uma lágrima. Essa separação no parque Groppi. Não perguntou se o marido dela está em casa, naquele quadrado de luz no alto, no outro lado da rua.

Vê a fileira de altas palmeiras acima deles, os braços estirados para o alto. O jeito como a cabeça e o cabelo de Katharine caíam sobre ele, quando se amavam.

Agora não há beijos. Só um abraço. Ele se desvencilha dos braços dela e se afasta, depois se vira. Ela ainda está lá. Ele volta até alguns metros dela, o dedo esticado para frisar uma idéia.

— Só quero que saiba de uma coisa. Ainda não sinto falta de você.

Seu rosto parece horrível para ela, assim, tentando sorrir. Afasta dele a sua cabeça, que se choca com o pilar do portão. Ele vê que ela se machucou, nota o seu estremecimento. Mas agora eles já se separaram, cada um para dentro de si mesmo, os muros sobem com a insistência dela. Seu movimento brusco, sua dor são acidentais, são intencionais. A mão está perto da têmpora.

— Mas vai sentir — ela diz.

Daqui para a frente, ela sussurrou para ele um dia, ou vamos encontrar ou vamos perder nossas almas.

Como acontece? Apaixonar-se e se fazer em pedaços.

Eu estava nos braços dela. Tinha puxado a manga da sua blusa até o ombro para ver a marca de vacina. Adoro isso, falei. Essa auréola pálida no seu braço. Vejo o instrumento arranhar e depois injetar o soro para dentro dela e depois se soltar, livre da sua pele, anos atrás, quando ela tinha nove anos numa escola primária.

VI.
UM AVIÃO ENTERRADO

Ele olha fixo para a frente, cada olho uma trilha aberta descendo pela cama comprida em cuja extremidade se encontra Hana. Depois de ter dado banho nele, Hana quebra a ponta de uma ampola e se vira na sua direção com a morfina. Uma efígie. Uma cama. Ele embarca no navio da morfina. A droga dispara por dentro dele, implodindo tempo e geografia do mesmo modo que os mapas comprimem o mundo numa folha bidimensional de papel.

As longas noites do Cairo. O mar do céu noturno, falcões em fila reta até que, ao escurecer, partem formando arcos no céu, rumo à última cor do deserto. Um desempenho uníssono, como um punhado de sementes enchendo a mão.

Naquela cidade em 1936 era possível comprar qualquer coisa — de uma ave ou cachorro que atendia ao chamado de um apito, até aquelas cordinhas terríveis que se prendiam furtivamente no dedo mindinho de uma mulher, que assim podia se ver de repente presa a você no meio de um mercado apinhado de gente.

Na região mais a noroeste do Cairo, ficava o grande pátio dos estudantes religiosos, e depois o bazar Khan el Khalili. Do alto, olhávamos para as ruas estreitas e víamos gatos nas rugas dos telhados de zinco, que de lá espiavam a rua e as barracas de feira três metros abaixo. Acima disso tudo fica o nosso quarto. Janelas abertas para minaretes, falucas, gatos, uma barulheira tremenda. Katharine me falava sobre os jardins da sua infância. Quando ela não podia dormir, me trazia o jardim da sua mãe, palavra por palavra, canteiro por canteiro, o gelo de dezembro no tanque dos peixes, o rangido dos caramanchões cor-de-rosa. Ela segurava meu pulso no ponto de confluência das veias e o levava para a concavidade na base do seu pescoço.

Março de 1937, Uweinat. Madox anda irritado porque o ar está muito rarefeito. Quatrocentos e cinqüenta metros acima do mar e ele já se sente desconfortável numa altitude tão pequena. Afinal de contas é um homem do deserto, tendo abandonado a aldeia natal de sua família, Marston Magna, em Somerset, modificado todos os seus costumes e hábitos para se manter próximo do nível do mar e respirando um ar de secura constante.

— Madox, qual o nome daquele vão na base do pescoço de uma mulher? Na frente. Aqui. O que é isso, tem um nome oficial? Aquela concavidade do tamanho da impressão digital do dedão?

Madox olha para mim por um momento através do clarão do meio-dia.

— Ponha a cabeça no lugar — ele resmunga.

* * *

— Deixe contar uma história para você — diz Caravaggio para Hana. — Havia um húngaro chamado Almásy que trabalhava para os alemães durante a guerra. Voou um pouco com o Afrika Korps, mas era mais valioso do que isso. Nos anos trinta havia sido um dos grandes exploradores do deserto. Conhecia todos os poços de água e tinha ajudado a mapear o Mar de Areia. Sabia tudo sobre o deserto. Conhecia todos os dialetos da região. Isso está soando familiar? Entre as duas guerras sempre tomava parte das expedições que partiam do Cairo. Uma foi para procurar Zerzura, o oásis perdido. Quando estourou a guerra, juntou-se aos alemães. Em 1941 tornou-se um guia para os espiões, levando-os através do deserto até o Cairo. O que eu quero lhe dizer é que acho que o paciente inglês não é inglês.

— Claro que é. E todos aqueles canteiros de flores em Gloucestershire?

— Exatamente. É uma cobertura perfeita. Duas noites atrás, quando tentávamos dar um nome para o cachorro, lembra?

— Sim.

— Qual a sugestão dele?

— Naquela noite ele estava esquisito.

— Muito esquisito, porque eu lhe dei uma dose extra de morfina. Lembra os nomes? Propôs uns oito nomes. Cinco eram obviamente piadas. E os outros três. Cícero. Zerzura. Dalila.

— E daí?

— Cícero era o código para designar um espião. Os britânicos o desmascararam. Um agente duplo, e depois triplo. Fugiu. Zerzura é um nome mais complicado.

— Eu sei sobre Zerzura. Ele falou a respeito. Também fala de jardins.

— Mas agora é quase sempre do deserto. O jardim inglês está se deteriorando. Ele está morrendo. Acho que você tem lá em cima o ajudante de espiões Almásy.

Sentam-se nas grandes canastras de junco no quarto de guardar as roupas de cama e olham um para o outro. Caravaggio encolhe os ombros.

— É possível.

— Acho que ele é inglês — Hana retruca, chupando as bochechas como sempre faz quando está pensando ou ponderando alguma coisa a seu próprio respeito.

— Sei que você ama esse homem, mas ele não é inglês. No início da guerra eu trabalhei no Cairo, o Eixo de Trípoli. O espião Rebecca de Rommel...

— O que significa "espião Rebecca"?

— Em 1942 os alemães enviaram um espião chamado Eppler para o Cairo, antes da batalha de El Alamein. Usava um exemplar do romance *Rebecca*, de Daphne du Maurier, como livro-código para mandar suas mensagens para Rommel, guiando o movimento das tropas. Escute só, *Rebecca* virou o livro de cabeceira da Inteligência Britânica. Até eu li.

— Você leu um livro?

— Obrigado. O homem que guiou Eppler através do deserto até o Cairo sob as ordens pessoais de Rommel, de Trípoli até o Cairo, foi o conde Ladislaus de Almásy. Era um setor do deserto que todos acreditavam ser impossível de atravessar. Entre as duas guerras, Almásy teve amigos ingleses. Grandes exploradores. Mas quando estourou a guerra ele ficou com os alemães. Rommel pediu que levasse Eppler pelo deserto até o Cairo porque seria óbvio demais vir de avião ou de pára-quedas. Atravessou o deserto com o sujeito e despachou-o no delta do Nilo.

— Você sabe um bocado sobre o assunto.

— Minha base era no Cairo. Nós estávamos seguindo os movimentos deles. Partindo de Gialo, ele comandou um grupo de oito homens em atividades no deserto. Tinham de cavar para desatolar os caminhões das encostas de areia. Seguiram o rumo de Uweinat e seu platô de granito, para que tivessem água, se abrigassem nas cavernas. Era um ponto intermediário. Nos anos trinta ele tinha descoberto ali cavernas com pinturas nas pedras. Mas o platô estava fervilhando de aliados e ele não podia usar as fontes de água. Partiu de novo para o deserto. Atacaram reservatórios de petróleo britânicos para encher seus tanques. No oásis Kharga, vestiram uniformes britânicos e penduraram placas do exército britânico nos seus veículos. Quando eram localizados do ar, se ocultavam nos rios intermitentes e ficavam completamente imóveis, até por três dias. Assando na areia. Levaram três semanas para chegar ao Cairo. Almásy apertou a mão de Eppler e deixou-o. Foi aí que o perdemos. Voltou pelo deserto sozinho. Achamos que tenha atravessado o deserto outra vez, de volta a Trípoli. Mas aquela foi a última vez que foi visto. Os britânicos mais tarde capturaram Eppler e utilizaram o código Rebecca para mandar informações falsas a Rommel sobre El Alamein.

— Ainda não acredito, David.

— O homem que ajudou a capturar Eppler no Cairo se chamava Sansão.
— Dalila.
— Exato.
— Talvez ele seja Sansão.
— A princípio pensei nisso. Ele era muito parecido com Almásy. Também apaixonado pelo deserto. Tinha passado a infância no Levante e conhecia os beduínos. Mas a questão com Almásy é que ele podia voar. Estamos falando de alguém que caiu de avião. Aqui está esse homem, tão queimado que ficou irreconhecível, e que de algum jeito veio parar nas mãos dos ingleses em Pisa. Além do mais, é fácil para ele parecer inglês. Almásy freqüentou a escola na Inglaterra. No Cairo, era chamado o espião inglês.

Hana estava sentada na canastra de junco olhando para Caravaggio. Ela falou:
— Acho que devíamos deixar que seja inglês. Não importa mais de que lado ele esteve, não é?
— Eu gostaria de conversar mais com ele — respondeu Caravaggio. — Com mais morfina. Para pôr tudo para fora. Eu e ele. Entende? Ver onde é que vai dar. Dalila. Zerzura. Você tem que dar a ele uma dose gigante.
— Não, David. Você está obcecado. Não importa quem ele seja. A guerra acabou.
— Então eu vou cuidar disso sozinho. Vou preparar um coquetel Brompton. Morfina e álcool. Inventaram isso no hospital Brompton em Londres para os pacientes de câncer. Não se preocupe, isso não mata. O corpo absorve rapidamente. Posso juntar depois com as informações que temos. Você dá uma bebida para ele. Depois uma carga de morfina pura.

Olhou para ele sentada na canastra, olhos penetrantes, sorrindo. Nos últimos estágios da guerra, Caravaggio tornou-se um dos muitos ladrões de morfina. Tinha vasculhado os suprimentos médicos de Hana poucas horas depois de chegar. Os tubinhos de morfina eram agora uma fonte para ele. Pareciam tubos de pasta de dente para bonecas, ela pensou na primeira vez que os viu, achando aquilo muito curioso. Caravaggio levava dois ou três deles no bolso o dia inteiro, injetando o fluido em sua carne. Uma vez Hana dera com ele vomitando por excesso de morfina, curvado e se sacudindo num dos cantos escuros da villa, voltando os olhos para ela e mal conseguindo reconhecer quem era. Tentou falar com ele, mas Caravaggio recuou. Havia encontrado a caixa de metal com os suprimentos médicos, arrombou-a Deus sabe com que esforço. Certa vez, quando o sapador cortou a palma da mão num portão de ferro, Caravaggio quebrou a pontinha de vidro da ampola nos dentes, sugou e cuspiu a morfina na mão morena antes mesmo de Kip entender do que se tratava. Kip empurrou-o para trás, um olhar furioso.

— Deixe-o em paz. Ele é meu paciente.
— Não vou fazer mal a ele. A morfina e o álcool afastam toda a dor.

* * *

(3 centímetros cúbicos de coquetel Brompton. 3 h da tarde)

Caravaggio arrebata o livro das mãos do homem.
— Quando seu avião se espatifou no deserto, de onde você vinha?
— Tinha saído de Gilf Kebir. Fui lá apanhar alguém. No final de agosto. 1942.
— Durante a guerra? A essa altura todo mundo devia ter ido embora.
— Sim. Só havia soldados.
— Gilf Kebir.
— Sim.
— Onde fica?
— Me dê o livro de Kipling... aqui.

No frontispício de *Kim* havia um mapa com uma linha pontilhada indicando a trilha do menino e do Homem Santo. Mostrava apenas um pedaço da Índia, o Afeganistão hachurado em preto e a Caxemira no regaço das montanhas.

Sua mão negra segue o rio Numi até entrar no mar, a 23°30' de latitude. Continuou correndo o dedo quinze centímetros para o oeste, saiu da página, sobre o seu peito; tocou na costela.
— Aqui. Gilf Kebir, imediatamente ao norte do Trópico de Câncer. Na fronteira do Egito com a Líbia.

O que aconteceu em 1942?
Fiz uma viagem até o Cairo e estava voltando de lá. Eu me esgueirava entre as tropas inimigas, lembrando velhos mapas, utilizando os reservatórios ocultos de água e petróleo, que conheci antes da guerra, seguindo para Uweinat. Era mais fácil agora que eu estava sozinho. A quilômetros de Gilf Kebir, o caminhão explodiu e eu voei para fora, rolando na areia automaticamente, para evitar que alguma faísca me atingisse. No deserto é preciso ter sempre medo do fogo.

O caminhão explodiu, provavelmente uma sabotagem. Havia espiões entre os beduínos, cujas caravanas continuavam a fluir como cidades, levando especiarias, acomodações, conselheiros do governo para onde quer que fossem. Por essa época, havia tanto ingleses quanto alemães disfarçados no meio dos beduínos.

Abandonando o caminhão, comecei a caminhar para Uweinat, onde sabia haver um avião enterrado.

Espere. O que você quer dizer, um avião enterrado?

Madox tinha um avião velho, tempos atrás, que ele havia depenado até deixar só o essencial — a única coisa "extra" era a cabine do piloto fechada, crucial para voar no deserto. Durante o tempo que passamos juntos no deserto, ele me ensinou a voar, os dois caminhando em volta da criatura, toda costurada com cordões e cabos, teorizando sobre como virar ou planar no vento.

Quando o avião de Clifton — *Rupert* — voou ao nosso encontro, o envelhecido avião de Madox foi deixado onde estava, coberto com um encerado, preso em estacas num dos nichos naturais a nordeste de Uweinat. A areia se juntou aos poucos sobre ele ao longo dos anos seguintes. Nenhum de nós pensou em ver o avião outra vez. Era mais uma vítima do deserto. Alguns meses depois passamos na ravina do nordeste e avistamos a sua silhueta. A essa altura, o avião de Clifton, dez anos mais novo, tinha voado para dentro da nossa história.

Então você estava indo na direção do aparelho?

Sim. Quatro noites de caminhada. Tinha deixado o homem no Cairo e voltado para o deserto. Havia guerra por toda parte. De repente formaram-se "grupos". Os Bermann, os Bagnold, os Paxá Slatin — que por várias vezes haviam salvo a vida uns dos outros — agora tinham se colocado em campos opostos.

Caminhei até Uweinat. Cheguei lá por volta do meio-dia e escalei a encosta até alcançar as cavernas no meio do platô. Acima da fonte chamada Ain Dua.

* * *

— Caravaggio acha que sabe quem você é — disse Hana.

O homem na cama nada disse.

— Ele diz que você não é inglês. Ele trabalhou com o serviço de inteligência no Cairo e na Itália algum tempo. Até ser capturado. Minha família conhecia Caravaggio antes da guerra. Era um ladrão. Acreditava no "movimento das coisas". Alguns ladrões são colecionadores, como alguns dos exploradores a quem você critica, como alguns homens são com as mulheres e algumas mulheres com os homens. Mas Caravaggio não era assim. Era curioso e generoso demais para ser um ladrão bem-sucedido. Metade das coisas que roubava nunca vinham para casa. Ele acha que você não é inglês.

Hana observava a imobilidade dele enquanto falava; parecia que não estava ouvindo com atenção ao que ela dizia. O pensamento distante. O jeito que Duke Ellington tinha quando tocava "Solitude".

Ela parou de falar.

Ele alcançou a fonte rasa denominada Ain Dua. Tirou toda a roupa e ensopou-a na fonte, mergulhou a cabeça e depois o seu corpo magro na água azul. Seus braços e pernas exaustos depois das quatro horas de marcha. Deixou as roupas estendidas sobre as pedras e escalou por entre os pedregulhos arredondados, subindo para longe do deserto, que àquela altura, 1942, era um vasto campo de batalha, e entrou nu na escuridão da caverna. Estava entre as pinturas que já conhecia, descobertas por ele anos atrás. Girafas. Gado. O homem com os braços levantados com um cocar de penas. Várias pessoas na inequívoca postura de nadadores. Bermann estava com razão quando afirmou que existia um lago naquele local, em eras passadas. Sentindo frio, avançou para o fundo da Caverna dos Nadadores, onde ele a havia deixado. Ela ainda estava lá. Ela tinha se arrastado para um canto, e se embrulhara bem apertada no pano de um pára-quedas. Ele prometera voltar para ela.

Ele mesmo bem que gostaria de morrer numa caverna, com aquela privacidade, os nadadores presos nas pedras em volta deles. Bermann lhe dissera que nos jardins da Ásia a pessoa olhava a pedra e imaginava a água, era possível olhar a água parada de um tanque e acreditar que possuía a dureza da pedra. Mas ela era uma mulher que crescera entre jardins, umidade, palavras como *treliça* e *ouriço-cacheiro*. Sua paixão pelo deserto era temporária. Veio a amar a aspereza do deserto apenas por causa dele, no desejo de compreender o seu conforto e a sua solidão. Ela sempre ficava mais feliz na chuva, em banheiros inundados de vapor úmido, na sonolência aquosa, debruçada para fora da janela do quarto dele naquela noite de chuva no Cairo, vestindo as roupas ainda molhadas, para ter mais contato com a água. Do mesmo modo que amava as tradições familiares, os ritos da corte amorosa, velhos poemas memorizados. Odiaria morrer sem nome. Para ela, havia uma linha palpável que corria ao encontro de seus ancestrais, ao passo que ele tinha varrido as pegadas na trilha por onde viera. Ele ficou surpreso que ela o amasse apesar de todas as virtudes de anonimato presentes nele.

Ela estava deitada de costas, estirada na posição em que ficavam os mortos medievais.

Cheguei perto dela, nu, como fazia em nosso quarto no sul do Cairo, com vontade de tirar sua roupa, ainda com o desejo de amá-la.

O que há de terrível naquilo que fiz? Não perdoamos tudo numa pessoa que ama? Perdoamos o egoísmo, o desejo, a traição. Enquanto somos nós a causa. É possível fazer amor com uma mulher com o braço quebrado, ou com febre. Uma vez ela chupou o sangue de um talho na minha mão assim como experimentei e engoli o seu sangue menstrual. Há algumas palavras européias que nunca podem ser traduzidas em outras línguas. *Felhomaly*. A penumbra dos túmulos. Com a conotação de intimidade entre os mortos e os vivos.

Eu a ergui em meus braços, retirei-a da prateleira do sono. Vestida como numa teia de aranha. Perturbei tudo isso.
Levei-a para o sol lá fora. Me vesti. Minhas roupas secas e quebradiças do calor das pedras.
Minhas mãos juntas formavam uma sela para ela se apoiar. Assim que alcancei a areia, fiz seu corpo girar com um empurrão de modo que agora ela estava com o rosto voltado para trás, por sobre o meu ombro. Eu tinha consciência do seu peso rarefeito. Estava habituado a segurá-la assim nos meus braços, no meu quarto ela rodopiava em cima de mim como um reflexo humano do ventilador, os braços abertos, as mãos como estrelas-do-mar.
Desse jeito seguimos na direção da ravina do nordeste, onde o avião estava enterrado. Eu não precisava de um mapa. Trazia comigo um recipiente de combustível, que vinha carregando desde que o caminhão capotara. Porque três anos antes tínhamos sido impotentes sem isso.

— O que aconteceu três anos antes?
— Ela se feriu. Em 1939. O seu marido caiu com o avião. Foi planejado como um suicídio-assassinato pelo marido dela, e que envolveria nós três. Nem éramos mais amantes nessa altura. Imagino que de algum modo notícias sobre o caso vieram respingar sobre ele.
— Então ele ficou sentido demais para suportar a sua companhia.
— Pois é. Para mim, o único jeito de salvá-la era procurar e conseguir ajuda sozinho.

Na caverna, depois de todos aqueles meses de separação e fúria, eles se encontraram e mais uma vez conversaram como amantes, afastando a pedra que tinham colocado entre eles, em razão de alguma lei social em que nenhum dos dois acreditava.
No jardim botânico ela batera com a cabeça no portão, num impulso de fúria e determinação. Orgulhosa demais para ser uma amante, um segredo. Em seu mundo, não podia haver compartimentos separados. Ele tinha se virado para ela, o dedo erguido, *ainda não sinto falta de você.*
Mas vai sentir.
Durante os meses de separação, ele se tornara mais amargo e autosuficiente. Ele evitava sua companhia. Não podia suportar o ar impassível dela quando o via. Telefonava para a casa de Katharine e falava com o seu marido e ouvia a risada dela ao fundo. Ela possuía um charme público que era uma tentação para todos. Isso era algo que ele amava em Katharine. Agora ele já não confiava em nada.
Desconfiava que havia sido substituído por outro amante. Interpretava cada gesto dela para os outros como um código de promessas. Certa

vez Katharine agarrou a parte da frente do casaco de Roundell num saguão e sacudiu com força, rindo muito para ele enquanto ele murmurava alguma coisa, e durante dois dias ele seguiu o inocente assistente do governo, para ver se havia um caso entre os dois. Não confiava mais nos últimos gestos de carinho de Katharine. Ou ela estava com ele ou contra ele. Estava contra ele. Não podia sequer suportar os sorrisos titubeantes de Katharine para ele. Se ela lhe servisse uma bebida, ele não bebia. Se em um jantar, ela apontasse uma jarra com lírios do Nilo boiando, ele não olhava. Só mais uma florzinha de merda. Ela tinha um novo grupo de amigos do qual ele e o marido estavam excluídos. Mulher nenhuma volta para o marido. É tudo o que ele sabia sobre o amor e a natureza humana.

Comprou papel de cigarro marrom-claro e colou-o no livro *As Histórias*, nas partes que descreviam guerras sem nenhum interesse para ele. Escreveu todos os argumentos de Katharine contra ele. Colados no livro — proporcionando a si mesmo apenas a voz do observador, o ouvinte, o "ele".

Durante os últimos dias antes da guerra ele fora uma última vez a Gilf Kebir, para desmontar o acampamento. O marido de Katharine deveria vir apanhá-lo. O marido que ambos amavam, até que passaram a se amar um ao outro.

Clifton voou para Uweinat a fim de apanhá-lo no dia combinado, zunindo tão baixo sobre o oásis perdido que os arbustos de acácia se desfolharam no rastro do avião, o Moth deslizando pelas depressões e valas, enquanto ele ficava no alto da encosta acenando com um encerado azul. Em seguida o avião fez uma manobra abrupta e veio em sua direção, se espatifou de encontro à terra a quarenta e cinco metros de onde estava. Uma linha azul de fumaça se desenrolava partindo da fuselagem. Um marido enlouquecido. Matar todos de uma vez. Matar a si mesmo e sua esposa — e ele também, pois não havia agora como sair do deserto.

Só que ela não estava morta. Ele soltou o corpo de Katharine, livrou-a das garras dos ferros amassados, as garras do seu marido.

Como você me odiava, ela sussurra na Caverna dos Nadadores, sua voz atravessando a dor de seus ferimentos. Um pulso quebrado. Costelas despedaçadas. Você foi terrível comigo. Foi aí que meu marido desconfiou de você. Ainda tenho raiva de você por isso — desaparecer nos desertos ou nos bares.

Você é que me deixou no parque Groppi.

Porque você não me queria, como não queria coisa nenhuma de ninguém.

Foi porque você disse que seu marido estava ficando louco. E ele ficou louco.

Não por muito tempo. Eu fiquei louca antes dele, você matou tudo em mim. Me beije, por favor. Pare de se defender. Me beije e me chame pelo meu nome.

Seus corpos se encontraram em cheiros, em suor, sôfregos para entrar por baixo daquela película com a língua ou o dente, como se cada um pudesse agarrar ali dentro a personalidade do outro, e durante o amor puxá-la para fora do seu corpo.

Agora não havia talco no braço dela, nenhuma água-de-colônia nas suas pernas.

Você acha que é um iconoclasta, mas não é. Você apenas muda de lugar ou substitui aquilo que não pode possuir. Se falha em alguma coisa, se retira para outra coisa. Nada modifica você. Quantas mulheres teve? Eu o deixei porque sabia que nunca ia poder modificar você. Às vezes você ficava tão imóvel no quarto, tão mudo às vezes, como se a grande traição a si mesmo estivesse em revelar um centímetro a mais da sua personalidade.

Na Caverna dos Nadadores nós conversamos. Estávamos apenas a duas latitudes de Kufra, onde estaríamos a salvo.

Ele faz uma pausa e segura sua mão. Caravaggio põe um tablete de morfina na palma negra, e o tablete desaparece no interior da boca escura do homem.

Atravessei o leito seco do lago na direção do Oásis Kufra, levando apenas algumas mantas para me proteger do calor do dia e do frio da noite, meu Heródoto havia ficado para trás, com ela. E três anos depois, em 1942, caminhei com ela na direção do avião enterrado, carregando o seu corpo como se fosse a armadura de um cavaleiro.

No deserto, as ferramentas da sobrevivência se encontram no subsolo — cavernas de trogloditas, água dormindo no interior de uma planta subterrânea, armas, um avião. Na longitude 25, latitude 23, cavei a areia até encontrar o encerado, e o velho avião de Madox aos poucos foi emergindo. Era de noite e mesmo no ar frio eu suava. Levei a lanterna de nafta para junto dela e sentei um pouco, ao lado da silhueta do seu cochilo. Dois amantes e o deserto — luz das estrelas ou luz da lua, não lembro. Por toda parte fora dali havia guerra.

O avião saiu da areia. Não havia comida e eu estava fraco. O encerado tão pesado que não consegui desenterrá-lo, tive que cortar a lona em tiras.

De manhã, depois de duas horas de sono, levei Katharine para a cabine do piloto. Liguei o motor e ele girou para a vida. Começamos a nos mover e depois correr, anos de atraso, céu adentro.

A voz pára. O homem queimado olha fixo para a frente no foco da morfina.

O avião está agora em seus olhos. A voz arrastada o empurra com esforço para o ar, acima da superfície da terra, o motor às vezes falhando, como uma agulha de tricô que perde o ponto, o manto de Katharine, um sudário esvoaçando no ar barulhento da cabine, uma barulhada terrível depois de dias caminhando em silêncio. Ele olha para baixo e vê gasolina escorrendo nos joelhos. Um ramo se desprende da blusa de Katharine. Acácia e osso. A que distância da terra ele se encontra? A que distância do céu?

O trem de aterrissagem roça o topo de uma palmeira e ele manobra para cima, a gasolina desliza sobre o banco, o corpo de Katharine escorrega na gasolina. Há uma faísca de um curto-circuito, e os galhinhos sobre os joelhos de Katharine se incendeiam. Ele a puxa para o assento a seu lado. Com a mão, empurra o vidro que fecha a cabine do piloto, mas o vidro não se mexe. Começa a esmurrar o teto da cabine, o vidro racha, finalmente se faz em pedaços, e a gasolina e o fogo se esparramam e rodopiam por toda parte. A que distância está da terra? Ela se desmancha — galhinhos de acácia, folhas, os ramos presos em braçadas iam se desenrolando agora em volta dele. Os membros do corpo começam a desaparecer sugados pelo ar. O odor da morfina na sua língua. Caravaggio refletido no lago negro do seu olho. Agora ele vai para cima e para baixo como o balde num poço. Por alguma razão o sangue cobre todo o seu rosto. Voa em um avião avariado, a cobertura de lona nas asas se rasga com a velocidade. Eles são carniça. A que distância terá ficado aquela palmeira? Há quanto tempo? Ergue as pernas para fora da gasolina, mas estão muito pesadas. Não há como levantá-las outra vez. Está velho. De repente. Cansado de viver sem ela. Não pode se deitar nos braços dela e dormir tranqüilo enquanto ela vigia noite e dia. Não tem ninguém. Está exausto, não do deserto, mas da solidão. Madox se foi. A mulher traduzida em folhas e ramos, o vidro partido aberto para o céu como uma mandíbula acima dele.

Ele se enfia nas correias do pára-quedas e gira o avião de cabeça para baixo, se livra do vidro, o vento lança o seu corpo para trás. Então suas pernas estão livres de tudo, e ele está no ar, brilhante, sem saber por que brilha até que compreende que está em chamas.

* * *

Hana pode ouvir as vozes no quarto do paciente inglês e fica de pé na sala, tentando captar o que estão dizendo.
Como é?
Maravilhoso!

Agora é a minha vez.
Ahh! Magnífico, magnífico.
Esta é a melhor de todas as invenções.
Uma descoberta notável, meu jovem.

Quando ela entra, vê Kip e o paciente inglês passando uma lata de leite condensado um para o outro. O inglês chupa da lata, depois a afasta do rosto para mastigar o caldo espesso. Pisca o olho para Kip, que parece irritado por não estar de posse da lata. O sapador volta os olhos para Hana e dá uns passos hesitantes junto à cama, estalando os dedos duas ou três vezes, conseguindo por fim puxar a lata para longe do rosto negro.

— Descobrimos um prazer partilhado. O garoto e eu. Para mim, nas minhas viagens pelo Egito, para ele, na Índia.

— Já experimentou sanduíche de leite condensado? — pergunta o sapador.

Hana fica olhando para eles, ora um, ora outro.

Kip espia dentro da lata.

— Vou pegar outra — explica, e sai do quarto.

Hana olha para o homem na cama.

— Kip e eu somos bastardos internacionais, nascidos num lugar e depois escolhendo um outro para viver. Lutando a vida toda para voltar ou ir para longe da nossa terra natal. Se bem que Kip ainda não tenha entendido isso. E esta é a razão por que nos damos tão bem.

Na cozinha, Kip abre dois furos na nova lata de leite condensado com a baioneta, que percebe ser utilizada cada vez mais com esse único propósito, e corre de volta para o quarto no andar de cima.

— Você deve ter sido criado em algum lugar — diz o sapador. — Os ingleses não chupam uma lata desse jeito.

— Vivi alguns anos no deserto. Lá aprendi tudo o que sabia. Tudo o que me aconteceu de importante, foi no deserto.

Sorri para Hana.

— Um me dá morfina. Outro me dá leite condensado. Podemos estar descobrindo uma dieta balanceada! — Vira-se para Kip. — Há quanto tempo é sapador?

— Cinco anos. A maior parte em Londres. Depois na Itália. Com os pelotões especializados em desarmar bombas.

— Quem foi seu instrutor?

— Um inglês em Woolwich. Era considerado um excêntrico.

— O melhor tipo de instrutor. Deve ter sido Lorde Suffolk. Conheceu a senhorita Morden?

— Sim.

Em nenhum momento os dois homens tentaram deixar Hana à vontade naquela conversa. Mas ela queria saber mais a respeito do seu instrutor, e como ele iria descrevê-lo.

— Como era ele, Kip?

— Trabalhava no setor de Pesquisa Científica. Era chefe de uma unidade experimental. A senhorita Morden, sua secretária, estava sempre a seu lado, e também o seu motorista, senhor Fred Harts. A senhorita Morden tomava notas, que ele ditava enquanto trabalhava numa bomba, e o senhor Harts ajudava com as ferramentas. Era um homem brilhante. Eram chamados de Santíssima Trindade. Explodiram todos três um dia, em 1941. Em Erith.

Ela olha para o sapador recostado na parede, um pé levantado, a sola da bota contra a pintura de uma ramagem. Nenhuma expressão de tristeza, nada para interpretar.

Alguns homens desataram o último nó de suas vidas nos braços de Hana. Na cidade de Anghiari, ergueu homens da terra para descobrir que já estavam sendo devorados pelos vermes. Em Ortona, pôs cigarros na boca de um rapaz sem braços. Nada a fazia parar. Continuou a cumprir seus deveres ao mesmo tempo que ia, em segredo, fazendo o seu eu mergulhar para o fundo de si mesma. Tantas enfermeiras haviam ficado perturbadas e se convertido em criadas domésticas da guerra, nos seus uniformes amarelos e carmesins com botões de osso.

Hana olha Kip levantar a cabeça contra a parede e reconhece o olhar neutro no seu rosto. Pode ler nele.

VII.
IN SITU

Westbury, Inglaterra, 1940

Kirpal Singh estava de pé no ponto onde deveria estar a sela nas costas do cavalo. A princípio ele se limitava a ficar de pé nas costas do cavalo, fazia uma pausa e acenava para aqueles que não podia ver, mas sabia que estavam olhando. Lorde Suffolk o observava pelo binóculo, via o jovem acenar, os dois braços esticados para cima e balançando.

Depois descia pelo corpo do gigantesco cavalo branco de giz de Westbury, a brancura do cavalo entalhada na montanha. Agora era uma figura negra, o fundo radicalizando o tom escuro da sua pele e do seu uniforme cáqui. Se o foco do binóculo estivesse correto, Lorde Suffolk enxergava a fina linha avermelhada da passadeira no ombro de Singh, que indicava a sua unidade de sapadores. Para eles parecia que vinha descendo a largas passadas por sobre um mapa de papel cortado no feitio de um animal. Mas Singh só tinha consciência de suas botas roçando contra o áspero giz branco enquanto descia pela encosta.

A senhorita Morden, atrás dele, também vinha descendo pela encosta devagar, uma mochila nos ombros, apoiando-se em um guarda-chuva fechado. Parou três metros acima do cavalo, abriu o guarda-chuva e sentou-se sob a sua sombra. Em seguida abriu seu caderno de anotações.

— Pode ouvir minha voz? — ele perguntou.

— Sim, ouço bem. — Ela esfregou as mãos na blusa para limpar o pó de giz e ajeitou os óculos. Olhou ao longe e, assim como Singh fizera, acenou para aqueles que não podia ver.

Singh gostava dela. De fato, era a primeira mulher inglesa com quem havia falado de verdade, desde o dia em que chegou à Inglaterra. Ele havia passado a maior parte do tempo em um acampamento em Woolwich. Nos seus três meses ali, só se encontrou com outros indianos e oficiais ingleses. Uma mulher lhe respondia uma pergunta ou outra na cantina, mas conversas com mulheres duravam apenas duas ou três frases.

Ele era o segundo filho. O filho mais velho devia entrar no exército, o seguinte ia ser médico, o terceiro um homem de negócios. Uma velha tradição na sua família. Mas tudo havia mudado com a guerra. Ingressara num regimento sikh e fora embarcado para a Inglaterra. Depois dos primeiros meses em Londres, apresentou-se como voluntário numa unidade de engenharia destacada para lidar com bombas que não explodiram ou de efeito retardado. Os termos da decisão oficial, em 1939, eram ingênuos: "*As bombas que não explodiram são consideradas responsabilidade do Ministério do Interior, que concorda que elas devam ser recolhidas pelos inspetores e guardas, e em seguida despachadas para terrenos baldios apropriados, onde membros das forças armadas tratarão de detoná-las no momento adequado.*"

Só em 1940 o Departamento de Guerra assumiu a responsabilidade do manejo das bombas, e em seguida passou a responsabilidade para os Engenheiros Reais. Organizaram-se vinte e cinco unidades para o manejo de bombas. Não possuíam equipamento técnico, só dispunham de martelos, talhadeiras e ferramentas para fazer reparos em estradas. Não havia especialistas.

Uma bomba é uma combinação das seguintes partes:
1. Um invólucro ou cápsula da bomba.
2. Um detonador.
3. Uma carga inicial ou disparo.
4. Uma carga principal ou alto explosivo.
5. Acessórios específicos: aletas, bóias de sustentação, etc.

Oito por cento das bombas lançadas dos aviões sobre a Inglaterra eram de invólucro fino, sem fins específicos. Em geral seu peso variava de cinqüenta a quinhentos quilos. Uma bomba de uma tonelada era denominada uma "Hermann" ou "Esau". Uma bomba de duas toneladas era chamada de "Satã".

Singh, após longos dias de treinamento, dormia ainda com diagramas e esquemas nas mãos. Meio sonhando, ele entrava no labirinto de um cilindro, avançando ao lado do ácido de picrato, da carga inicial e dos condensadores até chegar ao detonador, no fundo do corpo principal. Então acordava de repente.

Quando uma bomba atingia o alvo, a resistência ativava um vibrador que disparava a faísca no detonador. A minúscula explosão atingia a carga inicial, detonando a cera explosiva. Isto provocava uma reação no ácido de picrato, que por sua vez fazia explodir a carga principal de TNT, nitrato de amônia e pólvora aluminizada. O percurso que ia do vibrador até a explosão durava um microssegundo.

As bombas mais perigosas eram aquelas lançadas de altitudes mais elevadas, que não eram acionadas antes de tocar o solo. Essas bombas não explodidas se enterravam no meio das cidades e dos campos, e permaneciam adormecidas até que os contatos do vibrador fossem acionados — pelo cajado de um lavrador, o trepidar de um pneu de carro, o choque de uma bola de tênis contra o invólucro de metal — e então explodiam.

    Singh foi transportado num caminhão aberto, junto com outros voluntários, para o departamento de pesquisa em Woolwich. Era uma época em que o número de baixas nas unidades de manejo de bombas era assustadoramente elevado, considerando o número reduzido de bombas não detonadas. Em 1940, após a França ter sido derrotada e a Inglaterra se ver sitiada, as coisas pioraram.

    Em agosto, as blitz começaram e em um mês havia de repente duas mil e quinhentas bombas não detonadas para serem desativadas. Estradas eram fechadas, fábricas abandonadas. Em setembro, o número de bombas vivas chegava a três mil e setecentas. Cem novos esquadrões especializados em bombas foram organizados, mas ainda se sabia muito pouco sobre o funcionamento delas. A expectativa de vida nessas unidades era de dez semanas.

    "Foi uma época heróica na história do manejo de bombas, um período de bravura individual, em que a urgência e a falta de conhecimentos e de equipamentos levavam os voluntários a correr riscos fantásticos... Foi uma época heróica na qual, porém, os protagonistas permaneceram na obscuridade, uma vez que suas atividades eram mantidas em segredo por razões de segurança. Era obviamente indesejável a divulgação de façanhas que poderiam pôr o inimigo a par da nossa capacidade no manejo de bombas."

    No carro, seguindo para Westbury, Singh ia sentado na frente ao lado do senhor Harts, enquanto a senhorita Morden viajava atrás com Lorde Suffolk. O carro Humber cor cáqui era famoso. Os pára-lamas eram pintados com sinais em vermelho-vivo — como todas as viaturas de manejo de bombas — e à noite havia um filtro azul recobrindo a lanterna lateral esquerda. Dois dias antes, um homem caminhando perto do famoso cavalo de giz em Downs tinha ido pelos ares. Quando os engenheiros chegaram ao local descobriram que outra bomba havia aterrissado no meio daquele local histórico — no estômago do gigantesco cavalo branco de Westbury, entalhado nas ondulações dos montes de giz em 1778. Pouco depois, todos os cavalos de giz em Downs — havia sete — foram cobertos com redes de camuflagem, não tanto para protegê-los, mas sim para que não servissem de referências óbvias para os aviões que vinham bombardear a Inglaterra.

    Do banco de trás, Lorde Suffolk tagarelava sobre a migração dos pardais das zonas de guerra da Europa, a história do manejo de bombas, o requeijão de Devon. Introduzia o jovem sikh nos costumes da Inglaterra, como se fosse uma cultura descoberta recentemente. Apesar de ser Lorde

Suffolk, vivia em Devon e até estourar a guerra sua paixão era o estudo de *Lorna Doone* e verificar até que ponto ia a autenticidade histórica e geográfica do romance. Em geral passava os invernos vasculhando ninharias nas aldeias de Brandon e Porlock, e convencera as autoridades de que Exmoor era um local ideal para o treinamento do manejo de bombas. Havia doze homens sob suas ordens — talentos saídos de diversas unidades, sapadores e engenheiros, e Singh era um deles. A maior parte da semana ficavam sediados no parque Richmond, em Londres, recebendo instruções a respeito dos novos métodos e recursos no manejo de bombas não detonadas, enquanto gamos passavam correndo em volta deles. Mas nos finais de semana partiam para Exmoor, onde continuavam o treinamento durante o dia e mais tarde eram levados de carro por Lorde Suffolk até a igreja onde Lorna Doone foi alvejada durante sua cerimônia de casamento.

— Ou desta janela ou daquela porta dos fundos... atingida ali na nave lateral, no ombro. Um tiro magnífico, de fato, embora condenável, naturalmente. O bandido foi perseguido entre as urzes e seus músculos foram rasgados e arrancados para fora do corpo. — Para Singh, soava como uma conhecida fábula indiana.

O amigo mais íntimo de Lorde Suffolk na região era uma aviadora, que detestava a vida social, mas adorava Lorde Suffolk. Iam caçar juntos. Ela vivia num pequeno sítio em Countisbury, num penhasco que dava para o Canal de Bristol. Lorde Suffolk descrevia as coisas exóticas de todas as aldeias por que passavam dentro do Humber.

— Este é o melhor lugar para se comprar bengalas de abrunheiro.

Como se Singh estivesse pensando em entrar na loja da esquina, com seu uniforme e turbante, para despreocupadamente trocar idéias com os proprietários a respeito de bengalas. Lorde Suffolk era o melhor dos ingleses, disse Kip mais tarde para Hana. Se não tivesse acontecido a guerra, nunca teria deixado seu retiro em Countisbury, chamado Home Farm, onde meditava junto do vinho, das moscas, na velha lavanderia nos fundos, cinqüenta anos de idade, casado, mas uma personalidade de solteiro em sua essência, galgando o penhasco todos os dias para visitar sua amiga aviadora. Gostava de consertar as coisas — velhos tanques da lavanderia, geradores hidráulicos, uma assadeira de cozinha que girava movida por uma roda d'água. Ajudara a senhorita Swift, a aviadora, a reunir informações sobre os hábitos dos texugos.

A viagem para o cavalo de giz em Westbury foi, portanto, repleta de informações e anedotas. Mesmo durante a guerra, ele sabia qual o melhor lugar para tomar chá. Entrava impetuosamente no Salão de Chá Pamela, o braço numa tipóia em conseqüência de um acidente com algodão-pólvora, entrava pastoreando o seu clã — secretária, motorista e sapador — como se fossem seus filhos. De que modo Lorde Suffolk persuadira o Comitê de Bombas Não Detonadas a autorizá-lo a instalar seu centro experimental de manejo de bombas é algo que ninguém sabe ao certo, mas com sua reputação de inventor ele provavelmente se achava mais qualificado do que a maioria. Era autodidata, acreditava que sua mente podia ler os motivos e o espírito ocultos em qualquer invenção. De saída, inventou a camisa com bolsos, que permitia guardar com facilidade estopins e ferramentas enquanto o sapador trabalhava.

Beberam chá e esperaram pelos bolinhos de aveia, discutindo acerca da desativação de bombas *in situ*.[3]

— Confio no senhor, senhor Singh. Sabe disso, não é?

— Sim senhor. — Singh o adorava. Até onde sabia, Lorde Suffolk foi o primeiro cavalheiro que conheceu na Inglaterra.

— Sabe que acredito que o senhor possa fazer tão bem quanto eu. A senhorita Morden vai estar ao seu lado para tomar notas. O senhor Harts vai ficar mais recuado. Se precisar de mais equipamento ou de mais força, sopre o apito de polícia e ele vai se aproximar do senhor. Ele não dá conselhos, mas entende perfeitamente. Se ele não fizer alguma coisa que o senhor pedir, significa que não está de acordo com o senhor, e eu aceitaria a opinião dele. Mas o senhor tem toda autoridade no local de trabalho. Aqui está minha pistola. Os detonadores na certa estão mais sofisticados agora, mas nunca se sabe, pode ser que o senhor dê sorte.

Lorde Suffolk aludia a um incidente que o tornara famoso. Havia descoberto um método para inibir um detonador de efeito retardado, que consistia em sacar seu revólver do exército e disparar um tiro através da cabeça do detonador, interrompendo assim o movimento do corpo do relógio. O método foi abandonado quando os alemães introduziram um novo tipo de detonador, no qual a cápsula de percussão e não o relógio era a peça mais importante.

Kirpal Singh tinha recebido apoio, e jamais esqueceria isso. Até então, metade do seu tempo de guerra havia transcorrido nas águas agitadas desse lorde, que nunca tinha posto o pé fora da Inglaterra e planejava nunca mais sair de Countisbury assim que a guerra terminasse. Singh chegara à Inglaterra sem conhecer ninguém, longe de sua família, no Punjab. Tinha vinte e um anos. Só havia conhecido soldados. Assim, quando leu o anúncio procurando por voluntários para um esquadrão experimental no manejo de bombas, apesar de ter ouvido outros sapadores dizerem que Lorde Suffolk era um doido, já tinha decidido que em uma guerra é preciso tomar o controle, e havia uma chance maior de escolha e de vida ao lado de uma personalidade ou de um indivíduo.

[3] Latim: no próprio local. (N. do T.)

Era o único indiano entre os candidatos, e Lorde Suffolk estava atrasado. Quinze deles foram levados a uma biblioteca e a secretária pediu que esperassem. Ela permaneceu na escrivaninha, copiando os nomes, enquanto os soldados faziam piadas sobre a entrevista e o teste. Ele não conhecia ninguém. Aproximou-se de uma parede e observou o barômetro, estava a ponto de tocá-lo, mas recuou a mão, limitando-se a chegar o rosto bem perto. *Muito seco* até *Bom* até *Tempestuoso*. Murmurou as palavras para si mesmo com a sua nova pronúncia inglesa.

— Muito seco. Muito seco.

Olhou para trás, para os outros, passou os olhos pela sala em volta e deu com o olhar fixo da secretária de meia-idade. Observava-o com ar severo. Um rapaz indiano. Ele sorriu e caminhou na direção das prateleiras de livros. Mais uma vez não tocou em nada. A certa altura, aproximou o nariz de um volume intitulado *Raymond, ou vida e morte*, de Sir Oliver Hodge. Encontrou um outro com um título similar. *Pierre, ou as ambigüidades*. Virou-se e deu com os olhos da mulher fixos sobre ele outra vez. Sentiu-se culpado como se tivesse colocado o livro no bolso. Provavelmente ela nunca tinha visto um turbante na vida. Os ingleses! Esperam que você lute por eles, mas nem falam com você. Singh. E as ambigüidades.

Encontraram um Lorde Suffolk bastante animado durante o almoço, que servia vinho para quem quisesse, e ria alto a qualquer tentativa de piada da parte dos recrutas. De tarde, todos foram submetidos a um exame esquisito, no qual um mecanismo desfeito deveria ser montado outra vez, sem que ninguém recebesse informações prévias sobre a utilidade daquele mecanismo. Foi concedido um prazo de duas horas, mas o candidato podia ir embora assim que o problema estivesse resolvido. Singh concluiu o exame rapidamente e passou o resto do tempo inventando outros objetos que podiam ser montados com os vários componentes. Sentiu que seria admitido facilmente, não fosse a sua raça. Viera de um país onde matemática e mecânica eram dons naturais. Os carros nunca se destruíam. Partes dos automóveis eram levadas de um lado para outro das aldeias e readaptadas numa máquina de costura ou numa bomba hidráulica. O banco de trás de um Ford era reestofado e convertido em sofá. Era mais fácil ver as pessoas da sua aldeia com uma chave inglesa ou uma chave de parafusos do que com uma caneta. Assim uma peça irrelevante de um carro vinha integrar o relógio do avô ou a polia de irrigação ou o mecanismo de giro da cadeira de um escritório. Era fácil encontrar antídotos para desastres mecânicos. Para resfriar um motor de carro superaquecido não se usavam mangueiras novas de borracha, mas sim uma pá, para atirar bosta de vaca em cima do motor e depois dar umas palmadinhas na bosta para formar uma massa que envolvesse todo o radiador. O que ele via na Inglaterra era um excedente de peças capaz de manter o continente da Índia em funcionamento por dois séculos.

Era um dos três candidatos selecionados por Lorde Suffolk. Esse homem que sequer havia falado com ele (e não havia rido com ele, simplesmente porque não fizera piada alguma) atravessou a sala e pôs o braço ao redor do seu ombro. A severa secretária declarou ser a senhorita Morden, e irrompeu na sala com uma bandeja, contendo dois grandes copos de xerez, deu um para Lorde Suffolk dizendo:

— Sei que o senhor não bebe. — Pegou o outro copo para si mesma e ergueu-o na sua direção. — Parabéns, seu exame foi esplêndido. Se bem que desde o início eu tinha certeza de que o senhor seria escolhido, ainda antes de fazer o exame.

— A senhorita Morden é uma excelente juíza de personalidades. Possui um faro para o talento e para a personalidade.

— Personalidade, senhor?

— Sim. Não que seja realmente indispensável, é claro, mas vamos trabalhar juntos. Somos muito parecidos com uma família por aqui. Ainda antes do almoço a senhorita Morden já havia selecionado o senhor.

— Foi uma experiência dura ver que eu era incapaz de fingir que não estava reparando no senhor, senhor Singh.

O braço de Lorde Suffolk contornou Singh outra vez pelos ombros, e caminharam para a janela.

— Como não precisamos começar até a semana que vem, pensei em levar alguns integrantes de nossa unidade para Home Farm. Poderemos compartilhar nossos conhecimentos em Devon, conhecer uns aos outros. O senhor pode nos acompanhar no Humber.

Assim havia recebido permissão para viajar, livre do caótico maquinário da guerra. Ingressou em uma família, após um ano no estrangeiro, como se fosse o filho pródigo que volta, uma cadeira para sentar na mesa, admitido nas conversas.

Estava quase escuro quando atravessaram a fronteira de Somerset para Devon, na estrada costeira à margem do Canal de Bristol. O senhor Harts fez a volta descendo pelo caminho estreito, margeado de urzes e rododendros, uma coloração vermelha escura na luz do fim do dia. Do portão até a casa, eram quatro quilômetros e meio.

Além da trindade formada por Suffolk, Morden e Harts, havia seis sapadores que compunham a unidade. Passaram o final de semana caminhando pelo mato de urzes ao redor da casa de pedras. A aviadora juntou-se à senhorita Morden, Lorde Suffolk e sua esposa, para o jantar de sábado. A senhorita Swift contou a Singh que sempre desejara voar sobre a Índia. Longe de seu acampamento, Singh não tinha a menor idéia de onde se encontrava. Havia um mapa em um cilindro preso ao teto. Sozinho, certa manhã, ele puxou o mapa para baixo, desenrolando-o até tocar o chão. *Countisbury e redondezas. Mapeado por R. Fones. Desenhado a pedido do senhor James Halliday.*

"Desenhado a pedido..." Ele estava começando a adorar os ingleses.

Ele está com Hana na barraca, à noite, quando conta como foi a explosão em Erith. Uma bomba de 250 quilos detonou quando Lorde Suffolk tentava desarmá-la. Matou também o senhor Fred Harts e a senhorita Morden, e mais quatro sapadores que Lorde Suffolk estava treinando. Maio de 1941. Singh estava na unidade de Suffolk há um ano. Naquele dia, trabalhava em Londres com o tenente Blackler, livrando a região de Elephant e Castle de uma bomba Satã. Trabalharam juntos para desativar o detonador da bomba de duas toneladas e estavam exaustos. Lembrava ter visto de relance dois oficiais de manejo de bombas apontando para ele, um pouco afastados, e tentou imaginar o que podia ser. Na certa significava que haviam encontrado outra bomba. Passava das dez da noite e ele estava perigosamente cansado. Havia outra bomba esperando por ele. Voltou a se concentrar no trabalho.

Quando terminaram com a Satã, resolveu poupar tempo e aproximou-se de um dos oficiais, que a princípio lhe deu as costas como se quisesse ir embora.

— Pronto. Onde ela está?

O homem pegou a sua mão direita, e ele entendeu que alguma coisa estava errada. O tenente Blackler vinha logo atrás e o oficial contou o que havia ocorrido, o tenente Blackler pôs as mãos nos ombros de Singh e segurou-o com força.

Partiu para Erith. Ele adivinhou o que o oficial hesitava em lhe perguntar. Sabia que o homem não teria ido até lá só para lhe contar sobre as mortes. Estavam numa guerra, afinal de contas. Significava que havia uma segunda bomba em algum ponto nas redondezas, provavelmente do mesmo tipo, e era a única chance de descobrir o que havia saído errado.

Queria fazer isso sozinho. O tenente Blackler ficaria em Londres. Eram os dois últimos que haviam sobrado da unidade, e seria estupidez arriscar a vida de ambos. Se Lorde Suffolk tinha falhado, significava que havia alguma coisa nova. Em todo caso, Singh queria cuidar disso sozinho. Quando dois homens trabalhavam juntos, era preciso haver uma base lógica. Era preciso partilhar decisões e fazer compromissos.

Manteve tudo longe da superfície das suas emoções, enquanto viajava de carro, à noite. Para conservar seu pensamento lúcido, eles deveriam ainda estar vivos. A senhorita tomando uma grande dose de uísque antes de passar para o xerez. Assim ela podia beber mais lentamente, manter ares de uma verdadeira dama pelo resto da noite.

— O senhor não bebe, senhor Singh, mas se bebesse, faria como eu faço. Um copo cheio de uísque e depois pode ficar bebericando aos golinhos como um bom membro da corte.

Em seguida, a sua risada preguiçosa e grave. Foi a única mulher que conheceu na vida que levava consigo dois frascos de prata. Portanto ela ainda estava lá bebendo, e Lorde Suffolk ainda estava mordiscando seus bolinhos de Kipling.

A outra bomba havia caído a oitocentos metros. Outra SC-250 kg. Parecia do tipo já conhecido. Haviam desarmado centenas delas, a maioria mecanicamente. Era assim que a guerra progredia. A cada seis meses mais ou menos, o inimigo alterava alguma coisa. Você descobria o truque, o capricho, a pequenina dissonância, e ensinava às demais unidades. Agora se encontravam em um novo estágio.

Não levou ninguém consigo. Teria de lembrar sozinho todos os passos. O sargento que dirigia para ele era um homem chamado Hardy, e ficaria perto do jipe. Foi sugerido que Singh deveria esperar até a manhã seguinte, mas ele sabia que preferiam ver o caso resolvido ainda à noite. A SC-250 kg era muito comum. Se havia alguma alteração, precisavam conhecê-la rapidamente. Fez com que pedissem luzes por telefone, antes de chegar. Não se importava de trabalhar cansado, mas queria uma iluminação apropriada, não apenas os faróis de dois jipes.

Quando chegou em Erith, a área da bomba já se achava iluminada. Durante o dia, em um dia inocente, ali era um campo. Sebes, talvez um tanque. Agora era uma arena. Frio, pediu emprestado o suéter de Hardy e vestiu-o por cima do seu. As luzes ajudariam também a manter o calor. Quando caminhou na direção da bomba, eles ainda viviam em seu pensamento. Exame.

Com a luz brilhante, a porosidade do metal ressaltava num foco preciso. Agora esqueceu tudo, exceto a desconfiança. Lorde Suffolk dissera uma vez que era possível encontrar enxadristas brilhantes de dezessete anos, e até de treze, capazes de derrotar um grande mestre. Mas era impossível encontrar um brilhante jogador de bridge com essa idade. Bridge depende da personalidade. A sua personalidade e a de seus oponentes. É preciso levar em conta a personalidade de seus inimigos. Este é o verdadeiro manejo de bombas. Um bridge a duas mãos. Um único inimigo. Nenhum parceiro. Às vezes, para examinar meus candidatos, faço com que fiquem jogando bridge. As pessoas acham que uma bomba é um objeto mecânico, um inimigo mecânico. Mas é preciso ter em mente que alguém a construiu.

O invólucro da bomba se rompera com a queda, e Singh podia ver o material explosivo no interior. Sentia-se observado, e se recusava a decidir se era por Lorde Suffolk ou pelo inventor dessa engenhoca. A frescura da luz artificial o reanimara. Caminhou em torno da bomba, observando-a de todos os ângulos. Para remover o detonador, teria de abrir a câmara principal e abrir caminho através do explosivo. Desabotoou sua mochila e, com uma chave universal, soltou com cuidado a placa no fundo do casco da bomba. Olhando no seu interior, viu que o compartimento do detonador havia se desprendido do casco. Era um golpe de sorte — ou de azar; ainda não podia dizer ao certo. O problema é que ainda não sabia se o mecanismo já estava em funcionamento, se já havia disparado. Estava de joelhos, inclinado sobre a bomba, feliz por se achar sozinho, de volta ao mundo das escolhas simples. Virar para a esquerda ou para a direita. Cortar isso ou aquilo. Mas estava cansado, e ainda havia raiva dentro dele.

Não sabia de quanto tempo dispunha. Esperar muito era mais perigoso. Segurando firme a ponta do cilindro com as botas, enfiou a mão, arrancou o compartimento do detonador e puxou-o para longe da bomba. Assim que fez isto, começou a tremer. Pronto, havia tirado. A bomba agora estava essencialmente inofensiva. Pôs na grama o detonador com o emaranhado de fios que o envolvia; brilhavam sob a luz.

Começou a arrastar o casco principal para o carro, a quarenta e cinco metros dali, onde os homens poderiam remover o explosivo bruto. Enquanto puxava, uma terceira bomba explodiu a quinhentos metros, e o céu se iluminou, fazendo até as lâmpadas de arco voltaico parecerem coisas sutis e humanas.

Um oficial lhe deu uma caneca de Horlicks, que continha algum tipo de álcool, e voltou sozinho para o compartimento do detonador. Inalou as emanações da bebida.

Não havia mais qualquer perigo sério. Se estivesse errado, a pequena explosão deceparia sua mão. Mas a menos que a peça estivesse colada ao seu coração no momento do impacto, ele não morreria. O problema agora era simplesmente o problema. O detonador. A nova "travessura" na bomba.

Teria de reconstruir o labirinto de fios na sua forma original. Caminhou de volta até o oficial e pediu o resto da garrafa térmica e da bebida quente. Em seguida retornou e sentou-se outra vez ao lado do detonador. Era cerca de uma e meia da madrugada. Calculou mais ou menos, não estava de relógio. Por meia hora limitou-se a examinar o detonador com uma lente de aumento, uma espécie de monóculo que trazia pendurado na botoeira. Inclinava-se e observava no metal em busca do sinal de outros arranhões que um torniquete poderia ter provocado. Nada.

Mais tarde ia precisar de distrações. Mais tarde, quando houvesse toda uma história pessoal de fatos e momentos em sua mente, ele precisaria de algo equivalente a um ruído contínuo de estática, para queimar ou enterrar tudo o mais enquanto pensava nos problemas diante dele. O rádio e a antena de cristal viriam mais tarde, com sua música de orquestra tocando alto, um encerado para o proteger da chuva da vida real.

Mas agora se deu conta de alguma coisa distante, como o reflexo de um relâmpago em uma nuvem. Harts, Morden e Suffolk estavam mortos, de repente eram apenas nomes. Seus olhos focalizaram outra vez o recipiente do detonador.

Começou a girar o detonador de cabeça para baixo em pensamento, ponderando as possibilidades lógicas. Depois deixou-o outra vez na horizontal. Desaparafusou a carga inicial, debruçado para a frente, seu ouvido bem perto, de modo que o rangido do metal soava nítido. Nenhum estalido. A peça se desmontou em silêncio. Com delicadeza, separou os componentes do relógio do detonador e colocou-os no chão. Ergueu o compartimento do detonador e mais uma vez examinou o seu interior. Não viu coisa alguma. Estava a ponto de colocá-lo na grama quando hesitou e trouxe a peça de volta para a luz. Não teria notado nada de errado se não fosse o peso. E jamais teria pensado no peso se não estivesse procurando pela nova travessura que teriam inventado. Em geral, limitavam-se a olhar e ouvir. Inclinou o tubo com todo cuidado, e o peso deslizou para baixo, na direção da abertura. Era uma segunda carga inicial — um mecanismo inteiramente independente — para lograr qualquer tentativa de desarmar o detonador.

Removeu o mecanismo e desaparafusou a carga inicial. Houve um pequeno clarão branco-esverdeado e o som de uma chicotada. O segundo detonador se fora. Puxou-o para fora e colocou ao lado das outras peças na grama. Voltou para o jipe.

— Tinha uma segunda carga inicial — murmurou. — Tive muita sorte de poder retirar todos aqueles fios. Chame o quartel-general e descubra se há outras bombas.

Mandou os soldados saírem do jipe, ajustou um banco solto e pediu que dirigissem para ali as lâmpadas de arco voltaico. Abaixou-se, pegou os três componentes da bomba e os dispôs sobre o banco a trinta centímetros um do outro. Ele agora tinha frio e esquentava as mãos com o ar quente que vinha de dentro do seu corpo. Ergueu os olhos. Ao longe, alguns soldados ainda se ocupavam em remover a carga principal do explosivo. Rapidamente, fez algumas anotações e entregou a solução do problema da nova bomba para um oficial. Ele não entendera ainda inteiramente o sistema, é claro, mas pelo menos teriam agora essa informação.

Quando o sol entra em um quarto onde há fogo aceso, o fogo se apaga. Ele amava Lorde Suffolk e suas estranhas partículas de informação. Mas sua ausência aqui, no sentido de que tudo agora dependia de Singh, compelia a consciência de Singh a se estender por sobre todas as bombas desse tipo, de um lado a outro da cidade de Londres. De repente, tinha um mapa de responsabilidade, algo que Lorde Suffolk — ele compreendia agora — trazia em sua personalidade o tempo todo. Foi esta consciência que mais tarde criou nele a necessidade de bloquear o mundo exterior quando trabalhava em uma bomba. Era um daqueles que nunca se interessam pela coreografia do poder. Sentia-se desconfortável com o vaivém dos planos e soluções. Só se sentia capaz de reconhecimento, de localizar uma solução. Quando a realidade da morte de Lorde Suffolk o alcançou, concluiu o serviço que lhe competia e reengajou-se na máquina anônima do exército. Estava no navio de tropas *Macdonald*, que transportava uma centena de outros sapadores para a campanha da Itália. Aqui estavam habituados não só a lidar com bombas, mas também a construir pontes, remover entulho, abrir estradas para veículos blindados. Escondeu-se aí pelo resto da guerra. Poucos se lembravam do sikh que fizera parte da unidade de Lorde Suffolk. Em um ano, a unidade inteira se achava dispersa e esquecida, sendo o tenente Blackler o único a se destacar nas fileiras, com o seu talento.

Mas naquela noite, enquanto Singh viajava para Erith, passando por Lewisham e Blackheath, compreendeu que possuía, mais do que qualquer outro sapador, o conhecimento de Lorde Suffolk. Esperava-se que ele fosse a visão substituta.

Ainda se achava de pé no caminhão quando ouviu o apito indicando que iam apagar as lâmpadas de arco voltaico. Em trinta segundos a luz metálica foi substituída por lanternas sulfúricas, na traseira do caminhão. Outro bombardeio. Essas luzes mais fracas poderiam ser apagadas quando escutassem o ruído dos aviões. Singh sentou-se no latão vazio de combustível, encarando os três componentes que removera da SC-250 kg, o chiado ruidoso das lanternas a sua volta, em contraste com o silêncio anterior das lâmpadas de arco voltaico.

Ficou sentado observando e ouvindo, à espera de que estalassem. Os outros homens mantinham-se em silêncio, a quarenta e cinco metros. Sabia que por um momento ele era um rei, manipulador de marionetes, podia ordenar qualquer coisa, um balde de areia, uma torta de frutas para satisfazer seus caprichos, e aqueles homens, que não se davam ao trabalho de atravessar um bar vazio para falar com ele quando estavam de folga, fariam agora tudo o que desejasse. Era estranho. Como se tivessem lhe dado um terno completo, largo demais, no qual podia se enrolar e cujas mangas pendiam arrastando pelo chão atrás dele. Mas sabia que não gostava disso. Estava habituado à sua invisibilidade. Na Inglaterra, ele era ignorado nos acampamentos e veio a preferir que fosse assim. A auto-suficiência e a privacidade que Hana viu nele mais tarde foram provocadas não só por ser um sapador na campanha italiana. Eram também resultado de ser um membro anônimo de outra raça, uma parte do mundo invisível. Ele construíra defesas para a personalidade contra tudo isso, confiando apenas naqueles que o tratavam como amigo. Mas naquela noite em Erith ele se sabia capaz de trazer fios ligados a si mesmo, fios que iam influenciar, a seu redor, todos que não tivessem o seu talento especial.

Poucos meses depois, havia escapado para a Itália, havia embalado a sombra de seu professor dentro da mochila, assim como vira o menino de roupa verde fazer no Hipódromo, em sua primeira folga durante o Natal. Lorde Suffolk e a senhorita Morden se ofereceram para levá-lo a uma peça de teatro inglesa. Escolhera *Peter Pan*, e eles, sem discutirem, concordaram e o acompanharam a um ruidoso e agitado espetáculo infantil. Trazia consigo essas sombras de memória quando se deitava em sua barraca ao lado de Hana, na pequena localidade na montanha, na Itália.

Revelar seu passado ou qualidades de sua personalidade teria sido um gesto muito espalhafatoso. Assim como ele nunca poderia virar e perguntar a ela qual a razão mais profunda para esse relacionamento que os ligava. Kip retinha Hana junto de si com a mesma força de amor que experimentara por aqueles três ingleses esquisitos, comendo na mesma mesa que eles, que haviam observado seu contentamento e seu riso e seu encanto quando o garoto de verde ergueu os braços e voou para dentro da escuridão no alto do palco, retornando para ensinar outras maravilhas iguais a essa a uma menininha, no meio de uma família tão comum.

Na escuridão de Erith, iluminada pelo clarão das lanternas, ele estava pronto a parar assim que escutasse o ruído dos aviões, e um a um os archotes de enxofre seriam mergulhados em baldes de areia. Ele ficaria sentado na escuridão tomada pelos zumbidos, ajeitando o banco de modo que pudesse se abaixar e chegar o ouvido bem perto dos mecanismos que tiquetaqueavam, ainda marcando os estalidos, tentando ouvi-los por baixo do ronco dos bombardeiros alemães.

Então aquilo que estava esperando aconteceu. Após exatamente uma hora, o cronômetro disparou e a cápsula de percussão explodiu. Ao remover a carga principal, Singh havia desprendido um percutor fora de sua vista, o qual ativou a segunda carga inicial, oculta. Fora ajustada para explodir sessenta minutos depois — tempo de sobra para um sapador considerar que a bomba já tinha sido desarmada.

Este novo invento alteraria toda a orientação do manejo de bombas entre os Aliados. Daqui para a frente, toda bomba de efeito retardado traria a ameaça de uma segunda carga inicial. Já não seria mais possível que os sapadores desativassem uma bomba apenas removendo o detonador. As bombas precisavam ser neutralizadas com o detonador intacto. Antes, cercado pelas lâmpadas de arco voltaico, e em sua fúria, ele havia de algum modo arrancado da sua ratoeira a segunda carga inicial dissimulada.

Na escuridão sulfurosa sob o bombardeio, ele assistiu ao clarão branco-esverdeado do tamanho de sua mão. Uma hora mais tarde. Foi pura sorte ter sobrevivido. Voltou para o oficial e disse:

— Preciso de outro detonador para ter certeza.

Acenderam outra vez as luzes à sua volta. Mais uma vez a luz se derramava no seu círculo de escuridão. Ficou testando os novos detonadores por mais duas horas naquela noite. O retardo de sessenta minutos mostrou estar bem regulado.

Passou quase toda a noite em Erith. Acordou de manhã e se viu em Londres. Não conseguia se lembrar de ter voltado. Despertou, foi até uma mesa e começou a desenhar o esquema da bomba, as cargas iniciais, os detonadores, todo o problema do ZUS-40, do estopim até os anéis de vedação. Em seguida, cobriu o desenho básico com todas as possíveis linhas de ataque para desarmar a bomba. Todas as setas desenhadas com absoluta exatidão, o texto redigido com clareza, conforme lhe ensinaram.

O que descobrira na noite anterior fazia sentido. Só por sorte havia sobrevivido. Não havia possibilidade de desarmar uma bomba daquelas *in situ* sem que viesse a explodir. Desenhou e escreveu tudo que sabia na grande folha de papel. No rodapé, escreveu: *Desenhado a pedido de Lorde Suffolk, pelo seu aluno, tenente Kirpal Singh, 10 de maio de 1941.*

Trabalhou sem descanso, como um louco, após a morte de Suffolk. As bombas estavam se modificando rapidamente, com novas técnicas e inventos. Estava acampado no Regent's Park com o tenente Blackler e outros três especialistas, elaborando soluções, desenhando esquemas de cada bomba nova que aparecia.

Em vinte dias, trabalhando na Diretoria de Pesquisa Científica, chegaram à resposta. Ignorar inteiramente o detonador. Ignorar o princípio número um, que até então era "desativar o detonador". Era brilhante. Todos riam e aplaudiam e se abraçavam no refeitório dos oficiais. Não tinham a menor pista de qual seria a alternativa, mas sabiam em abstrato que estavam certos. O problema não seria resolvido tratando-o com intimidade. Era a tática do tenente Blackler:

— Se você está em uma sala com um problema na sua frente, não converse com ele.

Uma observação de improviso. Singh virou-se para ele e interpretou aquela afirmação por um outro ponto de vista:

— Então não vamos nem tocar no detonador.

Uma vez apresentada a idéia, alguém elaborou a solução após uma semana de trabalho. Um esterilizador a vapor. Era possível abrir um furo no casco principal da bomba e em seguida o explosivo podia ser emulsificado por uma injeção de vapor e em seguida drenado. Isto resolvia o caso por enquanto. Mas então ele já estava em um navio, indo para a Itália.

— Sempre há alguma coisa rabiscada com giz amarelo no lado do casco das bombas. Já notou? Assim como havia rabiscos de giz amarelo no nosso corpo quando nos perfilávamos no pátio em Lahore.

"Formávamos uma fila que se arrastava para a frente, indo da rua para o prédio dos médicos e depois saindo para o pátio, quando entramos para o exército. Estávamos nos alistando. Um médico aprovava ou rejeitava nossos corpos com seus instrumentos, explorava nossos pescoços com suas mãos. Puxava as línguas para fora e dava picadinhas na nossa pele.

"Os admitidos iam enchendo o pátio. O código dos resultados era escrito na nossa pele com giz amarelo. Mais tarde, perfilados, após uma breve entrevista, um oficial indiano rabiscou um pouco mais com o giz na lousa pendurada em nossos pescoços. Nosso peso, idade, distrito, nível de escolaridade, condição dentária e a que unidade nos adaptávamos melhor.

"Não me senti insultado com isso. Tenho certeza de que meu irmão se sentiria assim, teria ficado furioso, e iria até o tanque para lavar os riscos de giz. Eu não era como ele. Embora eu o adorasse. Eu o admirava muito. Eu tinha essa tendência natural a ver razão em todas as coisas. No colégio, eu era o garoto mais sério e compenetrado do mundo, e ele me imitava de gozação. Sabe, na verdade é claro que eu era muito menos sério do que ele, mas é que eu detestava confrontos. Isso não me impedia de fazer o que queria nem de fazer as coisas do jeito que eu queria. Muito cedo descobri o vasto espaço desperdiçado, aberto para quem tem uma vida silenciosa. Eu não discutia com o guarda que dizia que eu não podia passar de bicicleta por uma ponte ou atravessar certo portão no forte. Eu me limitava a ficar ali de pé, parado, até ficar invisível, e depois passava. Como um grilo. Como um copo de água escondido. Entende? Foi isso que as batalhas públicas de meu irmão me ensinaram.

"Mas para mim meu irmão sempre foi o herói da família. A sua reputação agia em mim como uma ventoinha que atiça o fogo. Fui testemunha da exaustão que o acometia após cada protesto, seu corpo trabalhando a todo vapor para reagir a um insulto ou a uma lei. Ele quebrou a tradição de nossa família e, embora fosse o filho mais velho, recusou-se a entrar no exército. Recusou-se a aceitar qualquer situação na qual o poder estivesse nas mãos dos ingleses. Por isso foi arrastado para a prisão. A Prisão Central de Lahore. Depois a prisão de Jatnagar. Deitado em seu catre de noite, o braço engessado, quebrado pelos seus amigos a fim de protegê-lo, para que parasse de tentar fugir. Na cadeia, tornou-se sereno e distante. Mais parecido comigo. Não se sentiu ofendido quando soube que eu tinha me alistado para substituí-lo no exército, e não ia mais ser médico. Ele apenas riu e me mandou um recado por intermédio de meu pai, pedindo que eu tomasse cuidado. Nunca entraria em guerra comigo ou contra algo que eu tivesse feito. Ele confiava no meu domínio das artimanhas da sobrevivência, na minha capacidade de me esconder em locais silenciosos."

Kip está sentado na bancada da cozinha conversando com Hana. Caravaggio atravessa a cozinha ligeiro, saindo com cordas pesadas enroladas nos ombros, esta é a sua ocupação atual, seu negócio, como diz quando lhe perguntam. Sai pela porta arrastando as cordas atrás de si e declara:

— O paciente inglês quer falar com você, garoto.

— Tudo bem, garoto.

O sapador desce da bancada de um salto, seu sotaque indiano se insinuando sobre a falsa inflexão galesa de Caravaggio.

— Meu pai tinha um pássaro, acho que era uma andorinha pequena, que trazia sempre com ele, tão essencial ao seu conforto quanto um par de óculos ou um copo de água durante a refeição. Dentro de casa, mesmo se estivesse apenas entrando no seu quarto, trazia o pássaro com ele. Quando ia trabalhar, a gaiolinha ia balançando pendurada no quadro da bicicleta.

— Seu pai ainda está vivo?

— Ah, sim. Acho que sim. Há algum tempo não recebo cartas. E é provável que meu irmão continue na prisão.

Uma coisa ele não pára de lembrar. Está na casa branca. Sente calor na montanha de giz, a poeira branca rodopiando à sua volta. Está trabalhando no mecanismo da bomba, muito objetivo, mas pela primeira vez trabalha sozinho. A senhorita Morden está sentada vinte metros acima, num ponto mais elevado da encosta, anotando o que ele está fazendo. Ele sabe que lá embaixo, do outro lado do vale, Lorde Suffolk o observa com o binóculo.

Trabalha devagar. O pó de giz levanta e depois pousa sobre tudo, suas mãos, o mecanismo da bomba, assim precisa ficar soprando toda hora para tirar a poeira de cima do detonador e dos fios, e poder enxergar os detalhes. Está quente dentro da túnica. Fica o tempo todo enxugando os pulsos suados nas costas da camisa. Todas as peças soltas e removidas enchem os diversos bolsos no seu peito. Está cansado, verificando tudo repetidas vezes. Escuta a voz da senhorita Morden.

— Kip?

— Sim.

— Pare um pouco o que está fazendo. Vou descer.

— É melhor não descer, senhorita Morden.

— É claro que vou descer.

Ele abotoa os diversos bolsos na sua roupa e joga um pano sobre a bomba; ela desce a encosta se agarrando nas pedras ao longo do cavalo branco, senta-se a seu lado e abre a sua bolsa. Encharca um lenço de mulher na água-de-colônia, que traz num pequeno frasco, e entrega para Singh.

— Esfregue o rosto com isso aqui. Lorde Suffolk usa para se refrescar.

Ele apanha o lenço com certa hesitação e, obedecendo a sua sugestão, umedece a testa, o pescoço e os pulsos. Ela desatarraxa a tampa da garrafa térmica e serve um pouco de chá para os dois. Desembrulha um papel laminado revelando fatias de bolo de Kipling.

Ela parece não ter a menor pressa em voltar para o alto da encosta, para um lugar seguro. E seria indelicadeza lembrar a ela que era melhor voltar para lá. Fica ali conversando sobre o calor medonho e sobre a satisfação de poderem contar pelo menos com quartos providos de banheiro privativo, reservados para eles na cidade. Começa contar a história embaralhada de como conheceu Lorde Suffolk. Nem uma palavra sobre a bomba ao lado deles. Quando ela veio, Singh estava ficando com os movimentos lentos, como quando alguém deitado na cama, com sono, lê e relê sem parar o mesmo parágrafo, tentando descobrir o nexo entre as frases. Ela o puxou para fora do redemoinho do problema. Fecha sua bolsa com cuidado, põe a mão no seu ombro direito e retorna à sua posição anterior, na manta sobre o dorso do cavalo de Westbury. Deixa com ele uns óculos escuros, mas Singh não consegue enxergar com clareza suficiente com os óculos e põe de lado. Depois volta ao trabalho. O aroma de água-de-colônia. Lembra ter sentido esse cheiro uma vez, quando criança. Estava com febre e alguém esfregou água-de-colônia no seu corpo.

VIII.
A FLORESTA SAGRADA

Kip se afasta do terreno onde esteve cavando, a mão esquerda erguida à sua frente como se tivesse torcido o pulso.

Passa pelo espantalho no jardim de Hana, o crucifixo com as latas de sardinha penduradas, e sobe o morro na direção da villa. Com a mão direita, forma uma espécie de concha na frente da mão esquerda como se estivesse protegendo a chama de uma vela. Hana o encontra no terraço, ele pega a mão dela e a leva de encontro à sua. A joaninha que anda sobre a unha do seu dedo mindinho escapa rapidamente para o pulso de Hana.

Ela volta para dentro da casa. Agora traz a mão estendida à sua frente. Atravessa a cozinha e sobe a escada.

O paciente vira o rosto para Hana quando ela entra. Hana toca o seu pé com a mão onde está a joaninha. O inseto deixa sua mão, passando para a pele escura. Evitando o mar do lençol branco, ela começa a longa jornada pelo resto de seu corpo, um ponto vermelho-vivo contra um fundo que parece carne vulcânica.

* * *

Na biblioteca, a caixa do detonador está em pleno ar, derrubada pelo cotovelo de Caravaggio quando se virou para o grito de alegria de Hana, no salão. Antes que bata no assoalho, Kip se atira, seu corpo desliza pelo chão e apanha na mão o detonador.

Caravaggio baixa os olhos para ver o rosto do jovem soldado soltando o ar com força entre os dentes.

De repente compreende que deve a vida a ele.

Kip começa a rir, deixando de lado sua timidez diante do homem mais velho, segurando a caixa cheia de fios.

Caravaggio vai lembrar o salto no chão. Podia se afastar, nunca mais voltar a vê-lo, e mesmo assim jamais o esqueceria. Daqui a muitos anos, em uma rua de Toronto, Caravaggio vai sair de um táxi, segurar a porta aberta para um indiano entrar e vai então lembrar-se de Kip.

Agora o sapador se limita a rir na cara de Caravaggio e rir para o teto.

— Sei tudo sobre sarongues. — Caravaggio gesticulava com a mão na direção de Hana e Kip enquanto falava. — No lado leste de Toronto encontrei aqueles indianos. Estava roubando uma casa e era de uma família de indianos. Eles acordaram, saíram das camas e vestiam aquelas roupas, sarongues, que usavam para dormir, e eu fiquei intrigado. Tínhamos muito o que conversar e eles afinal me persuadiram a experimentar a roupa. Eu me despi e me enfiei num sarongue, eles na mesma hora pularam em cima de mim e me puseram para correr seminu no meio da noite.

— É uma história verdadeira? — Ela sorria com uma careta.

— Uma entre muitas!

Ela o conhecia o bastante para quase acreditar. Durante seus furtos, era freqüente Caravaggio se distrair com o elemento humano. Tendo arrombado uma casa no Natal, sentiu-se incomodado e notou que o calendário do Advento não fora aberto na data em que deveria estar. Era comum conversar com os animais domésticos deixados sozinhos nas casas, gastando retórica para discutir com eles sobre refeições, servindo-lhes pratos generosos, e muitas vezes Caravaggio era saudado por eles com uma satisfação incomum, se um dia voltasse à cena do crime.

Ela caminha diante das prateleiras de livros na biblioteca, olhos fechados, e puxa um livro ao acaso. Acha uma clareira entre as duas partes de um livro de poesia e põe-se a escrever ali.

Ele conta que Lahore é uma cidade antiga. Londres é uma cidade nova comparada com Lahore. Eu digo, Bem, eu vim de um país ainda mais novo. Ele diz que conheciam a pólvora há muito tempo. Já no século dezessete, pinturas da corte registram espetáculos de fogos de artifício.

Ele é pequeno, não muito mais alto do que eu. Um sorriso profundo, cativante, que encanta tudo em volta quando aparece. Uma severidade com a sua natureza, que ele não mostra. O paciente inglês diz que ele é um daqueles santos guerreiros. Mas tem um senso de humor peculiar, que é mais bagunceiro do que suas maneiras sugerem. Lembra "Amanhã eu conserto o fio para ele". U-lá-lá!

Diz que Lahore tem trinta portões — batizados com o nome de santos e imperadores ou do lugar para onde abrem.

A palavra bangalô vem de Bengala.

* * *

Às quatro da tarde, tinham descido Kip no poço, preso numa espécie de arreio, até ficar pela cintura na água enlameada, seu corpo como uma cortina em volta da bomba Esau. O casco, da aleta até a ponta, tinha três metros de altura, o nariz afundado na lama junto aos pés de Kip. Por baixo da água marrom, suas coxas envolviam o casco de metal, de um jeito muito parecido com os soldados que ele tinha visto agarrando umas mulheres nos cantos do salão de dança da NAAFI. Quando seus braços ficavam cansados, os pendurava nas escoras de madeira na altura dos ombros, que estavam ali para impedir que a lama desabasse em cima dele. Os sapadores haviam cavado o poço em torno da bomba Esau e fixaram as paredes de tábuas antes que ele tivesse chegado ao local. Em 1941, as bombas Esau com um novo detonador Y estavam fazendo sua estréia; esta era a sua segunda bomba.

Durante as reuniões de planejamento, ficou resolvido que o único jeito de lidar com o novo detonador era imunizá-lo. Era uma bomba enorme, numa posição de avestruz. Ele tinha descido descalço e ia afundando lentamente, sugado pela argila mole, incapaz de encontrar um ponto de apoio firme ali dentro da água fria. Não estava de botas — teriam ficado grudadas na argila e quando fosse guindado para cima, mais tarde, o puxão para fora das botas teria quebrado seus tornozelos.

Encostou sua bochecha esquerda no casco de metal, tentando se imaginar no calor, concentrando-se no pequeno toque de sol que chegava ao fundo do poço de seis metros e vinha bater atrás de seu pescoço. Aquilo que estava abraçando poderia explodir a qualquer momento, bastava o percutor tremer, bastava a carga inicial disparar. Não havia nenhum raios X mágico que pudesse dizer quando alguma capsulazinha daquelas se partia, quando algum fio ia parar de oscilar. Aqueles minúsculos semáforos mecânicos eram como um sopro no coração ou uma parada cardíaca dentro do homem atravessando a rua na maior inocência à nossa frente.

Em que cidade ele se achava? Nem podia lembrar. Ouviu uma voz e olhou para cima. Hardy fazia o equipamento descer na mochila, na ponta de uma corda, que ficou ali pendurada enquanto Kip começava a introduzir os diversos grampos e ferramentas nos numerosos bolsos da sua túnica. Murmurava a canção que Hardy estivera cantando no jipe, no trajeto para o local da bomba:

> *Estão trocando a guarda no Palácio de Buckingham,*
> *Christopher Robin saiu com Alice...*

Enxugou a área da cabeça do detonador e, com a argila, pôs-se a modelar uma cuia em volta. Em seguida desarrolhou a garrafa e entornou o oxigênio líquido dentro da cuia. Fixou bem a cuia sobre o metal. Agora precisava esperar de novo.

Havia tão pouco espaço entre ele e a bomba que já podia sentir a mudança da temperatura. Se estivesse em terreno seco, podia se afastar e voltar depois de dez minutos. Agora precisava ficar junto da bomba. Havia duas criaturas desconfiadas espremidas no mesmo local. O capitão Carlyle tinha ido desarmar uma bomba dentro de um buraco usando oxigênio líquido e o poço inteiro de repente pegou fogo. Puxaram-no depressa para fora, já inconsciente nas cordas que o sustinham.

Onde estava? O Bosque Lisson? A Estrada Velha de Kent?

Kip afundou um chumaço de algodão cru na água enlameada e encostou no casco, a uns trinta centímetros do detonador. O algodão caiu, o que significava que era preciso esperar mais um pouco. Quando o chumaço ficasse grudado, era sinal de que uma área suficiente ao redor do detonador já se achava congelada e ele podia prosseguir. Derramou mais oxigênio na cuia.

O crescente círculo enevoado já tinha trinta centímetros de raio. Mais alguns minutos. Olhou o recorte que alguém tinha colado na bomba. Eles o leram entre muitas risadas naquela manhã, ao chegarem os novos apetrechos enviados a todas as unidades de manejo de bombas.

Quando a explosão é algo razoavelmente admissível?

Se a vida de um homem for designada por um X, o risco por um Y, e o estrago estimado for designado por um V, um lógico poderia argumentar que se V é menor do que X sobre Y, a bomba deve ser detonada; mas se V sobre Y é maior do que X, deve-se tentar impedir a explosão in situ.

Quem escreve essas coisas?

A essa altura ele já estava no poço com a bomba há mais de uma hora. Continuava a renovar o oxigênio líquido. Na altura do ombro, do seu lado direito, havia um tubo bombeando ar fresco para impedir que ele ficasse entontecido com o oxigênio. (Já vira soldados de ressaca usar oxigênio para curar a dor de cabeça.) Fez outra tentativa com o algodão cru e desta vez congelou. Tinha cerca de vinte minutos. Depois disso a temperatura da bateria dentro da bomba voltaria a subir. Mas agora o detonador se encontrava congelado e ele ia começar a desligá-lo.

Deslizou as palmas das mãos para cima e para baixo ao longo do casco, com o intuito de identificar qualquer saliência no metal. A parte submersa não oferecia perigo, mas o oxigênio poderia se incendiar caso entrasse em contato com algum explosivo exposto. A falha de Carlyle. X sobre Y. Se houvesse fendas, teria de usar nitrogênio líquido.

— É uma bomba de uma tonelada, senhor. Esau. — A voz de Hardy veio do alto, da boca do poço enlameado.

— Modelo cinqüenta, B. Duas cápsulas de detonadores, é o mais provável. Mas acreditamos que o segundo não esteja carregado. Certo?

Haviam discutido tudo isso antes, um com o outro, mas as informações eram recapituladas, confirmadas uma última vez.

— Agora me dê um microfone e se afaste.

— Certo, senhor.

Kip sorriu. Era dez anos mais novo do que Hardy, e não era inglês, mas Hardy se sentia mais feliz no casulo da disciplina regimental. Os soldados sempre hesitavam em chamá-lo de "senhor", mas Hardy vociferava a palavra bem alto e com entusiasmo.

Agora trabalhava ligeiro para capturar o detonador, todas as baterias inertes.

— Está me ouvindo? Assobie... Certo, escutei. Mais um pouco de oxigênio. Deixe borbulhar por trinta segundos. Depois comece. Reforce o frio. Certo, eu vou remover a *madame*... Muito bem, a *madame* já era.

Hardy ouvia tudo e anotava para o caso de alguma coisa dar errado. Bastava uma faísca e Kip estaria num fosso em chamas. Talvez a bomba ocultasse alguma trapaça. Quem sobrasse teria de examinar as alternativas.

— Estou usando a chave-agulha. — Tinha tirado a ferramenta do bolso na altura do peito. Estava fria e precisou friccionar para aquecê-la. Começou a retirar o anel de vedação. Soltou-se com facilidade e ele disse isso para Hardy.

— Estão trocando a guarda no Palácio de Buckingham — Kip assobiava. Retirou o anel de vedação e o anel de fixação e deixou que afundassem na água. Chegou a sentir os dois girando lentamente nos seus pés. Agora teria de esperar mais quatro minutos.

— Alice está se casando com um dos soldados da guarda. "A vida de soldado é muito dura", diz Alice!

Cantarolava em voz alta, tentando aquecer seu corpo, o peito doía de tanto frio. Tentava se manter o mais reclinado para trás que podia, para ficar longe do metal congelado. E tinha que trazer as mãos o tempo todo para a altura da nuca, onde o sol ainda batia, e depois as esfregava para limpar a sujeira, a graxa e o gelo. Era difícil ficar firme para fisgar a cabeça do detonador. Então, para seu horror, a cabeça do detonador se deslocou, desprendeu-se por completo.

— Erro, Hardy. A cabeça do detonador se soltou inteira. Responde, por favor, certo? O corpo principal do detonador está espremido lá dentro, não posso chegar até ele. Não há nada exposto que eu possa agarrar.

— Como vai o gelo? — Hardy estava bem acima dele. Acontecera há poucos segundos, mas tinha corrido para a boca do poço.

— Mais seis minutos de gelo.

— Suba. Vamos explodir a bomba.

— Não, me mande um pouco mais de oxigênio.

Ergueu o braço direito e sentiu que colocavam uma lata gelada na sua mão.

— Vou respingar a porcaria na área exposta do detonador, onde a cabeça se desprendeu, depois vou cortar o metal. Esburacar até aparecer alguma coisa que eu possa segurar. Agora se afaste daí, vou falar pelo microfone.

Mal podia conter sua fúria com o que havia acontecido. A porcaria, nome que davam ao oxigênio, estava colada por toda sua roupa, chiando quando tocava a água. Esperou que o gelo aparecesse e em seguida passou a desbastar o metal com um cinzel. Derramava mais oxigênio, esperava um pouco e atacava com o cinzel. Como nada acontecia, rasgou uma tira da camisa, colocou-a entre o metal e a ferramenta e bateu com o cinzel de um modo arriscado, usando um martelo, o que lascou alguns fragmentos do metal. O pano da sua camisa, a única proteção contra uma fagulha. Problema mais sério era a frieza dos dedos. Já não tinham agilidade, inertes como as baterias. Continuou batendo de lado no metal em volta da cabeça perdida do detonador. Desbastando o metal em camadas, esperando que o frio glacial aceitasse bem esse tipo de cirurgia. Se tentasse cortar de frente sempre haveria a chance de atingir a cápsula percutora, que faria disparar a carga inicial.

Durou mais cinco minutos. Hardy não havia saído da boca do poço, em vez disso ficou ali lhe dizendo aproximadamente o tempo de congelamento disponível. Mas na verdade nenhum dos dois podia ter certeza. Desde que se soltara a cabeça do detonador, estavam congelando uma área diferente, e a temperatura da água apesar de estar fria para ele, estava mais quente do que a do metal.

Então viu alguma coisa. Não se atrevia a aumentar o buraco. O contato do circuito tremendo como uma gavinha no vento. Se ao menos pudesse alcançá-lo. Esfregou as mãos tentando aquecê-las.

Prendeu a respiração, ficou parado alguns segundos, e com o alicate fino cortou o contato em duas partes, antes de voltar a respirar outra vez. Arfava enquanto o gelo queimava uma parte da sua mão, quando a puxou para fora dos circuitos. A bomba estava morta.

— Detonador fora de ação. Carga inicial desativada. Beijem-me.

Hardy já estava girando a roldana para trazer Kip para cima, que tentava se segurar no cabresto que o prendia. Mal podia fazê-lo com o frio e a queimadura, e os músculos gelados. Ouviu a roldana ranger e se agarrou firme nas tiras de couro que ainda prendiam mais ou menos o seu corpo. Começou a sentir suas pernas morenas se libertando da pressão da lama, como um cadáver ancestral retirado do fundo de um pântano. Seus pés pequenos saindo da água. Emergiu, alçado para fora do poço, para a luz do sol, a cabeça e depois o tronco.

Ficou ali suspenso, girando lentamente sob o cone de estacas que sustentava as roldanas. Hardy agora abraçava Kip, ao mesmo tempo que o soltava das tiras de couro. De repente viu que havia uma multidão olhando para eles a uns vinte metros dali, muito perto, perto demais, longe da margem de segurança; teriam sido feitos em pedaços. Mas é claro que Hardy não estava lá para mantê-los afastados.

Olhavam para ele em silêncio, o indiano, suspenso nos ombros de Hardy, mal podendo caminhar de volta para o jipe com todo o equipamento, ferramentas, latas, mantas e os instrumentos para se comunicar ainda pendurados nos fios, girando ao redor do corpo, escutando o nada no fundo do poço.

— Não consigo andar.

— Só até o jipe. Mais alguns metros. Eu trago o resto depois.

Avançavam parando toda hora, e depois seguindo lentamente. Precisavam passar diante dos rostos que olhavam o homenzinho moreno, franzino, descalço, na sua túnica molhada, olhavam o rosto repuxado que não reconhecia coisa alguma, nenhum deles. Todos em silêncio. Apenas recuando para dar espaço à passagem de Hardy e Kip. O jipe pegou e começou a tremer. Seus olhos não podiam suportar o brilho do pára-brisa. Hardy teve de levantá-lo, aos poucos, até ficar acomodado no banco ao lado do motorista.

Quando Hardy deu partida, Kip despiu devagar suas calças molhadas e se enrolou na manta. Depois ficou ali sentado. Frio e cansado demais até para desarrolhar a garrafa térmica de chá quente no banco a seu lado. Pensou: não senti medo algum dentro do poço. Fiquei apenas furioso, com o meu erro, ou com a possibilidade de haver alguma armadilha na bomba. A reação de um animal tentando apenas se proteger.

Agora, ele diz para si mesmo, só o Hardy me mantém humano.

* * *

Quando o dia está quente na Villa San Girolamo, todos lavam o cabelo, primeiro com querosene para remover possíveis piolhos, e depois com água. Deitado de costas, o cabelo desalinhado, olhos fechados contra o sol, Kip de repente parece vulnerável. Há certa timidez nele quando toma essa posição frágil, parecendo mais um cadáver saído de uma lenda do que algo vivo ou humano. Hana está sentada a seu lado, seu cabelo castanho-escuro já seco. Nessas horas é que ele fala da sua família e do seu irmão preso.

Fica sentado, alisando o cabelo para a frente e depois, com uma toalha, começa a esfregar os fios ao comprido. Ela imagina a Ásia inteira nos gestos desse único homem. O jeito vagaroso de se mover, sua civilização silenciosa. Ele fala dos santos guerreiros e Hana sente agora que Kip é um deles, compenetrado e visionário, apenas nesses raros momentos de sol se permitia um ar menos divino, mais informal, a cabeça recostada para trás outra vez, sobre a mesa, para que o sol possa secar seus cabelos esparramados como sementes numa cesta de palha em forma de leque. Embora seja um homem da Ásia, nos últimos anos adotou pais ingleses e obedece a seus códigos como um filho dedicado.

— Ah, mas meu irmão acha que eu sou um tolo por confiar nos ingleses. — Vira-se para ela, o sol bate nos olhos. — Um dia meus olhos vão se abrir, ele diz. A Ásia ainda não é um continente livre, e ele se sente apavorado ao ver como nós mergulhamos nas guerras dos ingleses. É um choque de opiniões que sempre houve entre nós. "Um dia os seus olhos vão se abrir", ele vive repetindo.

O sapador diz isso, os olhos bem fechados, brincando com a metáfora.

— O Japão é uma parte da Ásia, eu digo a ele, e os sikhs foram maltratados pelos japoneses na Malaia. Mas meu irmão ignora isso. Diz que os ingleses agora estão enforcando os sikhs que lutam pela independência.

Ela se afasta dele, os braços cruzados. Os feudos do mundo. Os feudos do mundo. Caminha para o interior das sombras da villa e vai se sentar ao lado do inglês.

De noite, quando ela solta o cabelo, mais uma vez ele é uma outra constelação, os braços de mil equadores contra o seu travesseiro, ondas entre eles quando se abraçam e dormem em turnos. Ela segura nos braços uma divindade hindu, tem nos braços trigo e fitas coloridas. Quando ele se debruça sobre ela, o trigo e as fitas escorrem. Ela pode amarrar em volta da cintura. Quando se mexe, Hana fica de olhos abertos para testemunhar os minúsculos lampejos de eletricidade nos cabelos dele, no escuro da barraca.

Ele sempre se move em relação com as coisas, ao lado de muros, junto às sebes altas no terraço. Examina a periferia. Quando olha para Hana, vê um fragmento da sua bochecha magra em relação com a paisagem por trás dela. O jeito que tem de observar o vôo de um pintarroxo em termos do espaço que o separa da superfície da terra. Veio subindo pela Itália com olhos que tentavam enxergar tudo, menos o que fosse temporário e humano.

A única coisa a que nunca prestava atenção era a si mesmo. Não a sua sombra no crepúsculo ou o seu braço segurando o encosto de uma cadeira ou o seu próprio reflexo numa janela ou como os outros o olham. Ao longo dos anos de guerra aprendera que a única coisa segura é ele mesmo.

Passa horas ao lado do inglês, que o faz lembrar um pinheiro que viu na Inglaterra, o tronco doente, pesado demais, curvado com a idade, amparado por uma forquilha formada por uma outra árvore. Ficava no jardim de Lorde Suffolk, na beirada do penhasco, como uma sentinela sobre o canal de Bristol. A despeito da falta de firmeza, ele sentia que a criatura continha algo nobre, uma memória cujo poder formava um arco-íris para além da enfermidade.

Ele mesmo não tinha espelhos. Do lado de fora, no jardim, Kip enrola o turbante na cabeça, olhando o limo nas árvores em volta. Mas vê o que a tesoura de ceifar fez no cabelo de Hana. Conhece bem a sua respiração, dos momentos em que ele põe o rosto perto do corpo de Hana, na altura da clavícula, onde a saliência do osso torna sua pele mais fina. Mas se ela lhe perguntasse de que cor eram seus olhos, por mais que Kip a adore a essa altura, acha que não será capaz de responder direito. Kip vai rir, tentar adivinhar, mas se ela fechar os olhos e disser que tem os olhos verdes, ele vai acreditar. Kip é capaz de observar os olhos com toda a atenção sem registrar sua cor, assim como a comida em sua garganta ou em seu estômago possui mais textura do que um sabor ou identidade específicos.

Quando alguém fala, ele olha para a boca, não os olhos e sua cor, a qual irá sempre mudar em função da luz no ambiente, da hora do dia, é o que ele pensa. Bocas revelam insegurança ou enfatuação ou qualquer outro ponto no espectro do caráter. Para ele, são estes os aspectos mais intrincados dos rostos. Nunca tem certeza daquilo que um olho pode revelar. Mas Kip pode ler como as bocas se anuviam em dureza, sugerem ternura. Um olho pode ser mal interpretado em virtude de sua reação a um simples raio de luz.

Kip acolhe tudo como parte de uma harmonia cambiante. Vê Hana em horas e lugares diferentes, o que modifica sua voz ou seu jcito, até mesmo sua beleza, assim como o poder do fundo do mar embala ou governa o destino dos barcos salva-vidas.

* * *

Tinham adquirido o hábito de levantar no raiar do sol, e jantar com a última luz do dia. Noite adentro, só havia uma vela acesa na escuridão, ao lado do paciente inglês, ou um lampião cheio até a metade se Caravaggio conseguisse pilhar algum querosene. Mas os corredores e os outros quartos pairavam na escuridão, como uma cidade enterrada. Acostumaram-se a caminhar no escuro, mãos estendidas para a frente, tocando nas paredes de um lado e outro com a ponta dos dedos.

— Não há mais luz. Não há mais cores. — Hana cantarolava a frase para si mesma, repetidas vezes. O hábito enervante de Kip descer a escada aos saltos, com a mão tocando de leve o corrimão, tinha que acabar. Ela imaginava os pés dele viajando no ar e acertando no estômago de Caravaggio, que vinha subindo a escada de volta.

Ela soprara a vela no quarto do inglês uma hora mais cedo. Descalçara seus tênis, seu camisolão estava desabotoado no pescoço por causa do calor de verão, as mangas também desabotoadas e enroladas no braço. Uma doce desordem.

Na parte principal daquela ala, além da cozinha, da biblioteca e da capela deserta, havia um pátio interno envidraçado. Quatro paredes de vidro com uma porta de vidro que dava para uma área interna onde havia uma cisterna coberta e prateleiras de plantas mortas que em tempos passados deviam ter florescido naquele ambiente aquecido. Este pátio cada vez mais lembrava a Hana um livro que ao ser aberto mostrasse flores prensadas entre as páginas, algo para ser olhado de passagem, nunca para se entrar.

Eram duas da manhã.

Cada um entrou na villa por uma porta diferente, Hana pela entrada da capela, seguindo os trinta e seis degraus, e ele pelo pátio do norte. Quando entrou na casa, ele tirou o relógio do pulso e o enfiou num nicho na parede, na altura do peito, onde um santo repousava. O padroeiro dessa villa hospital. Ela não veria o menor relance de fósforo. Ele já descalçara os sapatos e vestia só a calça. A lanterna presa a seu braço estava desligada. Nada mais levava e se limitou a ficar ali parado, de pé, no escuro, um rapaz magro, um turbante escuro, o *kara* solto no pulso sobre a pele. Inclinou-se de encontro a parede no canto do vestíbulo, curvando-se como um caniço.

Em seguida veio se esgueirando pelo pátio interno. Entrou na cozinha e imediatamente sentiu a presença do cachorro no escuro, pegou-o e amarrou-o à mesa com uma corda. Pegou o leite condensado na prateleira da cozinha e voltou ao salão de vidro no pátio interno. Fez as mãos correrem pela base da porta e achou as varinhas apoiadas de encontro a ela. Entrou e fechou a porta a suas costas, no último instante enfiando a mão como o bote de uma serpente no intervalo para repor as varinhas no lugar. No caso de Hana ter visto as varinhas. Em seguida entrou na cisterna. Um metro abaixo, havia uma tábua que ele sabia ser firme. Recobriu a cisterna com a tampa e ficou ali dentro agachado, imaginando que ela viesse a sua procura ou também estivesse escondida em algum lugar. Começou a chupar o conteúdo da lata de leite condensado.

Ela desconfiava que ele fizesse alguma coisa desse tipo. Tendo ido até a biblioteca, acendeu a lanterna e caminhou ao lado das prateleiras de livros, que iam dos seus calcanhares até alturas insondáveis acima dela. A porta estava fechada, portanto nenhuma luz poderia ser vista por alguém nos salões. Ele poderia ver a luz no outro lado da porta dupla apenas se estivesse do lado de fora da casa. Ela fazia pausas após dar dois ou três passos, procurando mais uma vez entre os livros italianos, que predominavam ali, o estranho livro inglês que podia apresentar ao paciente inglês.

Passou a amar estes livros decorados com suas lombadas italianas, os frontispícios, encartes com ilustrações coloridas protegidas com seda, o cheiro que tinham, até o som de um estalo quando abria o livro muito depressa, como se partisse algum minúsculo feixe de ossinhos invisíveis. Fez mais uma pausa. *A cartuxa de Parma*.

— Se um dia me livrar de minhas dificuldades — disse ele a Clélia — vou visitar as pinturas maravilhosas de Parma, e então você irá se dignar a lembrar meu nome: Fabrizio del Dongo.

Caravaggio estava deitado no tapete, na extremidade da biblioteca. Da escuridão em que se achava, parecia que o braço direito de Hana era puro fósforo, iluminando os livros, a vermelhidão refletindo nos seus cabelos escuros, queimando contra o algodão de seu camisolão e a manga arregaçada perto do ombro.

Ele saiu da cisterna.

A luz se difundia um metro de diâmetro em torno de seu braço e depois era absorvida pela escuridão, assim parecia a Caravaggio que havia um vale de trevas entre eles. Ela meteu debaixo do braço direito o livro com capa marrom. Enquanto andava, novos livros emergiam e outros desapareciam.

Ela tinha envelhecido. E ele a amava mais agora do que quando a compreendia melhor, quando ela era o resultado do que os pais faziam. Agora, Hana era aquilo que ela mesma decidira ser. Ele sabia que se cruzasse com ela numa rua na Europa, Hana teria um aspecto familiar, mas não a reconheceria. A noite em que veio à villa pela primeira vez, ele subestimara o choque que sentira. O rosto de asceta que viu em Hana, e que de início lhe pareceu frio, tinha certa dureza contundente. Caravaggio compreendeu que ao longo dos últimos dois meses ele viera avançando na direção da pessoa que ela era agora. Mal podia acreditar no prazer que tinha em traduzi-la. Anos antes, tentara imaginar Hana como uma pessoa adulta, mas acabara inventando alguém, tomando as características dela como molde. Não esta pessoa estranha e maravilhosa que ele podia amar mais profundamente por não ter sido feita de nada que ele tivesse fornecido.

Ela estava deitada no sofá, ajustara a posição da lanterna de modo que pudesse ler, e já mergulhara fundo no livro. A certa altura, mais tarde, ergueu os olhos, escutando, e apagou ligeiro a lanterna.

Ela tinha consciência de sua presença na biblioteca? Caravaggio sabia do ruído que fazia sua respiração e como era difícil para ele respirar de um jeito calmo, ordenado. A lanterna se acendeu por um instante e depois se apagou rapidamente outra vez.

Em seguida tudo na sala pareceu estar em movimento, exceto Caravaggio. Ele podia ouvir o ruído em toda parte à sua volta, surpreso que nada o tocasse. O rapaz estava na sala. Caravaggio veio até o sofá e baixou a mão para tocar em Hana. Ela não estava ali. Quando ele se reaprumou, um braço enlaçou o seu pescoço e puxou-o para trás, bem preso. Uma luz brilhou forte no seu rosto, e arfaram os dois quando tombaram no chão. O braço com a luz ainda prendendo o seu pescoço. Então surgiu na luz um pé descalço, passou pelo rosto de Caravaggio e pisou no pescoço do rapaz, atrás dele. Outra luz acendeu.

— Te peguei. Te peguei.

Os dois corpos no chão olharam para a silhueta escura de Hana acima da luz. Ela cantarolava:

— *Te peguei. Te peguei.* Usei Caravaggio, que chiadeira ele faz para respirar! Eu sabia que ele ia estar aqui. Ele foi meu chamariz. — O pé de Hana apertou mais forte o pescoço do rapaz. — Desista. *Confesse.*

Caravaggio começou a se debater agarrado pelo rapaz, todo suado a essa altura, incapaz de se livrar. O clarão das duas lanternas agora em cima dele. Precisava escapar de algum jeito deste terror. *Confesse.* A moça ria. Ele precisava acalmar a voz antes de falar, mas eles ouviam com atenção, excitados com a sua aventura. Ele conseguiu afinal se libertar do braço do rapaz, já mais frouxo, sem dizer uma só palavra, e saiu da sala.

Estavam outra vez no escuro.

— Onde está você? — ela pergunta.

Em seguida se move ligeiro. Ele se coloca numa posição em que ela venha de encontro ao seu peito, e assim caia nos seus braços. Ela põe a mão no pescoço dele, e depois a boca sobre a boca.

— Leite condensado! Durante nosso confronto? Leite condensado?

Ela põe a boca no pescoço de Kip, o suor, sentindo o gosto dele no ponto onde o seu pé descalço havia pisado.

— Quero ver você.

A luz dele acende e Kip vê Hana, o rosto riscado de poeira, o cabelo espigado para cima em espirais, por causa da transpiração. Seu sorriso voltado para ele.

Kip enfia as mãos finas por dentro das mangas da roupa de Hana, e com as mãos em concha segura seus ombros. Se ela se mexer agora, as mãos de Kip irão junto. Hana começa a se inclinar, lança todo seu peso para trás, esperando que ele a acompanhe, esperando que as mãos dele não consigam conter a queda. Kip então iria se render, os pés voltados para o ar, só as mãos, os braços e a boca sobre ela, o resto do corpo a cauda de um louva-a-deus. A lanterna ainda está amarrada de encontro ao músculo e o suor do seu braço esquerdo. O rosto de Hana resvala para a luz para beijar, lamber e provar. A testa de Kip enxugando a si mesma na umidade do cabelo.

De repente ele está do outro lado da sala, sua lanterna de sapador balança atirando luz para todos os lados, nesta sala ele passou uma semana eliminando todas as minas possíveis, por isso agora está limpa. Como se agora a sala tivesse finalmente emergido da guerra, já não é mais um território ou uma área. Ele faz a lanterna dar um passeio, movendo o braço, revelando o teto, o rosto sorridente de Hana quando passa por ela de pé por trás do sofá olhando para baixo, para o brilho do corpo magro de Kip. Na outra vez que passa por ela, Hana está recostada no sofá, batendo os braços nos lados da roupa:

— Eu te peguei, eu te peguei — ela repete. — Sou o moicano da avenida Danforth.

Em seguida ela pula nas costas de Kip e a lanterna de Hana voa na direção das lombadas dos livros nas prateleiras altas, levanta e abaixa os braços no momento em que Kip lhe aplica uma cambalhota, e ela cai para frente como um peso morto, tomba e agarra as coxas de Kip, dá um rodopio e está livre dele, deitada de costas sobre o velho tapete, impregnado ainda com o cheiro das chuvas antigas, a poeira e o saibro grudando nos braços molhados de Hana. Kip se debruça sobre ela, Hana se estica e dá um chute na sua lanterna.

— Venci, não foi?

Ele não disse nada desde o momento em que entrou na sala. Sua cabeça esboça aquele gesto que ela adora, o qual em parte diz que sim, em parte exprime uma possível discordância. Kip não pode vê-la, ofuscado pelo clarão da lanterna. Ele desliga a lanterna de Hana e os dois são iguais no escuro.

Há um mês especial na vida deles durante o qual Hana e Kip dormem um ao lado do outro. Um celibato formal entre os dois. Descobrindo que no amor pode haver toda uma civilização, todo um país aberto à frente deles. O amor da idéia de Kip ou de Hana. Não quero comer você. Não quero ser comida. Onde ele ou ela aprendera isso, quem pode saber, tão jovens assim. Talvez com Caravaggio, que havia conversado com ela durante várias noites a respeito da sua idade, a respeito da ternura por todas as células da pessoa a quem amamos quando descobrimos nossa mortalidade. Esta era, afinal de contas, uma era mortal. O desejo do rapaz só se completava no sono mais profundo, nos braços de Hana, seu orgasmo tinha alguma coisa a ver com o movimento arrastado da lua, a própria noite vinha dar uma sacudida no seu corpo.

O rosto de Kip ficava recostado nas costelas de Hana a noite toda. Ela o fazia lembrar o prazer de ser coçado, raspando as unhas em círculos nas costas de Kip. Era uma coisa que uma aia na Índia havia ensinado a Kip muitos anos atrás. Todo conforto e paz na infância vieram dela, Kip se lembra, nunca da mãe que ele amava, nem do irmão nem do pai, com quem brincava. Quando tinha medo ou não conseguia dormir, era a aia que entendia seu problema, que o acalmava até pegar no sono com a mão nas suas costas magras e miúdas, essa estrangeira tão íntima, vinda do sul da Índia, que vivia com eles, ajudava a cuidar da casa, cozinhava e servia as refeições, criava seus próprios filhos na concha daquela vida doméstica, tendo cuidado também do seu irmão mais velho quando era pequeno, na certa conhecendo o caráter de todas aquelas crianças melhor do que os pais verdadeiros.

Era uma afeição mútua. Se perguntassem a Kip quem ele amava mais, poria a aia em primeiro lugar, antes da mãe. Seu amor trazia para ele um conforto maior do que qualquer amor materno ou sexual. Mais tarde Kip viria a compreender que se lançou fora da vida familiar na busca deste amor. A intimidade platônica, ou às vezes a intimidade sexual, de uma pessoa estrangeira. Estaria bem velho já, quando compreendesse este aspecto da sua própria personalidade, quando chegasse por fim a fazer a si mesmo aquela pergunta, sobre quem ele amava mais.

Só por uma vez sentiu que havia dado a ela algum tipo de conforto, embora a aia já tivesse entendido como Kip a amava. Quando a mãe dela morreu, Kip se esgueirara até o seu quarto e abraçara de repente o seu corpo velho. Em silêncio, deitou-se ali, ao lado do seu luto, no quartinho de criados, onde ela chorava com desespero e formalidade. Kip observou como ela recolhia suas lágrimas numa xicarazinha de vidro, que encostava no rosto. Sabia que ela levaria aquilo para o funeral. Kip estava por trás do seu corpo curvado para a frente, as mãos de nove anos sobre os ombros da mulher, e quando a aia finalmente parou de chorar, apenas um tremor de vez em quando, Kip começou a esfregar as unhas de leve por cima do sari, depois abriu o sari e roçou as unhas direto sobre a pele — assim como Hana agora recebia esta sua arte delicada, suas unhas de encontro aos milhões de células da sua pele, dentro da sua barraca, em 1945, onde os seus continentes se encontravam numa aldeia nas montanhas.

IX.
A CAVERNA DOS NADADORES

Prometi contar a você como é que uma pessoa se apaixona.

Um jovem chamado Geoffrey Clifton encontrou um amigo em Oxford que contou o que nós andávamos fazendo. Entrou em contato comigo, casou-se no dia seguinte, e duas semanas depois veio para o Cairo de avião com sua esposa. Estavam nos últimos dias da sua lua-de-mel. Esse foi o começo da nossa história.

Quando conheci Katharine, ela era casada. Uma mulher casada. Clifton saltou do avião e depois, a surpresa, pois havíamos planejado a expedição pensando apenas nele, ela surgiu. Calções cáqui, joelhos ossudos. Naqueles dias, ela andava entusiasmada demais com o deserto. Gostei mais da juventude do marido que da sofreguidão da jovem esposa. Ele era o nosso piloto, mensageiro, fazia o reconhecimento do terreno. Era a Nova Era, sobrevoando e lançando longas fitas coloridas em código, para nos indicar por onde devíamos seguir. A toda hora manifestava a adoração que tinha pela esposa. Ali estavam quatro homens e uma esposa acompanhada de seu marido, na alegria verbal da lua-de-mel. Voltaram para o Cairo e retornaram um mês depois, e era quase a mesma coisa. Dessa vez ela estava mais calada, mas ele ainda era a juventude. Ela ficava de cócoras em cima de uns tambores de gasolina, as mãos em concha segurando o queixo, os cotovelos apoiados nos joelhos, contemplando algum encerado que não parava de ondular no vento, enquanto Clifton entoava louvores a Katharine. Brincávamos com ele, tentando fazer com que parasse, mas pretender que Clifton fosse mais moderado a respeito da esposa era se colocar contra ele, e nenhum de nós desejava isso.

Após aquele mês no Cairo ela emudeceu, lia constantemente, mantinha-se mais reservada, como se algo tivesse acontecido ou ela tivesse compreendido de repente esse fato assombroso nos seres humanos, que as coisas podem mudar. Ela não precisava continuar a ser uma mulher de sociedade que se casara com um aventureiro. Estava descobrindo a si mesma. Era doloroso de ver, porque Clifton não era capaz de se dar conta do que se passava, ela se auto-educando. Katharine lia tudo sobre o deserto. Podia conversar acerca de Uweinat e do oásis perdido, havia até descoberto alguns textos raros sobre o assunto.

Eu era um homem quinze anos mais velho do que ela, entende? Havia atingido esse estágio da vida que eu identificava com os vilões cínicos nos romances que lia. Não acredito em permanência, em relacionamentos que transpõem as eras. Era quinze anos mais velho. Mas ela era mais sabida. Ela tinha uma avidez de mudança maior do que eu imaginava.

O que a fez mudar durante a adiada lua-de-mel no estuário do Nilo, fora do Cairo? Nós os vimos por alguns dias — chegaram duas semanas depois do casamento em Cheshire. Ele trouxera a noiva consigo, como se não fosse capaz de deixá-la, nem de romper o compromisso conosco. Eu e Madox. Nós o teríamos devorado. Aí, naquele dia, os joelhos ossudos da sua mulher emergiram do avião. Este era o estribilho da nossa história. Nossa situação.

Clifton celebrava a beleza dos braços da esposa, as linhas finas de seus tornozelos. Descrevia como era vê-la nadar. Falava sobre os novos bidês na suíte do hotel. O apetite feroz da esposa no café da manhã.

Em resposta a tudo isso, eu não dizia sequer uma palavra. Às vezes, enquanto ele falava, eu erguia os olhos e apanhava de relance um olhar da esposa, testemunhando minha irritação muda, e em seguida ela sorria com decoro. Havia certa ironia. Eu era o homem mais velho. Eu era o homem do mundo, que dez anos antes caminhara do oásis Dakhla até Gilf Kebir, que mapeara o Farafra, que conhecia a Cirenaica e se perdera mais de duas vezes no Mar de Areia. Ela me conheceu quando eu possuía todos estes títulos. Ou ela podia virar o rosto alguns graus e ver os mesmos títulos em Madox. Apesar de tudo, fora da Sociedade Geográfica, éramos ambos inteiramente desconhecidos; éramos a aresta fina de um culto, onde ela viera tropeçar por causa desse casamento.

As palavras do seu marido em seu louvor nada significavam. Mas sou um homem cuja vida, de muitas maneiras, mesmo como explorador, tem sido governada por palavras. Por rumores e lendas. Coisas mapeadas. Cacos escritos. O tato das palavras. No deserto, repetir alguma coisa era respingar água na areia. Ali, para ver uma nuance era preciso andar cento e cinqüenta quilômetros.

Nossa expedição estava a cerca de sessenta quilômetros de Uweinat e eu e Madox íamos sair sozinhos para fazer um reconhecimento. Os Clifton e os demais ficariam para trás. Ela havia consumido toda a sua leitura e me pedia livros. Eu só tinha mapas.

— E aquele livro que você lê de noite?

— Heródoto. Ahh. Você quer ler?

— Acho que não. Se é coisa particular.
— Tem anotações minhas. E recortes colados. Preciso do livro comigo.
— Foi indiscrição minha, desculpe.
— Quando eu voltar mostro o livro a você. Seria estranho para mim viajar sem ele.
Tudo isso se passou com muita graça e cortesia. Expliquei que se tratava de um livro de anotações e ela entendeu. Pude partir sem sentir que estava agindo de modo egoísta. Senti-me grato por sua amabilidade. Clifton não estava ali. Estávamos sozinhos. Eu preparava a bagagem na minha barraca quando ela se aproximou. Sou um homem que deu as costas para boa parte do mundo social, mas às vezes sei apreciar as maneiras delicadas.

Voltamos uma semana depois. Muita coisa ocorrera, em termos de descobertas e de informações soltas que se juntam. Estávamos de bom humor. Havia uma pequena celebração no acampamento. Clifton estava sempre pronto a festejar os outros. Era arrebatador.
Ela veio para mim com um copo de água.
— Parabéns. Geoffrey já me contou...
— Pois é!
— Tome. Beba isso.
Estendi minha mão e ela pôs o copo entre meus dedos. A água estava muito fria, depois de tantos dias bebendo aquele troço que trazíamos nos cantis.
— Geoffrey planejou uma festa para vocês. Está compondo uma música e quer que eu leia um poema, mas eu quero fazer outra coisa.
— Olhe, tome o livro e dê uma olhada nele. — Puxei o livro da minha mochila e passei para as mãos dela.
Depois da refeição e do chá de ervas, Clifton trouxe uma garrafa de conhaque que escondera de todos até esse momento. A garrafa inteira seria bebida nessa noite, enquanto Madox contava nossa jornada e Clifton entoava sua canção divertida. Depois ela começou a ler do livro *As Histórias* — a história de Candaules e sua rainha. Sempre leio muito por alto essa história. Está no início do livro e tem pouco a ver com os lugares e o período que me interessam. Mas, é claro, trata-se de uma história famosa. Foi o assunto que ela escolheu para falar.

> *Este Candaules apaixonou-se perdidamente por sua própria esposa; e, neste estado, julgava que sua esposa fosse mais bela do que todas as outras mulheres. Falando para Giges, o filho de Dásquilos (pois entre todos os seus lanceiros, Giges era o mais querido para ele), Candaules costumava descrever a beleza da esposa, fazendo-lhe elogios acima de todas as medidas.*

— Está ouvindo, Geoffrey?
— Sim, meu anjo.

Ele disse para Giges: "Giges, acho que você não acredita em mim quando falo da beleza da minha esposa, pois acontece que os ouvidos dos homens são menos aptos para crer do que seus olhos. Portanto, trate de inventar uma maneira de observá-la nua."

Há muitas coisas que se podem dizer. Sabendo que mais tarde eu me tornaria seu amante, assim como Giges seria o amante da rainha e o assassino de Candaules. Eu abria muitas vezes o Heródoto em busca de alguma indicação geográfica. Mas Katharine fizera isso como uma janela para sua vida. Sua voz soou cautelosa durante a leitura. Os olhos fixos na página onde se achava a história, como se ela estivesse afundando em areia movediça enquanto falava.

"Acredito, de fato, que ela seja a mais bela de todas as mulheres e suplico que você não peça de mim aquilo que não me é lícito fazer." Mas o Rei respondeu da seguinte maneira: *"Seja corajoso, Giges, e não tenha receio, da minha parte, que eu esteja lhe dizendo estas palavras para pô-lo à prova, nem da parte da minha esposa, que esteja planejando fazer algum mal a você. Pois na verdade cuidarei de tudo de modo que ela nem mesmo chegue a perceber que foi vista por você."*

Esta é a história de como me apaixonei por uma mulher que leu para mim uma certa história de Heródoto. Eu ouvia as palavras que Katharine falava do outro lado da fogueira, sem levantar os olhos do papel, mesmo quando ela caçoava com seu marido. Talvez estivesse lendo só para ele. Talvez não houvesse nenhum motivo especial na escolha do trecho, exceto para eles. Era apenas uma história que a inquietava, na familiaridade das situações. Mas de repente se abriu uma trilha nova na vida real. Apesar de Katharine não ter de modo algum imaginado isso como um primeiro passo fora da linha. Tenho certeza.

"Vou instalar você no quarto onde ela e eu dormimos, por trás da porta aberta; e depois de eu ter entrado, virá minha esposa para deitar-se a meu lado. Pois bem, há uma cadeira junto à porta do quarto e ali ela deixa suas vestimentas, despindo-as uma a uma; e assim você vai poder olhar para ela à vontade."

Mas Giges é percebido pela rainha quando sai do quarto de dormir. Ela compreende o que seu marido havia feito; e, embora envergonhada, ela não se queixa... mantém-se sossegada.

É uma história estranha. Não é, Caravaggio? A vaidade de um ho-

mem vai ao ponto de querer que sintam inveja dele. Ou querer que acreditem nele, pois acha que não estão acreditando. Este não era de modo algum um retrato de Clifton, mas ele acabou se tornando parte desta história. Há algo muito chocante, mas humano, no gesto do marido. Alguma coisa faz com que acreditemos nisso.
No dia seguinte a esposa chama Giges e lhe dá duas opções.

"*Há agora dois caminhos abertos para você, e eu lhe darei a chance de escolher livremente qual dos dois prefere tomar. Ou você mata Candaules e toma posse de mim e do reino da Lídia, ou deve você mesmo ser executado aqui, neste local, para que Giges, no futuro, por obedecer a Candaules em tudo, não volte a ver aquilo que não pode ver. Ou morre ele, que arquitetou este plano, ou morre você, que me viu nua.*"

Assim o rei é morto. Tem início uma Nova Era. Há poemas sobre Giges escritos em trímetros iâmbicos. Foi o primeiro bárbaro a levar oferendas a Delfos. Foi Rei da Lídia por vinte e oito anos, mas ainda nos lembramos dele apenas como uma figura secundária numa história de amor fora do comum.

Ela parou de ler e ergueu os olhos. Saindo da areia movediça. Ela estava evoluindo. Era assim que o poder mudava de mãos. Enquanto isso, com a ajuda de uma anedota, eu me apaixonava.

Palavras, Caravaggio. Elas têm um poder.

Quando os Clifton não estavam conosco, ficavam no Cairo. Clifton fazendo outros serviços para os ingleses, Deus sabe o quê, tinha um tio em alguma repartição do governo. Tudo isso antes da guerra. Mas nessa época a cidade tinha gente de todas as nações rodando para um lado e outro, se reunindo no Groppi para os concertos noturnos, dançando noite adentro. Os dois formavam um jovem casal bem popular e de boa reputação, e meu lugar era na periferia da sociedade do Cairo. Os dois viviam bem. Uma vida cerimonial, na qual às vezes eu me esgueirava. Jantares, festas ao ar livre. Eventos nos quais normalmente eu não tinha o menor interesse, mas agora eu comparecia porque ela estava lá. Sou um homem que jejua até ver o que deseja.

Como explicá-la para você? Usando minhas mãos? Do mesmo jeito que posso traçar no vazio a forma de uma mesa ou de uma pedra? Ela foi parte da expedição durante quase um ano. Eu a vi, conversei com ela. Ficamos continuamente na presença um do outro. Mais tarde, quando tomamos consciência de nosso desejo mútuo, esses momentos precedentes refluíram no coração, agora mais sugestivos, o momento em que segurei seu braço num penhasco, olhares que deixei passar despercebidos ou que interpretei erradamente. Nessa época, era raro eu aparecer no Cairo, mais ou menos um em cada três meses. Trabalhava no Departamento de Egiptologia escrevendo o meu livro, *Récents Explorations dans le Désert Libyque*, à medida que os dias passavam, chegando cada vez mais perto do texto como se o deserto se encontrasse ali, em algum ponto da página, eu chegava a sentir o cheiro da tinta quando ela despontava no bico da caneta. E ao mesmo tempo lutava com a presença de Katharine, ali perto, para dizer a verdade mais obcecado pela possibilidade da sua boca, a pele esticada atrás do joelho, a planície branca do estômago, enquanto ia escrevendo o meu pequeno livro, setenta páginas, sucinto e objetivo, completado com os mapas das viagens. Era incapaz de retirar o corpo de Katharine de cima da página. Queria dedicar a monografia a ela, à sua voz, ao seu corpo que eu imaginava se erguendo branco da cama, como um arco comprido, mas acabei dedicando o livro a um rei. Por acreditar que uma obsessão como essa seria objeto de zombarias, tratada com condescendência desdenhosa por Katharine que, embaraçada e polida, balançaria a cabeça.

Em sua companhia, tornei-me duplamente formal. Uma característica da minha natureza. Como se estivesse constrangido com uma nudez revelada previamente. É um hábito europeu. Para mim, é coisa natural — tendo estranhamente traduzido Katharine para o meu texto do deserto — meter-me agora em um traje de metal, na sua presença.

O poema desesperado é um substituto
Para a mulher que se ama ou que se deve amar,
Uma rapsódia desesperada imita outra.

No gramado de Hassanein Bay — o célebre homem idoso da expedição de 1923 — ela veio na minha direção ao lado do assistente do governo Roundell, apertou minha mão, pediu a ele para lhe trazer uma bebida, voltou-se para mim e disse:

— Quero ser violentada por você.

Roundell voltou. Era como se ela tivesse posto uma faca na minha mão. Dali a um mês eu era seu amante. Naquele quarto que dava para o mercado, ao norte da rua dos papagaios.

Caí de joelhos no salão azulejado em mosaico, meu rosto afundado na cortina do seu vestido, o sabor de sal daqueles dedos na sua boca. Formávamos uma estátua estranha, os dois, antes de começarmos a desacorrentar nossa fome. Seus dedos arranhando na areia entranhada nos meus cabelos, que rareavam. Cairo e todos os seus desertos à nossa volta.

Terá sido desejo pela sua juventude, pelo seu jeito infantil, tão frágil e estudado? Era dos jardins dela que eu falava quando falava com você sobre jardins.

Havia em seu pescoço aquela pequena reentrância que chamávamos de Bósforo. Eu vinha do seu ombro e me atirava no Bósforo. Repousava os olhos ali. Eu me ajoelhava enquanto ela baixava os olhos sobre mim, de um jeito gozado, como se eu fosse um estranho no planeta. O jeito gozado que tinha de me olhar. Sua mão fria de repente vinha tocar meu pescoço, dentro de um ônibus no Cairo. Dentro de um táxi fechado nossas mãos buscando um amor ligeiro demais entre a ponte Khedive Ismail e o Clube Tipperary. Ou o sol atravessando suas unhas no saguão do terceiro andar do museu, quando a mão de Katharine cobria meu rosto.

No que nos dizia respeito, só havia uma pessoa que não devíamos ver. Mas Geoffrey Clifton era um homem arraigado na máquina inglesa. Sua genealogia familiar ia até Canute.[4] A máquina não revelaria necessariamente a Clifton, casado apenas há dezoito meses, a infidelidade de sua esposa, mas começava a contornar a falha, a perturbação no sistema. A máquina conhecia todos os nossos movimentos desde o primeiro dia, o primeiro toque desajeitado sob a marquise na entrada do Hotel Semiramis.

Ignorei comentários de Katharine sobre os parentes do marido. E Geoffrey Clifton era tão inocente quanto nós acerca da grande teia inglesa que pairava sobre nossas cabeças. Mas o clube de guarda-costas zelava pelo seu marido e o protegia. Apenas Madox, que era um aristocrata com um passado de associações regimentais, tinha conhecimento dessas discretas manobras. Apenas Madox, com tato admirável, me preveniu da existência desse mundo.

Eu levava o Heródoto, e Madox — um santo no seu casamento — levava *Anna Karenina*, relendo sem parar a história de amor e traição. Certo dia, tarde demais para deter o mecanismo que havíamos posto em funcionamento, ele tentou explicar o mundo de Clifton nos termos do irmão de Anna Karenina. Me dê o meu livro. Escute isso.

> *Metade de Moscou e Petersburgo eram parentes e amigos de Oblonsky. Ele nasceu num círculo de pessoas que eram, ou se tornaram, os figurões da terra. Um terço do mundo oficial, os homens mais velhos, era constituído por amigos de seu pai e o conheciam desde bebê... Em consequência, os donos das bênçãos deste mundo eram todos seus amigos. Não podiam deixar de lado alguém da mesma estirpe que eles... Bastava apenas não levantar objeções nem ter inveja, não discutir nem se ofender, coisa que ele nunca fez, em obediência à sua cordialidade natural.*

Passei a adorar o toque da sua unha na seringa, Caravaggio. Na primeira vez que Hana me deu morfina na sua companhia, você estava junto à ja-

---

[4] Canute ou Cnut (995-1035). Rei da Inglaterra, Noruega e Dinamarca. (N. do T.)

nela, e quando a unha dela bateu no vidro da seringa, seu pescoço deu uma guinada na nossa direção. Sei reconhecer um companheiro. Do mesmo jeito que um amante sempre reconhece o outro por trás de qualquer camuflagem. As mulheres querem tudo de seus amantes. E com excessiva freqüência eu afundava abaixo da superfície. Assim desaparecem na areia exércitos inteiros. E havia o medo que ela tinha do marido, a sua crença na honra, meu velho desejo de auto-suficiência, minhas ausências, suas suspeitas a meu respeito, minha descrença no seu amor. A paranóia e a claustrofobia do amor escondido.

— Acho que você se tornou desumano — ela me disse.

— Não sou o único traidor.

— Acho que você não se importa com nada, não se importa que isso tenha acontecido entre nós. Você vai se desviando de tudo com o seu medo e o seu ódio de possuir, da posse, de ser possuído, de receber um nome. Acha que isso é uma virtude. Eu acho que você é desumano. Se eu deixar você, quem você vai amar? Será que pode encontrar outra amante?

Nada respondi.

— Negue isso, seu desgraçado.

Katharine sempre quis palavras, ela as amava, apegou-se a elas. Palavras lhe davam clareza, traziam razão, forma. Já eu achava que as palavras faziam as emoções se curvarem, como gravetos fincados na água corrente.

Ela voltou para o marido.

Disse-me, cochichando, que a partir de então ou encontraríamos ou perderíamos nossas almas.

Até os mares se separam, por que não os amantes? O porto de Éfeso, os rios de Heráclito desaparecem e são substituídos por estuários de aluvião. A esposa de Candaules se torna a esposa de Giges. As bibliotecas incendeiam-se.

O que foi a nossa relação? Uma traição daqueles à nossa volta, ou o desejo de uma outra vida?

Ela entrou de volta na sua casa, para o lado do seu marido, e eu retornei aos bares com teto de zinco.

Vou olhar a lua
e só vou ver você.

Aquele velho clássico, o Heródoto. Cantarolando aquela música sem parar, repisando os mesmos versos, martelando sem parar até que ficassem finos, moles, e se adaptassem à própria vida de quem canta. As pessoas têm vários modos de se recuperarem de perdas secretas. Alguém do séquito de Katharine me viu sentado em companhia de um mercador de especiarias. Certa vez, ela recebera dele um vasinho de peltre contendo açafrão. Entre mil outras coisas.

E se Bagnold — por ter me visto ao lado do mercador de açafrão — mencionasse o assunto durante o jantar, na mesa onde sentávamos, como eu me sentiria? Traria algum conforto ver que ela se lembrava do homem que lhe dera um pequeno presente, um minúsculo vasinho de peltre que ela trouxe preso ao pescoço em uma correntinha escura durante dois dias, enquanto seu marido esteve fora da cidade? O açafrão ainda estava dentro do vasinho, portanto ainda havia um sinal de ouro no seu peito.

Como ela conseguiu levar adiante esse caso comigo, o pária do grupo, depois de uma ou duas cenas que foram minha desgraça, Bagnold ria, o marido dela que era um homem bom ficou preocupado comigo, e Madox se pôs de pé, foi até a janela e olhou para fora, na direção da parte sul da cidade. A conversa talvez se desviasse para outros rumos. Eram cartógrafos, afinal de contas. Mas será que ela desceu no poço que nós cavamos juntos e depois conseguiu se segurar, como eu mesmo gostaria de ser capaz de fazer, atirando minhas mãos sobre ela?

Cada um de nós agora tinha sua vida própria, armados os dois com o pacto mais profundo.

— O que está fazendo? — ela perguntou, me alcançando na rua. — Não percebe que está deixando todos nós *malucos*?

Para Madox eu dissera que andava cortejando uma viúva. Mas ela ainda não estava viúva. Quando Madox voltou para a Inglaterra, ela e eu já não éramos amantes.

— Mande meus cumprimentos à sua viúva no Cairo — resmungou Madox. — Gostaria de ter conhecido essa mulher.

Ele sabia? Sempre senti nele um toque enganador, esse amigo com quem trabalhei durante dez anos, esse homem que eu estimava mais do que qualquer outro. Foi em 1939, e estávamos todos, de um jeito ou de outro, deixando aquele país para a guerra.

Madox voltou à aldeia de Martson Magna, em Somerset, onde nascera, e um mês depois estava sentado numa igreja, ouvia um sermão dedicado à guerra, sacou aquele revólver do deserto e se matou.

Eu, Heródoto de Halicarnasso, escrevo minha história para que o tempo não desbote as cores daquilo que o homem trouxe ao mundo, nem tampouco apague os feitos grandiosos tanto dos gregos como dos bárbaros... juntamente com os motivos pelos quais combateram uns contra os outros.

Os homens sempre foram os declamadores de poesia no deserto. E Madox — diante da Sociedade Geográfica — apresentou relatos maravilhosos de nossas travessias e incursões. Bermann soprava teoria para atiçar as brasas. E eu? Entre eles, eu representava a destreza. A habilidade mecânica. Os outros passavam a limpo seu amor pela solidão e meditavam sobre o que encontraram por lá. Nunca tinham certeza do que eu estava pensando sobre aquilo tudo.

— Você gosta dessa lua? — Madox perguntou-me depois de dez anos trabalhando juntos. Perguntou de um modo titubeante, como se estivesse forçando uma intimidade. Para eles, eu era um pouco astuto demais para ser um apaixonado pelo deserto. Como Odisseu. Apesar disso, eu adorava o deserto. Mostrem-me um deserto, como a outro tipo de homem mostram um rio, ou a metrópole onde passou a infância.

Quando nos separamos pela última vez, Madox usou a velha despedida.
— Que Deus proteja e guarde seu caminho.
E eu me afastei dele dizendo:
— Deus não existe.
Éramos inteiramente diferentes um do outro.

Madox dizia que Odisseu jamais escrevera uma só palavra, um livro pessoal. Talvez ele se sentisse um estranho na rapsódia falsa da arte. E minha própria monografia, devo admitir, acabou ficando austera demais de tanta exatidão. O medo de denunciar a presença de Katharine enquanto escrevia me levou a queimar toda e qualquer emoção, toda e qualquer retórica amorosa. Mesmo assim, descrevi o deserto com a mesma pureza com que teria falado dela. Madox me perguntou sobre a lua durante os nossos últimos dias juntos antes de a guerra começar. Nós nos separamos. Ele partiu para a Inglaterra, a probabilidade de advir uma guerra interrompendo tudo, nosso lento desencavar da história no deserto. Adeus, Odisseu, disse ele, rindo um pouco forçado, ciente de que eu nunca fui muito afeiçoado a Odisseu, e menos ainda a Enéias, mas ele decidira que Bagnold era Enéias. Mas eu não gostava daquela história de me chamar de Odisseu. Adeus, eu disse.

Lembro que me virei, rindo. Ele apontou o dedo grosso para um ponto do seu pescoço, perto do pomo-de-adão, e disse:

— O nome disso é ninho vascular. — Batizando com um nome oficial aquela depressão no pescoço de Katharine. Ele voltou para sua esposa na aldeia de Marston Magna, levou apenas o seu livro favorito de Tolstoi, deixou para mim seus mapas e bússolas. Nossa afeição mútua ficou sem palavras.

E Marston Magna em Somerset, que ele evocara para mim diversas vezes em nossas conversas, convertera seus campos verdes num campo de pouso. Os aviões queimavam o escapamento sobre os castelos arturianos. O que o levou àquele gesto eu não sei. Talvez tenha sido o ruído constante dos aviões, alto demais para ele depois do ronco simples do Gypsy Moth, que preenchia nossos silêncios na Líbia e no Egito. A guerra dos outros estava estraçalhando a frágil tapeçaria das suas amizades. Eu era Odisseu, compreendia as alterações e tendências temporárias da guerra. Mas ele era um homem que fazia amigos com dificuldade. Era um homem que conhecera duas ou três pessoas na vida, e agora elas tinham passado para o lado do inimigo. Ele estava em Somerset, sozinho com sua esposa, que nunca vira nenhum de nós. Para ele bastavam pequenos gestos. Um tiro pôs fim à guerra. Foi em julho de 1939. Pegaram um ônibus na sua aldeia no Yeovil. O ônibus foi devagar e por isso chegaram tarde para o serviço religioso. Nos fundos da igreja lotada, decidiram sentar separados um do outro, pois não havia lugar para dois. Quando o sermão começou, meia hora mais tarde, tinha um caráter francamente chauvinista, em apoio à guerra. O padre pregava entusiasmado com a batalha, abençoando o governo e os homens que iam entrar em guerra. Madox ouvia as palavras do sermão, que se tornava cada vez mais apaixonado. Sacou a pistola do deserto, curvou-se e disparou um tiro no coração. Morreu imediatamente. Um grande silêncio. Silêncio sem aviões. Ouviram seu corpo tombar de encontro ao banco da igreja. Nada mais se movia. O padre congelou, no meio de uma gesticulação. Foi como esses silêncios que ocorrem quando se parte um tubo de vidro ao redor de uma vela acesa, numa igreja, e todos se voltam para olhar. Sua esposa veio caminhando pelo corredor central entre as fileiras dos bancos, parou no banco do marido, balbuciou alguma coisa, e deixaram-na se aproximar dele. Ajoelhou-se, estreitando o marido nos braços.

Como morreu Odisseu? Suicídio, não foi? Acho que me lembro disso. Agora. Talvez o deserto tenha estragado Madox. Aquele tempo que passamos sem ter nada a ver com o mundo. Eu ficava pensando no livro russo que ele sempre trazia consigo. A Rússia sempre foi mais ligada ao meu país do que ao dele. Sim, Madox foi um homem que morreu por causa das nações.

Eu adorava sua calma diante de tudo. Eu discutia enfurecido sobre a localização de pontos em um mapa, e suas intervenções de algum modo conseguiam traduzir o nosso debate em termos razoáveis. Escrevia serenamente e com alegria sobre nossas viagens quando havia coisas alegres a relatar, como se fôssemos Anna e Vronsky num baile. Muito embora ele jamais tenha entrado comigo naqueles salões de dança do Cairo. E fui eu que me apaixonei enquanto dançava.

Ele se movia em passadas lentas. Nunca o vi dançar. Era um homem que escrevia, que interpretava o mundo. A sabedoria residia em usar apenas a menor fibra possível de emoção. Um leve desvio poderia levar a parágrafos inteiros de teoria. Caso testemunhasse uma novidade em uma das tribos do deserto, ou encontrasse uma espécie rara de palmeira, isto o deixaria deslumbrado por várias semanas. Quando, nas nossas viagens, encontrávamos alguma mensagem — qualquer informação, contemporânea ou antiga, letras árabes num muro de barro, um recado em inglês escrito com giz branco no pára-lama de um jipe — ele leria o texto e depois poria a mão em cima como se fosse possível, pelo tato, alcançar significados mais profundos, tornar-se o mais íntimo possível das palavras.

Estende o braço para a frente, as veias na horizontal, com marcas de equimose, o rosto para cima, no esforço de se agarrar à balsa da morfina. Enquanto se sente inundar pela droga, ouve Caravaggio largar a agulha na latinha esmaltada em forma de rim. Vê o vulto grisalho voltar as costas para ele e depois ressurgir, também tomado, um cidadão da morfina, como ele.

Há dias em que eu volto para casa, depois da aridez de ficar escrevendo, e a única coisa que pode me salvar é "Honeysuckle Rose", de Django Reinhardt e Stéphane Grappelly, tocando com o Hot Club da França. 1935. 1936. 1937. Os grandes anos do jazz. Os anos em que o jazz saía flutuando do Hotel Claridge nos Champs-Élysées, e nos bares de Londres, no sul da França, Marrocos, e depois resvalou até o Egito, onde o rumor desses ritmos foi introduzido discretamente por um conjunto de baile sem nome, do Cairo. Quando voltei para o deserto, levei comigo as noites de dança nos bares, as mulheres se movendo como galgos, debruçadas sobre mim enquanto eu sussurrava nos seus ombros, ao som de "My Sweet". Cortesia da gravadora Société Ultraphone Française. 1938. 1939. Havia os murmúrios do amor num canto escuro. Havia guerra logo depois da esquina.

Durante essas noites finais no Cairo, meses depois do caso estar encerrado, havíamos finalmente conseguido convencer Madox a ir a um bar de teto de zinco, para a sua despedida. Ela e o marido estavam lá. Uma última noite. Uma última dança. Almásy ficou bêbado e tentou executar uns velhos passos de dança que tinha inventado e batizado com o nome de abraço do Bósforo, erguendo Katharine Clifton em seus braços ossudos, atravessando todo o salão até cair com ela em cima de um monte de aspidistras do Nilo.

Ele agora está falando por quem? pensa Caravaggio.

Almásy estava bêbado e sua dança parecia aos outros uma série de movimentos brutais. Naqueles dias, ele e ela pareciam não estar se dando muito bem. Ele sacudia sua parceira para um lado e outro como se fosse uma boneca anônima, e afogava em álcool sua mágoa com a partida de Madox. Na mesa, conosco, falava alto. Quando Almásy ficava assim, em geral nós íamos embora, mas era a última noite de Madox no Cairo e nós ficamos ali. Um violinista egípcio ruim, imitando Stéphane Grappelly, e Almásy como um planeta fora de controle.

— À nossa saúde: os estrangeiros do planeta! — Ergueu seu copo. Queria dançar com todo mundo, homens e mulheres. Bateu as mãos e anunciou: — Agora, o abraço do Bósforo. Você, Bernhardt? Hetherton? A maioria rejeitava. Virou-se para a jovem esposa de Clifton, que o observava com um rancor polido, e ela se adiantou quando ele lhe dirigiu um aceno e depois arrebatou-a impetuosamente, cravando seu pescoço no ombro esquerdo da mulher, naquela planície nua acima das lantejoulas. Seguiu-se um tango desvairado até que um deles perdeu o passo. Ela não ia recuar na sua raiva, recusou o gesto que concederia a Almásy a vitória, afastar-se dele e voltar para a mesa. Limitou-se a olhar duro para ele, quando Almásy afastou sua cabeça, não um rosto solene, mas agressivo. A boca de Almásy murmurando coisas para ela quando aproximou o rosto outra vez, talvez repetindo a letra da música "Honeysuckle Rose".

No Cairo, entre as expedições, ninguém via muito o Almásy. Parecia distante ou inquieto. Trabalhava no museu durante o dia e freqüentava os bares e mercados da parte sul do Cairo durante a noite. Perdido em outro Egito. Foi só por causa de Madox que todos vieram ali. Mas agora Almásy estava dançando com Katharine Clifton. As plantas roçavam no corpo esbelto da mulher. Ele rodopiou com ela, ergueu seu corpo e depois caíram. Clifton continuou sentado, olhando para eles meio de lado. Almásy deitado sobre ela e depois tentando se levantar vagarosamente, alisando para trás o seu cabelo louro, ajoelhando ao lado dela no canto do salão. Há tempos atrás ele fora um homem de grande delicadeza.

Passava de meia-noite. Os convidados não estavam achando graça, exceto aqueles que se divertiam com qualquer coisa, acostumados com essas celebrações dos europeus do deserto. Havia mulheres com compridos pingentes de prata balançando nas orelhas, mulheres de lantejoulas, gotículas de metal que ficavam quentes com o calor do bar e pelas quais Almásy sempre se sentiu atraído, mulheres que, ao dançar, sacudiam os brincos pontudos de prata até baterem no seu rosto. Em outras noites ele dançava com essas mulheres, arrastando suas carcaças, agarrando-se mais e mais à gaiola de suas costelas à medida que ia ficando bêbado. Sim, elas estavam se divertindo, rindo da barriga de Almásy quando sua camisa soltava, incomodadas com o seu peso, que ele apoiava nos ombros delas quando parava de dançar no meio das músicas, entrando em colapso durante uma polca, no meio do salão.

Nessas noites, era importante se integrar ao movimento geral, enquanto as constelações de seres humanos rodopiavam e derrapavam em volta da gente. Não havia como pensar duas vezes, e nem uma vez. As lembranças da noite viriam mais tarde, no deserto, nas formações geológicas entre Dakhla e Kufra. Então ele recordaria aquele latido igual ao de um cachorro que tinha ouvido no meio da dança, olhando em volta à procura do cachorro para compreender só agora, contemplando o disco da bússola boiando no óleo, que na verdade devia ter sido uma mulher em cujo pé ele havia pisado. Ao avistar um oásis, ele se gabaria do seu jeito de dançar, sacudindo os braços e o seu relógio de pulso contra o céu.

Noites frias no deserto. Ele puxava um fio da horda das noites e ia enfiando na boca como se fosse comida. Foi durante os dois primeiros dias de uma expedição, quando ele se achava no limbo entre a cidade e o platô. Depois de seis dias, não pensava mais no Cairo nem na música nem nas ruas nem nas mulheres; ele agora se movia em eras passadas, havia se adaptado à respiração de águas profundas. Seu único vínculo com o mundo das cidades era Heródoto, seu livro de anotações, o antigo e o moderno, as supostas mentiras. Quando descobria a verdade no que parecia ser mentira, pegava seu vidro de cola e emendava um mapa ou prendia as emendas com clipes ou usava um espaço em branco no livro para desenhar homens de saias com animais fracos e desconhecidos ao seu lado. Em geral, os primeiros habitantes dos oásis não pintavam animais criados em rebanho, embora Heródoto afirme que fizessem isso. Cultuavam uma deusa grávida e suas pinturas nas rochas representavam, na maioria dos casos, uma mulher grávida.

Em duas semanas, nem sequer a idéia de uma cidade seria capaz de entrar em sua mente. Era como se ele tivesse andado por baixo da neblina de um milímetro que recobre os filamentos pintados de um mapa, aquela zona pura entre terra e mapa entre distância e lenda entre natureza e ficção. Sandford chamava isso geomorfologia. O lugar que tinham escolhido para ir, para serem o melhor de si mesmos, inconscientes da sua genealogia. Aqui, separado da bússola, do odômetro e do livro, ele se encontrava sozinho, a sua própria invenção. Sabia como a miragem atua nessas ocasiões, a fada morgana, pois ele era parte disso.

Desperta para descobrir que Hana está olhando para ele. Há uma escrivaninha na altura da cintura da moça. Ela está curvada para a frente, as mãos trazendo água da bacia de porcelana para o peito dele. Quando Hana termina, corre os dedos molhados pelos cabelos durante alguns minutos, que assim logo ficam molhados e escuros. Hana ergue os olhos, vê os olhos dele abertos e sorri.

Quando ele volta a abrir os olhos, Madox está ali, olhando furioso, abatido, segurando a injeção de morfina, tendo que usar as duas mãos porque não tem dedões. Como faz para aplicar a injeção em si mesmo? ele pensa. Reconhece o olho, o costume da língua vir tocar o lábio, a clareza do cérebro do homem, captando tudo o que ele diz. Dois velhos bobocas. Caravaggio observa o rosado na boca do homem quando ele fala. As gengivas talvez com a mesma leve cor de iodo que têm as pinturas rupestres descobertas em Uweinat. Há mais coisas a descobrir, a serem adivinhadas nesse corpo estirado na cama, inexistente a não ser por uma boca, uma veia no braço, olhos cinzentos de lobo. Ele ainda se surpreende com a lucidez de disciplina no homem, que às vezes fala na primeira pessoa, outras vezes na terceira pessoa, ainda sem admitir que seja Almásy.

— Quem estava falando, dessa vez?
— "Morrer significa que a gente passa para a terceira pessoa."

Passaram o dia inteiro compartilhando ampolas de morfina. Para desenrolar e puxar para fora o fio da sua história, Caravaggio viaja seguindo o código de sinais. Quando o homem queimado diminui a velocidade, ou quando Caravaggio sente que não está captando tudo — o caso de amor, a morte de Madox — pega a seringa na bandejinha de esmalte em forma de rim, quebra o bico de vidro de uma ampola, usando a pressão da ponta dos dedos, e enche a seringa. Ele está embotado agora a respeito de Hana, tendo arregaçado a manga esquerda até em cima. Almásy veste apenas uma camiseta cinzenta, portanto seu braço negro fica estirado por baixo do lençol.

Cada gole de morfina que se espalha no corpo abre mais uma porta, ou ele salta de volta para as pinturas na caverna ou para um avião incendiado ou arde de desejo mais uma vez deitado ao lado da mulher sob o ventilador de teto, o rosto dela reclinado na sua barriga.

Caravaggio pega o Heródoto. Vira uma página, escala uma duna para descobrir Gilf Kebir, Uweinat, Gebel Kissu. Quando Almásy fala, Caravaggio o acompanha reordenando os fatos. Apenas o desejo imprime à história um caminho errante, trêmulo como a agulha de uma bússola. Em todo caso, este é o mundo dos nômades, uma história apócrifa. Um pensamento viajando para o oriente e para o ocidente sob a camuflagem de uma tempestade de areia.

No chão da Caverna dos Nadadores, depois do seu marido ter se espatifado com o avião, ele cortara e abrira o pára-quedas que ela trazia consigo. Katharine deitou-se sobre o pano, torcendo o rosto com a dor de seus ferimentos. Ele pôs os dedos com delicadeza nos seus cabelos, procurando outros ferimentos, depois tocou seus ombros e seus pés.

Agora na caverna era a beleza de Katharine que ele não queria perder, a sua graça, os braços, as pernas. Sabia que tinha a natureza dela agora firme entre as mãos.

Era uma mulher que traduzia seu rosto quando se maquiava. Ao chegar numa festa, ao subir numa cama, ela vinha pintada com batom cor de sangue, uma nódoa avermelhada cobrindo os olhos.

Ele olhou para uma das pinturas da caverna e roubou suas cores. Passou o ocre para o rosto dela, lambuzou de azul a pele ao redor dos olhos. Ele atravessou a caverna, as mãos grossas de vermelho, e penteou os cabelos de Katharine com os dedos. Depois toda a sua pele, e assim seu joelho que tinha sido empurrado para fora do avião naquele primeiro dia ficou da cor de açafrão. O púbis. Arcos coloridos em torno das pernas de modo que ela ficasse imune ao humano. Havia tradições que ele descobrira em Heródoto, segundo as quais os velhos guerreiros celebravam suas amadas situando-as e fixando-as em qualquer mundo que as tornasse eternas — um fluido colorido, uma música, uma pintura na pedra.

Já estava frio na caverna. Para aquecê-la, ele embrulhou o pára-quedas ao redor do seu corpo. Acendeu uma pequena fogueira, queimou os gravetos de acácia e abanou a fumaça para todos os cantos da caverna. Descobriu que não podia falar diretamente com ela, portanto passou a falar formalmente, a voz voltada para as saliências das paredes da caverna. *Vou ajudar você, Katharine. Está entendendo? Há um outro avião aqui perto, mas não tem combustível. Pode ser que eu encontre uma caravana ou um jipe, e nesse caso poderei voltar mais cedo. Não sei.* Pegou o exemplar de Heródoto e pôs ao lado dela. Era setembro de 1939. Saiu da caverna, se afastou da luz da fogueira, descendo no meio da escuridão, para o deserto, tomado pela lua.

Desceu pelas saliências da encosta de pedra até a planície e ficou ali, de pé.

Nenhum caminhão. Nenhum avião. Nenhuma bússola. Só a lua e a sua sombra. Encontrou o antigo marco de pedra de tempos passados, que indicava a direção de El Taj, norte-noroeste. Memorizou o ângulo da sua sombra e começou a andar. A cento e dez quilômetros dali ficava o mercado com a rua dos relógios. Água num saco de couro que enchera no *ain*, pendurado no ombro e batendo no seu corpo, mole como uma placenta.

Havia dois períodos em que não podia caminhar. Ao meio-dia, quando a sombra estava embaixo dele, e no crepúsculo, entre o pôr-do-sol e o aparecimento das estrelas. Depois tudo o mais sobre o disco do deserto era igual. Se andasse, poderia se desviar cerca de noventa graus. Esperava o mapa vivo das estrelas, depois ia em frente, lendo-as a noite inteira. No passado, quando usaram guias do deserto, o guia prendia uma lanterna no alto de uma vara e o restante ia seguindo aquela luz balançando em cima do homem que lia as estrelas.

Um homem caminha tão rápido quanto um camelo. Quatro quilômetros por hora. Com sorte, pode encontrar ovos de avestruz. Sem sorte, uma tempestade de areia pode vir arrasar tudo. Andou três dias sem achar comida. Recusava-se a pensar nela. Se chegasse a El Taj, comeria *abra*, que as tribos de Goran preparam com colocíntida, fervendo os caroços para tirar o amargor e depois triturando junto com tâmaras e gafanhotos. Vai andar pela rua de relógios e alabastro. Que Deus proteja e guarde seu caminho, Madox tinha dito. Uma onda. Existe Deus apenas no deserto? É o que ele gostaria de saber agora. Fora disso só existe comércio e poder, dinheiro e guerra. Déspotas militares e financeiros moldavam o mundo.

    Ele se achava em terreno irregular, passara da areia para a pedra. Recusava-se a pensar nela. Depois emergiram morros semelhantes a castelos medievais. Caminhou até que sua sombra tocasse a sombra de uma montanha. Arbustos de mimosas. Colocíntidas. Gritou o nome dela para as rochas. *Pois o eco é a alma da voz que se exalta nos lugares vazios.*

    Depois veio El Taj. Ele tinha pensado na rua dos espelhos durante a maior parte da viagem. Quando chegou aos arredores do povoamento, jipes ingleses o cercaram e levaram sem sequer ouvir a história que tinha para contar, da mulher ferida em Uweinat, a apenas cento e dez quilômetros dali, na verdade não ouviam uma só palavra do que ele dizia.

    — Está me dizendo que os ingleses não acreditaram em você? Ninguém ouviu o que você disse?

    — Ninguém quis ouvir.

    — Por quê?

    — Não dei a eles um nome verdadeiro.

    — O seu?

    — Eu dei a eles o meu nome.

    — Então, o que...?

    — *Dela*. O nome dela. O nome do marido dela.

    — O que você disse?

Ele fica calado.

    — Acorde! O que você disse?

    — Disse que ela era minha *esposa*. Eu disse *Katharine*. O marido dela estava morto. Eu disse que ela estava seriamente ferida numa caverna em Gilf Kebir, em Uweinat, ao norte do poço Ain Dua. Ela precisava de água. Precisava de comida. Eu voltaria para lá com eles para mostrar o caminho. Falei que só precisava de um jipe. Um daqueles malditos jipes que tinham ali... Talvez, depois da viagem, eu parecesse um desses profetas loucos do deserto, mas acho que não foi isso. A guerra estava começando. Estavam expulsando os espiões do deserto. Todo mundo com um nome estrangeiro que aparecia nessas pequenas aldeias perto de um oásis era suspeito. Ela estava a apenas cento e dez quilômetros e eles nem queriam saber. Uma unidade militar inglesa perdida em El Taj. Eu devo ter enlouquecido de raiva. Eles usavam aquelas jaulas de vime, do tamanho de um chuveiro. Fui trancafiado numa delas e levado em um caminhão. Fiquei esperneando ali dentro até que caí na rua, ainda dentro da jaula. Berrava o nome de Katharine. Berrava o nome de Gilf Kebir. E o único nome que eu devia ter gritado, que cairia como um cartão de visitas na mão deles, era o nome de Clifton. Eles me jogaram no caminhão outra vez. Era só mais um possível espião de segunda categoria. Só mais um bastardo internacional.

Caravaggio quer levantar e caminhar para longe dessa villa, dessa terra, o detrito de uma guerra. É apenas um ladrão. O que Caravaggio quer é ter os braços ao redor do sapador e de Hana ou, melhor ainda, gente da sua própria idade em um bar onde ele conheça todo mundo, onde possa dançar e conversar com uma mulher, descansar a cabeça no seu ombro, reclinar a cabeça na testa da mulher, qualquer coisa assim, mas sabe que primeiro precisa sair deste deserto, da sua arquitetura de morfina. Precisa se livrar da estrada invisível para El Taj. Este homem que ele acreditava ser Almásy usara Caravaggio e a morfina para retornar ao seu próprio mundo, para a sua própria tristeza. Não importa mais de que lado estava durante a guerra.

Mas Caravaggio se curva para a frente.

— Preciso saber uma coisa.

— O quê?

— Preciso saber se você matou Katharine Clifton. Quer dizer, se você matou Clifton e ao fazer isso matou-a.

— Não. Nunca imaginei isso.

— A razão por que pergunto é que Geoffrey Clifton estava na Inteligência Britânica. Receio que não fosse apenas um inglês inocente. O seu companheiro jovial. No que diz respeito aos ingleses, ele estava de olho naquele seu grupo esquisito, vagando pelo deserto do Egito e da Líbia. Sabiam que um dia o deserto ia ser o teatro de operações da guerra. Ele era um fotógrafo aéreo. Sua morte deixou os ingleses desconcertados. Ainda estão assim. Ainda estão se perguntando o que houve. E a Inteligência sabia do seu caso com a esposa dele, desde o começo. Mesmo que Clifton não soubesse. Pensaram que a morte dele pudesse ter sido arquitetada como uma proteção, içar a ponte levadiça. Esperavam por você no Cairo, mas você voltou para o deserto, é claro. Mais tarde, quando fui enviado para a Itália, perdi a última parte da sua história. Não sabia o que tinha acontecido com você.

— Então você veio me trazer de volta à terra.

— Vim por causa da moça. Conheci o pai dela. A última pessoa que eu esperava encontrar aqui nessa enfermaria bombardeada era o conde Ladislaus de Almásy. E, honestamente, acabei sentindo mais estima por você do que pela maioria das pessoas com quem trabalhei.

O retângulo de luz que vinha deslizando pela cadeira de Caravaggio agora emoldurava seu peito e sua cabeça, de modo que para o paciente inglês o rosto parecia um retrato. Na luz opaca, seu cabelo parecia escuro, mas agora a cabeleira arisca se iluminava, brilhante, as bolsas sob os olhos apareciam limpas na luz rosada da tarde.

Ele tinha virado a cadeira, de modo que podia se inclinar para trás, de frente para Almásy. As palavras não emergiam com facilidade em Caravaggio. Esfregava o queixo, enrugava o rosto, olhos fechados para refletir no escuro, e só depois soltava alguma coisa, forçado a sair da frente dos seus próprios pensamentos. Era essa escuridão que se mostrou nele, sentado na moldura de luz em forma de losango, recurvado numa cadeira ao lado da cama de Almásy. Um dos dois homens de mais idade nesta história.

— Posso falar com você, Caravaggio, porque sinto que nós dois somos mortais. A moça, o rapaz, eles ainda não são mortais. Apesar de tudo por que passaram. Hana estava muito abatida quando a vi pela primeira vez.

— O pai dela foi morto na França.

— Entendo. Ela não podia falar sobre isso. Estava distante de todos. O único jeito que achei para me comunicar com ela foi pedindo que lesse para mim... Você se deu conta de que nenhum de nós temos filhos?

Depois fez uma pausa, como se examinasse uma possibilidade.

— Você tem esposa? — Almásy perguntou.

Caravaggio sentou na luz rosada, as mãos sobre o rosto para apagar tudo e assim pudesse pensar com clareza, como se este fosse mais um dos dons da juventude que já não vinha a ele com tanta facilidade.

— Precisa falar comigo, Caravaggio. Ou eu sou apenas um livro? Alguma coisa para ler, uma criatura que deve ser atraída para fora da toca e fuzilada, cheia de morfina, cheia de atalhos, mentiras, vegetação esparsa, depressões rochosas.

— Ladrões como eu foram muito usados durante essa guerra. Fomos legalizados. Roubamos. Depois alguns de nós começamos a dar conselhos. Podíamos ler através da camuflagem dos disfarces com mais naturalidade do que os funcionários da Inteligência. Criamos blefes duplos. Campanhas inteiras foram conduzidas por essa combinação de intelectuais e trapaceiros. Eu corri todo o Oriente Médio, foi onde ouvi falar de você pela primeira vez. Você era um mistério, um vácuo nos mapas deles. Levando seus conhecimentos sobre o deserto para as mãos dos alemães.

— Aconteceu muita coisa em El Taj em 1939, quando fui aprisionado como um suposto espião.

— Foi aí que passou para o lado dos alemães.

Silêncio.

— E ainda assim não achou meios de voltar à Caverna dos Nadadores e Uweinat?

— Não até que eu me apresentasse como voluntário para levar Eppler através do deserto.

— Há uma coisa que preciso lhe dizer. Tem a ver com o que houve em 1942, quando você levou o espião para o Cairo...

— Operação Salaam.

— Sim. Quando você trabalhava para Rommel.

— Um homem brilhante... O que você ia me dizer?

— Ia dizer, quando você atravessou o deserto, evitando as tropas aliadas, viajando com Eppler... foi *heróico*. Do oásis Gialo até o Cairo. Só você poderia ter levado o homem de Rommel para o Cairo com o seu exemplar de *Rebecca*.

— Como você sabe disso?

— O que eu quero dizer é que eles não se limitaram a descobrir Eppler no Cairo. Sabiam tudo sobre a viagem. Um código alemão fora desvendado muito antes, mas não podíamos deixar que Rommel soubesse disso, caso contrário nossas fontes seriam descobertas. Portanto tínhamos de esperar que chegassem ao Cairo para capturar Eppler. Observávamos vocês a viagem inteira. Por todo o deserto. E como a Inteligência tinha o seu nome, sabia que você estava envolvido, eles ficaram ainda mais interessados. Queriam pegar você também. Você devia ser morto... Se não acredita em mim, a viagem demorou vinte dias depois que vocês saíram de Gialo. Seguiram a rota do poço enterrado. Você não podia se aproximar de Uweinat em função das tropas aliadas, e evitou Abu Ballas. Houve momentos em que Eppler teve febre do deserto e você precisou tratar dele, cuidar dele, embora dissesse que não gostava do homem... Os aviões aparentemente "perdiam" sua trilha, mas vocês estavam sendo seguidos com muito cuidado. Vocês não eram os espiões, nós éramos os espiões. A Inteligência achava que você tinha matado Geoffrey Clifton, além da mulher. Encontraram o túmulo dele em 1939, mas não havia sinal da esposa. Você se tornou inimigo não quando se alinhou com a Alemanha, mas quando começou seu caso com Katharine Clifton.

— Entendo.

— Depois que você partiu do Cairo em 1942, perdemos sua trilha. Era para capturar e matar você no deserto. Mas eles perderam sua trilha. Dois dias sumido. Você deve ter enlouquecido, deve ter vagado sem lógica, de outro modo teríamos encontrado você. Havíamos minado o jipe escondido. Mais tarde o encontramos explodido, mas não havia sinal de você por perto. Tinha desaparecido. Deve ter sido esta a sua grande viagem, e não aquela que fez até o Cairo. Você deve ter ficado doido.

— Você estava lá no Cairo me seguindo com eles também?

— Não, eu vi os arquivos. Estava de partida para a Itália e eles achavam que você podia estar lá.
— Aqui.
— Pois é.
O losango de luz moveu-se para a parede deixando Caravaggio na sombra. Seu cabelo escuro outra vez. Reclinou-se para trás, o ombro tocando as folhagens.

— Acho que isso não importa — sussurrou Almásy.
— Quer morfina?
— Não. Estou pondo as coisas no lugar. Sempre fui um homem reservado. É difícil aceitar a idéia de que fui tão *comentado*.
— Você estava tendo um caso com alguém ligado à Inteligência. Havia gente na Inteligência que conhecia você pessoalmente.
— Bagnold, provavelmente.
— Sim.
— Um cavalheiro inglês muito inglês.
— Pois é.
Caravaggio fez uma pausa.
— Tem uma última coisa que eu preciso falar com você.
— Eu sei.
— O que aconteceu com Katharine Clifton? O que aconteceu pouco antes da guerra que fez vocês todos voltarem para Gilf Kebir? Depois que Madox partiu para a Inglaterra.

Eu devia fazer mais uma viagem a Gilf Kebir, para juntar as coisas do nosso último acampamento em Uweinat. Nossa vida ali estava encerrada. Pensei que nada mais fosse acontecer entre nós. Fazia quase um ano que eu não era mais seu amante. Uma guerra estava se armando em algum lugar como uma mão entrando na janela do sótão. E ela e eu já tínhamos nos retirado para trás dos muros de nossos hábitos anteriores, num relacionamento aparentemente inocente. Já não nos víamos muito.

Durante o verão de 1939, eu estava de partida para Gilf Kebir com Gough, para juntar as coisas do nosso acampamento, e Gough depois iria embora de caminhão. Clifton viria de avião e me apanharia. Depois iríamos nos dispersar, para fora do triângulo que se formara entre nós.

Quando escutei o avião, e vi o avião, já estava descendo as pedras do platô. Clifton era sempre pontual.

Um pequeno avião de carga tem um jeito próprio de descer e aterrissar, seguindo de mansinho a linha do horizonte. Inclina as asas na luz do deserto e depois o barulho pára, desliza sobre a terra. Nunca entendi direito como os aviões funcionam. Eu os observava se aproximando no deserto e sempre saía da minha barraca com medo. Eles mergulham as asas na luz e depois entram naquele silêncio.

O Moth veio deslizando sobre o platô. Eu acenava com o encerado azul. Clifton perdeu altitude e passou roncando por cima de mim, tão baixo que os ramos de acácia perderam suas folhas. O avião fez uma curva para a esquerda, deu a volta, e me localizando outra vez se realinhou, veio direto sobre mim. A quarenta e cinco metros de onde eu estava, o avião deu uma guinada para baixo e se espatifou no chão. Saí correndo na direção dele.

Pensei que Clifton estivesse sozinho. Deveria estar sozinho. Mas quando cheguei lá para puxá-lo para fora, ela estava a seu lado. Ele estava morto. Ela tentava mover a parte de baixo do corpo, olhando para a frente. Tinha entrado areia pela janela da cabine e cobrira seu colo. Não parecia haver nela marcas de ferimentos. Tinha estendido a mão esquerda para a frente, a fim de amortecer o choque da queda. Puxei-a para fora do avião que Clifton chamava de *Rupert*, e levei-a para as cavernas no alto das rochas. Para a Caverna dos Nadadores, onde estavam as pinturas. No mapa, latitude 23°30', longitude 25°15'. Enterrei Geoffrey Clifton naquela noite.

Será que eu fui uma maldição para eles? Para ela? Para Madox? Para o deserto, violentado pela guerra, bombardeado como se fosse só areia? Os bárbaros contra os bárbaros. Os dois exércitos pisavam o deserto sem a menor idéia do que era. *Os desertos da Líbia*. Tire a política e esse é o lugar mais adorável que eu conheço. *Líbia*. Uma palavra sexual, alongada, uma nascente que se deve conquistar com carinho e lisonjas. O *b* e o *i*. Madox dizia que era uma das poucas palavras em que se podia ouvir a língua dobrando a esquina. Lembra-se de Dido nos desertos da Líbia? *Num lugar seco um homem deve ser como água corrente...*

Não acredito que eu tenha entrado numa terra amaldiçoada, ou que eu tenha sido apanhado na armadilha de algum mal. Todos os lugares e todas as pessoas eram para mim uma dádiva. Descobrir as pinturas rupestres na Caverna dos Nadadores. Cantar "estribilhos" com Madox durante as expedições. O surgimento de Katharine entre nós, no deserto. O jeito de eu andar na direção dela sobre o chão vermelho de cimento encerado e cair de joelhos, o seu ventre encostado no meu rosto como se eu fosse um garoto. A tribo das armas tratando de mim. Até nós quatro aqui, Hana, você e o sapador.

Tudo aquilo que amei e a que entreguei meu afeto foi tirado de mim. Fiquei com ela. Descobri que três costelas estavam quebradas. Fiquei esperando algum tremor nos seus olhos, algum movimento no seu pulso partido, algum som na sua boca imóvel.

Como você pôde me odiar tanto? ela balbuciou. Você matou quase tudo em mim.

Katharine... você não...
Me abrace. Pare de se defender. Nada vai mudar você.

A força do olhar de Katharine era permanente. Eu não conseguia fugir da mira dos seus olhos. Serei a última imagem que ela vai ver. O chacal da caverna, que vai guiá-la e protegê-la, que nunca vai enganá-la.

Há uma centena de divindades associadas com animais, digo a ela. Há algumas ligadas aos chacais — Anubis, Duamutef, Uepuauet. São estas criaturas que nos guiam após a morte — como meu fantasma acompanhou você por todos aqueles anos, antes de nos encontrarmos. Todas aquelas festas em Londres e Oxford. Observando você. Eu sentava em frente a você enquanto você fazia o dever de casa, segurando um lápis muito grande. Eu estava lá quando você conheceu Geoffrey Clifton às duas da madrugada, na biblioteca da Oxford Union. Os casacos de todo mundo estavam jogados pelo chão e você descalça, como uma garça, escolhendo com cuidado seu caminho entre eles. Ele está olhando para você, mas eu também estou, embora você não note minha presença, me ignore. Você está numa idade em que só olha para homens bonitos. Ainda não tem consciência dos que se acham fora da sua esfera de encantamento. O chacal não é muito usado em Oxford como acompanhante. Ao passo que eu sou o homem que jejua até achar o que procura. A parede atrás de você está coberta por livros. Sua mão esquerda segura uma comprida laçada de pérolas, pendurada no seu pescoço. Os pés descalços escolhendo com cuidado seu caminho. Você está à procura de alguma coisa. Nessa época você era um pouco mais gorda, mas maravilhosamente apta para a vida universitária.

Há três de nós da biblioteca da Oxford Union, mas você só encontrou Geoffrey Clifton. Vai ser um romance fulminante. Tantos lugares para trabalhar e ele foi arranjar um emprego com arqueólogos no norte da África.

— Muito esquisito esse sujeito com quem eu ando trabalhando.

Sua mãe adorou a aventura.

Mas o espírito do chacal, que era o "abridor de caminhos", cujo nome era Uepuauet ou Almásy, estava de pé ao lado de vocês dois. Meus braços cruzados, observando suas tentativas de se entusiasmarem com aquela conversa fiada, um problema sério, uma vez que os dois estavam embriagados. Mas o que era maravilhoso é que mesmo na embriaguez das duas horas da madrugada, cada um de vocês de algum modo reconheceu no outro um valor e um prazer mais duradouros. Podem ter chegado ali com outras pessoas, provavelmente passarão essa noite junto de outras pessoas, mas os dois encontraram seus destinos.

Às três da madrugada você sente que deve ir embora, mas não consegue encontrar um sapato. Segura o outro na mão, um chinelo cor-de-rosa. Vejo o outro pé meio enterrado do meu lado e o apanho. Tem um brilho. Obviamente são seus sapatos favoritos, trazem a marca da mordida dos seus dedos. Obrigado, você diz, aceitando a gentileza, enquanto sai, sem sequer olhar o meu rosto.

Acredito nisso. Quando encontramos a pessoa por quem nos apaixonamos, existe um aspecto do nosso espírito que é historiador, um pouquinho pedante, que imagina ou lembra um encontro quando a pessoa passava inocentemente, assim como Clifton deve ter aberto a porta de um carro para você um ano antes e ignorado o destino de sua vida. Mas todas as partes do corpo precisam estar prontas para o outro, todos os átomos devem saltar na mesma direção para que o desejo aconteça.

Vivi no deserto durante vários anos e passei a acreditar nessas coisas. É um lugar cheio de reentrâncias. O *trompe l'oeil* do tempo e da água. O chacal com um olho que olha para trás e outro que olha para frente, para o caminho a seguir. Nas suas presas, estão pedaços do passado que ele traz para você, e quando todo esse tempo estiver inteiramente descoberto, vai ficar claro que já era conhecido.

Os olhos dela me fitavam, cansados de tudo. Uma exaustão terrível. Quando a arranquei de dentro do avião, seu olhar tentou captar tudo a seu redor. Agora os olhos se achavam protegidos, como se defendessem alguma coisa lá dentro. Cheguei mais perto e sentei sobre os meus tornozelos. Inclinei-me para frente e toquei minha língua no seu olho direito, azul, um gosto de sal. Pólen. Eu levei este sabor para a sua boca. Depois o outro olho. Minha língua na porosidade fina do globo ocular, varrendo o azul; quando me afastei, havia um toque de brancura atravessando seu olhar. Separei os lábios de sua boca, dessa vez fiz os dedos irem mais fundo e afastei os dentes, a língua estava "enrolada", e tive de puxá-la, havia nela um fio, um hálito de morte. Eu estava chegando quase tarde demais. Debrucei-me e, com a minha língua, trouxe o pólen azul para a sua língua. Certa vez nós já havíamos nos tocado assim. Nada aconteceu. Recuei, tomei fôlego e repeti. Quando toquei sua língua, ela estremeceu por dentro, num espasmo.

Depois um rosnado terrível, violento e profundo, escapou de dentro dela e veio cair sobre mim. Um tremor por todo seu corpo como uma descarga de eletricidade. Ela se viu arremessada para longe do lugar onde estava, apoiada na parede com as pinturas. A criatura tinha entrado nela e dava pinotes e se atirava contra mim. Parecia haver cada vez menos luz na caverna. O seu pescoço sacudindo para um lado e para o outro.

Conheço as táticas do demônio. Quando era criança me ensinaram o que é o demônio do amor. Me contaram da mulher linda e tentadora que visita o quarto dos rapazes. E se o rapaz for sábio, vai mandar que ela vire de costas, porque bruxas e demônios não têm costas, só têm aquilo que querem apresentar a você. O que eu fiz? Que animal eu pus dentro dela? Estive falando com ela mais de uma hora. Será que fui para ela o demônio do amor? Será que para Madox eu fui o amigo demônio? Essa terra — será que eu a mapeei e a transformei numa praça de guerra?

É importante morrer em lugares sagrados. Este era um dos segredos do deserto. Por isso Madox foi até uma igreja, em Somerset, um lugar que ele sentia ter perdido a santidade e executou o que ele acreditava ser um ato sagrado.

Quando eu virei o seu corpo, vi que estava todo coberto por um pigmento brilhante. Ervas e pedras e luz e cinzas de acácia para torná-la eterna. O corpo pesava sobre cores sagradas. Só o olho azul apagado, tornado anônimo, um mapa nu onde nada está traçado, nenhuma silhueta de lago, nenhum aglomerado escuro de montanhas como há ao norte de Borkou-Ennedi-Tibesti, nenhum leque verde-viscoso no ponto onde os rios do Nilo se espraiam na palma aberta de Alexandria, a fronteira da África.

E todos os nomes de tribos, os nômades religiosos que caminhavam na monotonia do deserto e viam luz, fé, cor. O jeito de adorar uma pedra, uma caixinha de metal achada por acaso, ou um osso, e transformar isso em coisa eterna, objeto de um culto. Esta é a glória dessa terra, em que ela agora penetra e passa a fazer parte. Nós morremos contendo uma riqueza de amores e tribos, sabores que provamos, corpos em que nos afundamos e onde nadamos como rios de sabedoria, personalidades em que subimos nos agarrando como árvores, temores onde nos ocultamos como cavernas. Desejo que tudo isso fique marcado no meu corpo quando eu morrer. Acredito nessa cartografia — ser marcado pela natureza, não apenas pôr o nosso rótulo sobre um mapa, como os nomes de homens e mulheres ricas na portaria dos edifícios. Somos histórias comunitárias, livros comunitários. Não somos propriedade única de alguém nem somos monógamos no nosso gosto e na nossa experiência. Tudo que eu queria era andar numa terra que não tivesse mapas.

Levei Katharine Clifton para o deserto, onde está o livro comunitário do luar. Estávamos entre os rumores das fontes. No palácio dos ventos.

O rosto de Almásy tombou para a esquerda, olhando o vazio — talvez os joelhos de Caravaggio.

— Quer um pouco de morfina agora?
— Não.
— Posso trazer alguma coisa para você?
— Nada.

X.
AGOSTO

Caravaggio desceu a escada no escuro, e entrou na cozinha. Um pouco de aipo sobre a mesa, alguns nabos cujas raízes ainda estavam enlameadas. A única luz vinha de um fogo que Hana acendera há pouco. Estava de costas para ele e não ouvira seus passos entrando na cozinha. Os dias na villa tinham soltado seu corpo e relaxado sua tensão, portanto Caravaggio parecia maior, seus gestos mais esparramados. Só o silêncio ao se mover continuava o mesmo. Afora isso, havia nele agora uma ineficiência tranqüila, um torpor em seus gestos.

Arrastou a cadeira para que Hana se voltasse para ele, notasse que estava ali.

— Oi, David.

Ele levantou o braço. Sentiu que estivera tempo demais no deserto.

— Como ele está?

— Dormiu. Contou tudo.

— Ele é quem você estava imaginando?

— Está tudo bem. Podemos deixá-lo em paz.

— É o que eu achava. Kip e eu temos certeza de que ele é inglês. Kip acha que as melhores pessoas são excêntricas, ele já trabalhou com alguém assim.

— Para mim, o próprio Kip é um excêntrico. Por onde ele anda?

— Está tramando alguma coisa no terraço, não quer que eu fique por lá. Alguma coisa para o meu aniversário. — Hana se levantou, saindo da posição agachada em que estava, junto à porta, esfregando a mão no outro braço.

— Em homenagem ao seu aniversário, eu vou contar uma historinha — disse ele.

Hana olhou para Caravaggio.

— Não sobre o Patrick, está bem?

— Um pouco sobre o Patrick, a maior parte sobre você.

— Ainda não posso ouvir essas histórias, David.

— Os pais morrem. A gente continua sentindo amor por eles, de todo jeito. Não pode esconder seu pai dentro do coração.

— Fale comigo quando o efeito da morfina tiver diminuído.

Hana veio até ele e pôs os braços em volta de Caravaggio, se esticou e beijou seu rosto. O seu abraço a apertou, sua barba por fazer como areia na sua pele. Isso era uma coisa nele que Hana agora estava adorando; no passado ele sempre tinha sido muito meticuloso. A divisão no seu cabelo era igual à rua Yonge à meia-noite, dizia Patrick. No passado, Caravaggio se movia como um deus diante de seus olhos. Agora, com seu rosto e seu tronco meio inchados e esse cinzento na pele, ele tinha um jeito mais amistoso e humano.

Nessa noite, o jantar estava sendo preparado pelo sapador. Caravaggio não esperava com ansiedade o jantar. Uma refeição a três era perda de tempo, no que lhe dizia respeito. Kip encontrou uns legumes e serviu-os ligeiramente cozidos, uma fervura rápida na água. Era mais uma refeição purista, bem diferente do que Caravaggio queria depois de um dia como esse, em que estivera o tempo todo ouvindo o homem no andar de cima. Abriu o guarda-louça embaixo da pia. Ali, embrulhada num pano úmido, havia um pouco de carne-seca, que Caravaggio cortou e pôs no bolso.

— Posso tirar você do efeito da morfina, sabe. Sou uma boa enfermeira.

— Você está cercada por loucos...

— Sim, acho que todo nós somos loucos mesmo.

Quando Kip os chamou, saíram da cozinha e foram para o terraço, cuja borda, com sua balaustrada baixa feita de pedra, se achava cercada por um anel de luz.

Para Caravaggio, parecia um cordão formado por velinhas elétricas recolhidas em igrejas empoeiradas, e ele achou que o sapador tinha ido longe demais ao tirá-las de uma igreja, mesmo que fosse para o aniversário de Hana. Ela andou em frente, devagar, com as mãos sobre o rosto. Não havia vento. Suas pernas e coxas se moviam por dentro do pano de seu camisolão como se fosse feito de uma água bem fina. Os tênis silenciosos sobre a pedra.

— O tempo todo que eu cavava, não parei de encontrar conchas mortas — disse o sapador.

Eles ainda não tinham entendido. Caravaggio curvou-se para examinar a palpitação das luzes. Eram conchas de caracol cheias de combustível. Observou a fileira de conchinhas; devia haver umas quarenta.

— Quarenta e cinco — disse Kip —, os anos deste século. No lugar de onde vim, nós celebramos ao mesmo tempo o nosso aniversário e o da nossa era.

Hana andou ao lado delas, as mãos no bolso agora, o jeito que Kip gostava de ver Hana caminhando. Tão relaxada, como se estivesse poupando os braços para a noite, mais tarde, e agora um simples movimento sem braços.

O Paciente Inglês

Caravaggio se distraiu com a presença surpreendente de três garrafas de vinho tinto sobre a mesa. Aproximou-se, leu os rótulos e balançou a cabeça, espantado. Sabia que o sapador não ia beber nada. Todas já tinham sido abertas. Kip deve ter descoberto algum livro de boas maneiras na biblioteca. Depois viu o milho e a carne e as batatas. Hana tomou o braço de Kip e veio com ele até a mesa.

Comeram e beberam, a inesperada espessura do vinho, como carne na língua. Logo se tornaram meio tolos erguendo brindes ao sapador — "o grande forrageador" — e ao paciente inglês. Brindaram uns aos outros, Kip com seu copo de água. Foi quando começou a falar sobre si mesmo. Caravaggio fazendo pressão, nem sempre escutando, às vezes se pondo de pé e caminhando ao redor da mesa, medindo os passos, sentindo prazer com tudo. Queria ver esses dois casados, morria de vontade de dizer coisas que empurrassem os dois nessa direção, mas eles pareciam ter regras próprias e estranhas para o seu relacionamento. O que ele estava fazendo neste papel? Sentou-se outra vez. Vez por outra notava a morte de uma luz. As conchinhas de caracol não tinham lugar para muito combustível. Kip se levantava e as reabastecia com parafina cor-de-rosa.

— Precisamos mantê-las acesas até meia-noite.

Então falaram sobre a guerra, já tão longe dali.

— Quando a guerra com o Japão acabar, todo mundo vai finalmente voltar para casa — disse Kip.

— E para onde *você* vai? — perguntou Caravaggio. O sapador rodou a cabeça, meio para baixo, meio para o lado, a boca sorrindo. Então Caravaggio começou a falar, sobretudo para Kip.

O cão aproximou-se da mesa cautelosamente e pôs a cabeça no colo de Caravaggio. O sapador pediu outra história sobre Toronto, como se fosse um lugar de maravilhas singulares. Neve que afogava a cidade, congelava o porto, balsas onde as pessoas assistiam a concertos durante o verão. Mas no que estava mesmo interessado eram as pistas para a natureza de Hana, embora ela fosse evasiva, tentasse desviar Caravaggio para outro caminho, longe das histórias ligadas a algum momento da sua vida. Queria que Kip a conhecesse só no presente, uma pessoa talvez mais imperfeita ou mais compassiva ou mais dura ou mais obcecada do que a menina ou a jovem que fora então. Na sua vida, havia a mãe Alice, o pai Patrick, a madrasta Clara e Caravaggio. Já tinha admitido estes nomes para Kip como se fossem as suas credenciais, seu dote. Não tinha nada errado neles, nada a se discutir. Ela os usava como autoridades num livro a que podia se referir quanto ao jeito certo de ferver um ovo, o jeito correto de temperar carne de carneiro. Não deviam ser questionados.

E agora — como estavam bastante embriagados — Caravaggio contou a história de Hana cantando a "Marseillaise", que já tinha contado para ela.

— Sei, já ouvi essa música — disse Kip, e arriscou uma versão do hino.

— Não, você tem que cantar para *fora* — disse Hana —, tem que cantar de pé!

Ela ficou de pé, arrancou os tênis dos pés e subiu na mesa. Havia quatro conchinhas acesas tremelicando, quase extintas, sobre a mesa, ao lado de seus pés descalços.

— Isso é para você. É assim que você tem que cantar, Kip, aprenda. Isso é para você.

Ela cantou pela escuridão adentro, para além das luzes das conchinhas, para além do quadrado de luz do quarto do paciente inglês e para dentro da escuridão do céu, ondulando junto com as sombras dos ciprestes. Suas mãos saíram dos bolsos.

Kip tinha ouvido a música nos acampamentos, cantada por grupos de homens, em geral em momentos estranhos, como antes de uma partida improvisada de futebol. E Caravaggio, quando a ouvira nos últimos anos da guerra, nunca tinha chegado a gostar de verdade da música, não gostava de ouvir o hino. Guardava no coração a versão cantada por Hana, muitos anos antes. Agora ele ouvia com prazer porque ela tinha voltado a cantar, mas a sensação rapidamente foi modificada pelo jeito que ela cantou. Não a paixão dos dezesseis anos, mas o eco do círculo de luzes vacilantes a seu redor na escuridão. Ela cantava como se fosse algo cicatrizado, como se não fosse mais possível reconciliar a esperança daquela música. Tinha sofrido uma modificação ao longo dos cinco anos que vinham terminar nesta noite do seu vigésimo primeiro aniversário, no quadragésimo quinto ano do século vinte. Cantando com a voz de um viajante cansado, sozinha contra tudo. Um novo testamento. Já não havia mais certezas na música, o cantor não podia ser mais do que uma voz contra todas as montanhas de poder. Esta era a única certeza. Aquela voz era a única coisa incólume. Uma canção feita de luzes de conchinhas de caracol. Caravaggio compreendeu que ela cantava junto, num eco, com o coração do sapador.

* * *

Na barraca, havia noites de muita conversa e noites de conversa nenhuma. Nunca sabem ao certo o que vai acontecer, de quem será a fração de passado que vai emergir, ou se o toque será anônimo e silencioso na escuridão da barraca. A intimidade do corpo de Hana ou o corpo da sua linguagem na orelha dele — os dois com a cabeça no travesseiro inflável que ele insiste em encher e usar todas as noites. Ficou maravilhado com essa invenção ocidental. Solta o ar com todo cuidado e dobra o travesseiro em três, todas as manhãs, como fez todos os dias, subindo pelas terras da Itália até chegar ali.

Na barraca, Kip se aninha no pescoço de Hana. Kip se dissolve com as unhas dela esfregando sua pele. Ou então fica com a boca encostada na boca de Hana, a barriga encostada no seu pulso.

Ela canta e entoa melodias de boca fechada. Ela pensa em Kip, nessa escuridão da barraca, como uma criatura metade pássaro — certo vestígio de penas dentro dele, o ferro frio no seu pulso. Ele se move sempre sonolento quando está com Hana nessa escuridão, não tão rápido quanto o mundo, ao passo que, à luz do dia, ele desliza com agilidade penetrando em tudo o que está à sua volta, assim como uma cor passa imperceptivelmente para outra cor.

Mas à noite ele abraça o torpor. Ela não consegue enxergar sua ordem e disciplina sem ver seus olhos. Não há uma chave para chegar a ele. Para onde quer que Hana se vire, só encontra portões em braile. Como se os órgãos, o coração, a fileira de costelas, pudessem ser vistos por baixo da pele, e a saliva revelasse uma cor por baixo da sua mão. Ele mapeou a tristeza de Hana mais do que qualquer outro lugar. Assim como ela conhece a estranha trilha de amor que leva Kip ao seu irmão perigoso.

— Está no nosso sangue sermos andarilhos. Por isso é que ficar na cadeia é a coisa mais difícil para a natureza do meu irmão, e ele é capaz até de se matar para tentar fugir.

Durante as noites verbais, eles cruzam aquele país de cinco rios. O Sutlej, o Jhelum, o Ravi, o Chenab, o Beas. Ele a leva até o grande gurdwara, tira os sapatos de Hana, observa enquanto ela lava os pés, cobre a cabeça. O lugar onde entram foi construído em 1601, profanado em 1757 e reconstruído imediatamente após. Em 1830, ouro e mármore foram aplicados.

— Se levasse você antes de amanhecer, antes de tudo veria a neblina sobre a água. Depois ela sobe para revelar o templo na luz do dia. Já estaria ouvindo os hinos dos santos: Ramananda, Nanak e Kabir. Cantar é o ponto central do culto. A gente ouve a música, sente o cheiro de fruta que vem dos jardins do templo, romãs, laranjas. O templo é um porto no fluxo da vida, acessível a todos. É o barco que cruzou o oceano da ignorância.

Eles caminham por dentro da noite, atravessam a porta de prata até o santuário onde repousa o Livro Sagrado sob um dossel de brocados. Os *ragis* cantam os versos do Livro acompanhados por músicos. Cantam das quatro da manhã até as onze da noite. O Granth Sahib é aberto ao acaso, uma citação é escolhida, e durante três horas, antes da névoa subir do lago para revelar o Templo Dourado, os versos se misturam no ar e saem flutuando com a leitura ininterrupta.

Kip leva Hana até a margem de um poço, junto ao dossel de árvores onde Baba Gujhaji, o primeiro sacerdote do templo, está enterrado. Uma árvore de superstições, quatrocentos e cinqüenta anos de idade.

— Minha mãe veio aqui amarrar um cordão num galho e suplicou à árvore que lhe desse um filho, e quando meu irmão nasceu, ela voltou e pediu que fosse abençoada com um outro filho. Existem árvores sagradas e águas mágicas por todo o Punjab.

Hana está calada. Ele conhece a profundidade da escuridão que há dentro dela, a falta que faz uma criança e uma fé. Ele está sempre tentando desviá-la para longe dos seus campos de tristeza. Uma criança perdida. Um pai perdido.

— Também perdi uma pessoa importante como um pai — ele disse.

Mas ela sabe que esse homem a seu lado é um ser enfeitiçado, que cresceu como um desgarrado e assim pode desfazer compromissos, pode substituir perdas. Há aqueles que são destruídos pela infelicidade e os que não são. Se ela perguntar, Kip dirá que sua vida foi boa — o irmão na cadeia, os companheiros mortos em explosões, e ele se arriscando todo dia nessa guerra.

Apesar da delicadeza desse tipo de gente, eram de uma infelicidade tremenda. Ele podia passar o dia inteiro dentro de um poço de argila desarmando uma bomba que podia matá-lo a qualquer momento, podia voltar para casa vindo do enterro de um amigo sapador, sua energia carregada de tristeza, mas qualquer que fosse a provação à sua volta, sempre havia uma solução e uma luz. Só que Hana não via luz nem solução. Para ele, havia os diversos mapas da fé, e no templo de Amritsar todas as fés e todos as classes eram bem-vindas e comiam juntas. A ela mesma seria permitido pôr dinheiro ou uma flor sobre o lençol estendido no chão e depois se juntar à grande cantoria que não pára.

Hana desejava isso. Seu interior era uma tristeza de temperamento. Ele deixaria que Hana entrasse por qualquer dos treze portões da sua personalidade, mas ela sabia que caso Kip estivesse em perigo jamais voltaria o rosto para ela. Kip criaria então um espaço ao redor de si e se concentraria. Esta era sua habilidade. Os sikhs são brilhantes com tecnologia, ele disse.

— Possuímos uma proximidade mística... como se chama isso?

— Uma afinidade.

— Sim, afinidade, com as máquinas.

Kip estaria perdido para eles durante horas, a batida da música no rádio rebentando na sua testa e por dentro dos cabelos. Hana não acreditava que pudesse se entregar inteiramente a ele e ser sua amante. Ele se movia numa velocidade que lhe permitia substituir as perdas. Esta era a sua natureza. Hana não faria julgamentos sobre isso. Que direito tinha ela? Kip partindo todas as manhãs com a mochila pendurada no ombro esquerdo e seguindo a trilha que saía da Villa San Girolamo. Todas as manhãs ela o observava, vendo o seu frescor diante do mundo talvez pela última vez. Após alguns poucos minutos, ele voltaria os olhos para os ciprestes arrasados por estilhaços de granadas, cujos galhos intermediários foram decepados pelas explosões. Plínio deve ter caminhado por uma estrada como essa, ou Stendhal, pois certos trechos de *A Cartuxa de Parma* também se passam nesta parte do mundo.

Kip olharia para cima, o arco das árvores feridas acima dele, a estrada medieval à sua frente, e ele um jovem da mais estranha profissão inventada por este século, sapador, um engenheiro militar que detectava e desarmava minas. Toda manhã ele emergia da sua barraca, tomava banho e se vestia no jardim, e partia da villa, afastando-se de suas imediações, sem sequer entrar na casa — talvez uma onda se ele a visse — como se a linguagem, a humanidade, fossem confundi-lo, fossem entrar, como sangue, na máquina que ele precisava entender. Hana o veria a uns trinta e cinco metros da casa, numa clareira na estrada.

Era o momento em que deixava todos para trás. O momento em que a ponte levadiça fechava por trás do cavaleiro e ele ficava sozinho, apenas com a paz do seu próprio talento específico. Em Siena, havia aquele mural que Hana tinha visto. Um afresco representando uma cidade. Alguns metros fora dos muros da cidade, a pintura do artista havia desmoronado, e assim não havia sequer a segurança da arte para oferecer um bosque ao viajante que deixasse o castelo, rumo às terras distantes. Ela sentia que era para lá que Kip ia durante o dia. Todas as manhãs ele partia da cena pintada em direção às ribanceiras sombrias do caos. O cavaleiro. O santo guerreiro. Ela veria o uniforme cáqui rebrilhando por entre os ciprestes. O inglês chamou-o de *fato profugus* — fugitivo do destino. Hana achava que para ele esses dias começavam com o prazer de levantar os olhos para as árvores.

* * *

Os sapadores foram levados de avião para Nápoles no início de outubro de 1943, após selecionar as melhores unidades de engenharia que já se achavam no sul da Itália, Kip entre os trinta homens trazidos para a cidade minada.

Os alemães na campanha da Itália coreografaram uma das retiradas mais brilhantes e terríveis da história. O avanço dos aliados, que não deveria durar mais de um mês, acabou levando um ano. Havia fogo no seu caminho. Sapadores guiavam os pára-lamas dos caminhões enquanto os exércitos avançavam, os olhos buscando sinais de terra mexida recentemente, que indicavam minas enterradas, minas de vidro ou minas que explodiriam ao toque de um sapato. O avanço de uma lentidão impossível. Mais ao norte, nas montanhas, guerrilheiros dos grupos comunistas de Garibaldi, que usavam lenços vermelhos para se identificarem, também escondiam explosivos nas estradas, que detonavam quando os caminhões alemães passavam.

O número de minas instaladas na Itália e no norte da África é algo que não pode ser calculado. Na estrada que liga Kismaayo a Afmadu, foram encontradas duzentas e sessenta minas. Havia trezentas na área da ponte sobre o rio Omo. Em 30 de junho de 1941, os sapadores da África do Sul instalaram duas mil e setecentas minas em Mersa Matruh, num só dia. Quatro meses depois, os ingleses localizaram e retiraram sete mil e oitocentas e seis minas de Mersa Matruh, e as levaram para outro lugar.

De tudo se faziam minas. Canos galvanizados de quarenta centímetros eram enchidos com explosivos e deixados nas estradas militares. Minas feitas com caixinhas de madeira eram deixadas dentro de residências. Minas feitas de canos eram carregadas com dinamite gelatinosa, pregos e fragmentos de metal. Os sapadores da África do Sul enchiam tonéis de petróleo com dinamite gelatinosa e ferro, que assim eram capazes de destruir carros blindados.

Era pior nas cidades. Unidades de manejo de bombas, mal preparadas, vieram de navio do Cairo e de Alexandria. A Décima Oitava Divisão ficou famosa. Em três semanas, em outubro de 1941, eles desarmaram mil quatrocentas e três bombas de alto poder destruidor.

A Itália era pior do que a África, mecanismos detonadores de uma excentricidade de pesadelo, mecanismos acionados por molas, diferentes dos alemães, com os quais as unidades treinaram. Quando os sapadores entravam nas cidades, caminhavam ao longo de avenidas com cadáveres amarrados em árvores ou pendurados nas sacadas dos prédios. Os alemães freqüentemente matavam dez italianos por cada alemão morto. Alguns dos cadáveres estavam minados e tinham de ser detonados no ar.

Os alemães evacuaram Nápoles em 1º de outubro de 1943. Durante um ataque aéreo aliado no mês de setembro, centenas de cidadãos fugiram e foram viver nas cavernas fora da cidade. Quando se retiraram, os alemães bombardearam a entrada das cavernas, forçando os cidadãos a permanecerem debaixo da terra. Começou uma epidemia de tifo. No porto, navios avariados estavam minados por baixo da superfície da água.

Os trinta sapadores entraram numa cidade de armadilhas explosivas. Havia bombas de efeito retardado ocultas nas paredes de prédios públicos. Praticamente todos os veículos estavam minados. Os sapadores passaram a suspeitar de qualquer objeto disposto ao acaso em uma sala. Desconfiavam de tudo que viam numa mesa, a menos que estivesse na posição de um relógio marcando quatro horas. Anos depois da guerra, um sapador, ao colocar a caneta sobre a mesa, poria a ponta mais grossa indicando quatro horas.

Nápoles continuou a ser considerada zona de guerra por mais seis semanas e Kip estava lá com a sua unidade, por todo este período. Depois de duas semanas, descobriram os cidadãos nas cavernas. A pele escura de excrementos e do tifo. A procissão dessas pessoas voltando para a cidade, a caminho do hospital, foi uma visão de fantasmas.

Quatro dias depois o correio central explodiu, e setenta e duas pessoas morreram ou ficaram feridas. A mais preciosa coleção de documentos medievais na Europa já havia sido queimada nos arquivos da cidade.

No dia vinte de outubro, três dias antes de a eletricidade ser restabelecida, um alemão se entregou. Contou às autoridades que havia milhares de bombas escondidas na zona do porto, ligadas ao sistema elétrico desativado. Quando a força fosse acionada, a cidade seria devastada pelas chamas. Foi interrogado mais de sete vezes, com diferentes níveis de tato e violência — ao fim do que as autoridades ainda se mostravam inseguras sobre a sua confissão. Dessa vez, uma parte inteira da cidade foi evacuada. Crianças e velhos, os quase mortos, as grávidas, os que vieram das cavernas, animais, jipes em bom estado, soldados feridos que estavam no hospital, doentes mentais, padres e monges e freiras que estavam nos conventos. Na penumbra do início da noite de 22 de outubro de 1943, só ficaram para trás doze sapadores.

A eletricidade ia ser ligada às três horas da tarde do dia seguinte. Nenhum dos sapadores jamais havia estado em uma cidade vazia, e estas seriam as horas mais estranhas e perturbadoras de suas vidas.

Durante as noites, as trovoadas rolavam sobre a Toscana. Raios caíam em quase toda peça metálica vertical que apontasse um pouco acima da paisagem. Kip sempre volta para a villa seguindo a trilha amarela entre os ciprestes por volta das sete da noite, que é quando as trovoadas, se há trovoadas, começam. A experiência medieval.

Ele parece gostar desses hábitos. Hana ou Caravaggio vão ver sua figura ao longe, Kip detendo-se para olhar para trás, na direção do vale, a fim de ver a que distância a chuva se encontra dali. Hana e Caravaggio voltam para a casa. Kip prossegue sua caminhada de oitocentos metros, subindo pela trilha, que vira vagarosamente para a direita e depois vagarosamente para a esquerda. Há o ruído das suas botas no cascalho. O vento o atinge em lufadas, batendo de lado nos ciprestes que por isso se curvam, e entra pelas mangas da sua camisa.

Ele caminha mais dez minutos, sem ter certeza de que a chuva vá alcançá-lo. Antes de sentir os pingos, vai ouvir o barulho, estalidos na grama seca, nas folhas de oliveira. Mas por enquanto tem apenas o vento refrescante da montanha, num preâmbulo da chuva.

Se a chuva o alcança antes de Kip chegar à villa, ele continua a andar no mesmo passo, prende a capa de borracha por cima da sua mochila e vai em frente, embaixo dela.

Na barraca, ouve o som puro das trovoadas. Os estalos contundentes sobre a sua cabeça, o som de uma roda de carroça quando vai sumindo na montanha. A súbita luz de um sol, oriunda de um relâmpago, atravessa a parede da barraca, sempre, assim parece a ele, mais brilhante do que o sol, um clarão de fósforo concentrado, alguma coisa de máquina, algo a ver com o novo mundo de que ouviu falar nas aulas teóricas e no seu aparelho de rádio, algo sobre "nuclear". Na barraca, desenrola o turbante molhado, seca os cabelos e envolve a cabeça com um outro turbante.

A tempestade deixa o Piemonte em direção ao sul e ao leste. Raios caem no campanário das capelinhas alpinas cujas pinturas reencenam os Passos da Cruz ou os Mistérios do Rosário. Nas cidadezinhas de Varese e Varallo, estátuas de terracota maiores que o tamanho natural, esculpidas no século XVII, aparecem por um momento, representando cenas bíblicas. O Cristo chicoteado com os braços presos nas costas, o chicote descendo, o cachorro latindo, três soldados nos quadros da capela seguinte levantam o crucifixo mais alto, na direção das nuvens pintadas.

A Villa San Girolamo, localizada onde está, também recebe momentos de luz como esse — os salões escuros, o quarto onde o inglês está deitado, a cozinha onde Hana está acendendo um fogo, a capela bombardeada — tudo se acende de súbito, sem sombras. Kip vai caminhar sem qualquer receio sob as árvores desse trecho de jardim, durante essas tempestades, o perigo de ser morto por um raio pateticamente minúsculo comparado aos perigos de sua vida cotidiana. As inocentes imagens católicas que ele viu naqueles santuários na encosta permanecem agora com ele, na penumbra, enquanto conta os segundos que separam o relâmpago do trovão. Talvez essa villa seja um quadro do mesmo tipo, eles quatro colhidos em movimentos privados, iluminados por um momento, lançados ironicamente contra o fundo dessa guerra.

Os doze sapadores que ficaram em Nápoles vasculharam a cidade. A noite inteira arrombaram túneis lacrados, desceram em esgotos, à procura de fios de detonadores que pudessem estar ligados aos geradores centrais. Deveriam se afastar dali às duas horas da tarde, uma hora antes da eletricidade ser ligada.

Uma cidade de doze. Cada um em uma parte da cidade. Um no gerador, um no reservatório, ainda cavando — as autoridades tendem a acreditar que a destruição será provocada por uma inundação. Como minar uma cidade. O mais enervante é o silêncio. Tudo o que escutam de sons humanos são latidos de cachorros e pios de passarinhos que vêm das janelas dos apartamentos que dão para as ruas. Quando chegar a hora, ele vai entrar em um dos quartos com passarinho. Alguma coisa humana nesse vácuo. Passa pelo Museo Archeologico Nazionale, onde estão guardados os restos de Pompéia e Herculano. Viu aquele cachorro antigo congelado em cinzas.

A lanterna vermelha de sapador amarrada ao seu braço esquerdo enquanto caminha, a única fonte de luz na Strada Carbonara. Está exausto da busca noturna e agora parece haver pouca coisa a fazer. Cada um deles possui um rádio, mas só deve ser usado no caso de uma emergência. É o terrível silêncio nos pátios vazios e nas fontes secas que mais lhe deixa cansado.

À uma hora da tarde, toma o caminho da danificada Igreja de San Giovanni a Carbonara, onde sabe que há uma capela do Rosário. Esteve andando pela igreja algumas noites antes quando um relâmpago encheu a escuridão, e ele viu grandes figuras humanas nos quadros. Um anjo e uma mulher em um quarto. A escuridão substituiu a breve cena e Kip se sentou num banco da igreja, esperando, mas não viria mais revelação alguma.

Agora ele entra naquele recanto da igreja, com as figuras de terracota pintadas na cor de seres humanos brancos. A cena retrata um quarto onde uma mulher conversa com um anjo. O cabelo castanho e encaracolado da mulher se deixa ver por trás de uma capa azul folgada, os dedos da mão esquerda tocando na altura do esterno. Quando Kip avança mais para perto, percebe que tudo é de tamanho maior do que o natural. Sua cabeça não é mais alta do que o ombro da mulher. O braço erguido do anjo alcança quatro metros e meio de altura. Mesmo assim, para Kip, eles são uma companhia. É um quarto desabitado, e ele entra na conversa dessas criaturas, que representam alguma fábula sobre a humanidade e o céu.

Ele deixa a mochila deslizar dos seus ombros e observa a cama. Tem vontade de deitar nela, só hesita em razão da presença do anjo. Já deu uma volta em torno do corpo etéreo e percebeu as lâmpadas empoeiradas presas nas suas costas por baixo das asas escuras e coloridas, e, por maior que seja sua vontade, sabe que não seria fácil dormir na presença de uma coisa dessas. Há três pares de chinelos espiando embaixo da cama, num lance de sutileza do artista. Quase uma e quarenta.

Kip estende sua capa no chão, achata a mochila formando um travesseiro e se deita sobre a pedra. Passou a maior parte da infância em Lahore dormindo numa esteira no chão do seu quarto. E na verdade jamais chegou a se acostumar às camas ocidentais. Um catre e um travesseiro de encher é tudo o que usa na sua barraca, ao passo que na Inglaterra, quando estava com Lorde Suffolk, sentia-se claustrofóbico ao afundar na massa macia de um colchão, e ficava ali, cativo e desperto, até que escapasse rastejando para dormir no tapete.

Ele se estira deitado ao lado da cama. Nota que os sapatos também são maiores do que o tamanho natural. Os pés das duas figuras, grandes como Amazonas, deslizavam para dentro dos sapatos. Acima da sua cabeça, o titubeante braço direito da mulher. Junto ao seu pé, o anjo. Logo um dos sapadores vai religar a eletricidade, e se Kip vai explodir, que o faça na companhia dessas duas figuras. Vão morrer ou ficar seguros. De um modo ou de outro, não há mais nada que possa fazer. Ele esteve acordado a noite inteira numa busca final de esconderijos de dinamite e dispositivos de tempo. Ou as paredes desmoronariam em torno dele ou Kip sairia caminhando por uma cidade de luz. Pelo menos encontrou essas figuras paternais. Pode relaxar no meio dessa conversa de pantomima.

Tem as mãos sob a cabeça, interpretando uma nova dureza no rosto do anjo, que não notara antes. A flor branca que traz na mão enganou Kip. O anjo é também um guerreiro. No meio desta série de pensamentos, seus olhos se fecham e ele se rende ao cansaço.

Está estirado bem à vontade com um sorriso no rosto, como se finalmente se sentisse livre para adormecer, o luxo que era dormir. A palma da mão esquerda voltada para o concreto. A cor do seu turbante faz eco à cor do cordão no pescoço de Maria.

Aos pés dela, o pequeno indiano sapador, de uniforme, ao lado dos seis chinelos. Parece que o tempo não existe aqui. Cada um deles escolheu a posição mais confortável para esquecer o tempo. Assim seremos lembrados pelos outros. Nesse conforto sorridente, em que confiamos no que está ao nosso redor. Agora a cena, com Kip aos pés das duas figuras, sugere um debate acerca do seu destino. O braço de terracota erguido interrompe uma execução, a promessa de algum grande futuro para este homem adormecido, como uma criança, nascido no estrangeiro. Os três quase chegando a um entendimento, a um acordo.

Por baixo da fina camada de poeira, o rosto do anjo é dotado de uma alegria poderosa. Amarradas às suas costas estão as seis lâmpadas, duas já queimadas. Mas a despeito disso, a maravilha da eletricidade de repente acende por baixo das suas asas, e assim o vermelho-vivo e o azul e o dourado e a cor dos campos de mostarda brilham animados na luz desta tarde.

* * *

Onde quer que Hana se encontre agora, no futuro, compreende a direção em que se moveu o corpo de Kip para sair da sua vida. Sua mente fica repetindo a mesma coisa. A barreira que ele armou no caminho entre os dois. Quando ele se convertia em uma pedra silenciosa diante dela. Ela lembra tudo daquele dia de agosto — como estava o céu, os objetos na mesa à sua frente, escurecendo debaixo das trovoadas.

Ela vê Kip no campo, as mãos apertando a cabeça, então compreende que não se trata de um gesto de dor, mas da sua necessidade de manter os fones bem firmes, o mais próximo do cérebro. Está a noventa metros dela, na parte baixa do campo, quando Hana escuta um grito emergir do seu corpo, que jamais fizera erguer sua voz diante dela. Kip cai de joelhos, como se tivesse desmontado. Fica assim um tempo e depois vai se erguendo devagar e segue numa linha diagonal, na direção da sua barraca, entra, e fecha as abas de lona atrás de si. Há o estalo seco de um trovão e Hana vê seus braços escurecerem.

Kip emerge da barraca com o rifle. Vem para a Villa San Girolamo e passa direto por ela, como uma bola de aço, atravessa a porta e sobe a escada, três degraus a cada passada, a respiração num ritmo de metrônomo, as botas batendo de encontro às partes verticais dos degraus. Hana ouve seus pés seguindo o corredor, enquanto ela vai se sentar na mesa da cozinha, o livro à sua frente, a caneta, aqueles objetos congelados e ensombrecidos na luz que antecede a tempestade.

Kip entra no quarto. Fica parado no pé da cama onde está o paciente inglês.

Alô, sapador.

O cabo do rifle está encostado no seu peito, a alça atada no braço que forma um triângulo.

O que anda acontecendo lá fora?

Kip tem um ar de condenado, separado do mundo, seu rosto moreno chora. O corpo vira e dispara contra a velha fonte, e o reboco explode espirrando poeira em cima da cama. Vira de volta de forma que o rifle aponta para o inglês. Começa a tremer, e então tudo dentro dele faz um esforço para controlar aquilo.

Baixe a arma, Kip.

Suas costas se chocam de encontro à parede e ele pára de tremer. Poeira de reboco no ar em torno deles.

Eu me sentei no pé dessa cama e ouvi você falar, tio. Todos esses meses. Quando eu era menino, fiz isso, a mesma coisa. Acreditei que eu podia trazer para dentro de mim as coisas que as pessoas mais velhas me ensinavam. Acreditei que eu podia levar comigo esse conhecimento, podia modificá-lo aos poucos, mas sempre passando essas coisas adiante, de mim para os outros. Cresci com as tradições do meu país, mas depois com as do s*eu* país. A sua frágil ilha branca, com seus costumes e maneiras e livros e prefeitos e razão, de algum modo veio a converter o resto do mundo. Vocês defendem o comportamento preciso. Eu sabia que se eu levantasse uma xícara com o dedo errado seria banido. Se desse o nó de um jeito errado na gravata, eu estava fora. Foram só os barcos que deram a vocês todo

esse poder? Foi por que vocês tinham as histórias e as prensas tipográficas, como dizia meu irmão?
Vocês e depois os americanos nos converteram. Com suas regras missionárias. E soldados indianos perderam suas vidas como heróis para que pudessem ser *pukkah*. Vocês fazem guerras como se fosse um jogo de críquete. Como conseguiram nos enganar com essa história? Aqui... escute só o que o seu povo fez.
Joga o rifle na cama e se aproxima do inglês. O aparelho de rádio a seu lado, pendurado no cinto. Solta o equipamento e põe os fones sobre a cabeça negra do paciente, que franze o rosto com a dor na pele do couro cabeludo. Mas o sapador deixa o fone ali assim mesmo. Depois recua e apanha o rifle. Vê Hana na porta.

Uma bomba. Depois outra. Hiroshima. Nagasaki.
Vira o rifle para o nicho da janela. O gavião no ar do vale parece flutuar de propósito para o V da mira. Se fechar os olhos, vê as ruas da Ásia cheias de fogo. O fogo arrasa as cidades como se rasgasse um mapa, o furacão de corpos aniquilados pelo calor quando o fogo os arrebata, a sombra de seres humanos de súbito atirada para os ares. Este frêmito da sabedoria ocidental.
Ele observa o paciente inglês, fones nos ouvidos, os olhos voltados para dentro, escutando. A mira do rifle desce para o nariz fino formado pelo pomo-de-adão, acima da clavícula. Kip pára de respirar. Formando um ângulo reto exato com o rifle Enfield. Nem o menor tremor.
Então os olhos do inglês voltam a olhar para ele.
Sapador.
Caravaggio entra no quarto e pula sobre ele, e Kip gira o cabo do rifle nas suas costelas. A pancada da pata de um animal. E depois, como se fosse parte de um mesmo movimento, ele volta para a posição em ângulo reto com o rifle, como os soldados num pelotão de atiradores, conforme havia treinado em muitos acampamentos militares na Índia e na Inglaterra. O pescoço queimado na mira da arma.
Kip, fale comigo.

Agora seu rosto é uma faca. O choro do horror e do choque já contido, enxergando tudo, todas aquelas pessoas à sua volta, sob uma luz diferente. A noite podia cair entre eles, a neblina podia descer, e os olhos do rapaz moreno mesmo assim alcançariam o novo inimigo recém-revelado.
Meu irmão me disse. Nunca dê as costas para a Europa. Gente que faz acordos. Que faz contratos. Que desenha mapas. Nunca confie nos europeus, ele dizia. Nunca aperte a mão deles. Mas nós, ah, nós somos fáceis de impressionar — com discursos e medalhas e as suas cerimônias. O que

tenho feito nesses últimos meses? Cavando, desarmando minas, passando o diabo. Para quê? Para acontecer *isso*?

O que é isso? Por Deus, diga para nós!

Vou deixar o rádio com vocês para que engulam a sua lição de história. Não se mexa outra vez, Caravaggio. Todos aqueles discursos de civilização de reis e rainhas e presidentes... essas vozes de uma ordem abstrata. Sintam o cheiro. Ouçam o rádio e sintam o cheiro da celebração. No meu país, quando um pai quebra as normas da justiça, ele morre.

Você não sabe quem é este homem.

O rifle apontando sem tremer para o pescoço queimado. Depois o sapador sobe a mira de repente para a altura dos olhos do homem.

Atire, diz Almásy.

Os olhos do paciente e do sapador se encontram na penumbra do quarto, agora cheio com a presença do mundo.

Ele balança a cabeça para o sapador.

Atire, diz calmamente.

Kip ejeta o cartucho e o segura quando começa a cair. Joga o rifle sobre a cama, uma cobra, o veneno extraído. Vê Hana na periferia.

O homem queimado solta os fones da cabeça e os coloca bem devagar na sua frente. Em seguida a mão esquerda arranca o aparelho de surdez do ouvido e o atira no chão.

Atire, Kip. Não quero ouvir mais nada.

Fecha os olhos. Desliza para a escuridão, para longe do quarto.

O sapador se recosta na parede, as mãos cruzadas, cabeça baixa. Caravaggio pode ouvir o ar entrando e saindo pelas suas narinas, rápido e forte, um êmbolo.

Ele não é inglês.

Americano, francês, não me importa. Quando vocês começam a bombardear as raças escuras do mundo, são ingleses. Vocês tinham o rei Leopoldo da Bélgica e agora têm o cretino Harry Truman dos EUA. Aprenderam tudo com os ingleses.

Não. Ele não. Engano. Entre todas as pessoas, ele provavelmente é uma das poucas que estão do seu lado.

Ele vai responder que não importa, diz Hana.

Caravaggio se senta na cadeira. Ele está sempre sentando nessa cadeira, Kip pensa. No quarto continua a fina chiadeira do rádio, ainda falando com sua voz subaquática. Ele não agüenta virar e olhar para o sapador ou olhar para o vulto branco do camisolão de Hana. Sabe que o jovem soldado tem razão. Nunca teriam lançado uma bomba dessas sobre um país de brancos.

O sapador sai do quarto, deixando Caravaggio e Hana perto da cama. Deixou os três entregues ao seu mundo, já não é mais o sentinela deles. No futuro, se e quando o paciente morrer, Caravaggio e a moça vão enterrá-lo. Que os mortos enterrem os mortos. Ele nunca esteve seguro do que isto significava. Essas palavras duras da Bíblia. Vão enterrar tudo, menos o livro. O corpo, os lençóis, as roupas, o rifle. Logo ele vai ficar sozinho com Hana. E o motivo disso tudo no rádio. Um fato terrível emergindo das ondas curtas. Uma nova guerra. A morte de uma civilização.

Noite quieta. Pode ouvir os gaviões, seus gritos frouxos, o bater abafado das asas quando decolam. Os ciprestes se erguem sobre a sua barraca, quietos nesta noite sem vento. Ele se deita e olha fixo para o canto escuro da barraca. Quando fecha os olhos, vê fogo, gente pulando nos rios, nos reservatórios para fugir das chamas e do calor que em segundos vai queimar tudo, tudo o que estiver com eles, sua pele, seu cabelo, até mesmo a água onde se atiram. A bomba brilhante transportada num avião por cima do mar, passando com a lua a leste, na direção do arquipélago verde. E depois é lançada.

Ele não comeu nem bebeu, se sente incapaz de ingerir qualquer coisa. Antes da luz se extinguir, despiu a barraca de todos os objetos militares, todos os equipamentos de manejo de bombas, arrancou todas as insígnias de seu uniforme. Antes de se deitar, desfez o turbante, penteou o cabelo e prendeu-o com um nó no alto da cabeça. Deitou-se de costas, através da pele da barraca viu a luz aos poucos se dispersando, seus olhos se agarrando no último ponto de luz azulada, escutou o vento morrendo de repente no ar parado, sem vento, e depois as asas dos gaviões batendo quando mudavam de direção. E todos os ruídos delicados do ar.

Sente que todos os ventos do mundo foram sugados para a Ásia. Ele deixa todas as inúmeras bombas pequenas da sua carreira e parte para uma bomba do tamanho de uma cidade, ao que parece, tão vasta que deixa às testemunhas vivas a morte de toda uma população a seu redor. Ele nada sabe a respeito da bomba. Se foi um súbito ataque de metal e explosão ou se o ar fervente arrebata e atravessa todos os seres humanos. Tudo o que sabe é que sente que não pode deixar mais nada se aproximar dele, não pode comer nada, não pode sequer beber a água de uma poça suja ao lado de um banco de pedra no terraço. Não se sente capaz de tirar um fósforo do seu saco e acender um lampião, pois acha que o lampião vai incendiar tudo. Na barraca, antes de a luz evaporar, ele pegou a fotografia da sua família e ficou olhando. Seu nome é Kirpal Singh e não sabe o que está fazendo aqui.

Agora está de pé sob as árvores no calor de agosto, sem turbante, vestindo só uma *kurta*. Não tem nada nas mãos, apenas caminha ao lado das sebes, pés descalços sobre a grama ou sobre a pedra do terraço ou sobre as cinzas de uma velha fogueira. Seu corpo vivo nesta insônia, de pé na borda de um grande vale na Europa.

De manhã cedo, Hana o vê de pé ao lado da barraca. Durante a noite, ela procurou alguma luz entre as árvores. Naquela noite, cada um comeu sozinho na villa, e o inglês não comeu nada. Agora ela vê que o braço do sapador dá um puxão e as paredes de lona desabam sobre si mesmas, como a vela de um barco. Ele se vira e caminha na direção da casa, sobe os degraus para o terraço e desaparece.

Na capela, ele passa pelos bancos chamuscados na direção da abside, onde, embaixo de um encerado para o qual uns galhos serrados servem de peso, se encontra a motocicleta. Começa retirando o pano que cobre a máquina. Se deita ao lado da moto e passa a lubrificar a corrente e as engrenagens.

Quando Hana entra na capela sem teto, Kip está ali sentado, a cabeça e as costas encostadas na roda da moto.

Kip.

Ele não diz nada, olhando através dela.

Kip, sou *eu*. O que nós temos a ver com isso?

Ele é uma pedra diante dela.

Hana se ajoelha e se inclina nele, a cabeça pousando de lado no seu peito, e fica ali parada.

Um coração batendo.

Quando vê que ele não sai de sua imobilidade, Hana afasta a cabeça e continua de joelhos.

Uma vez o inglês leu para mim uma coisa, num livro: "O amor é tão pequeno que dá para passar no buraco de uma agulha."

Kip vira de lado, dando as costas para ela, o seu rosto pára a poucos centímetros de uma poça de chuva.

Um rapaz e uma moça.

Enquanto o sapador desencavava a moto do encerado que a recobria, Caravaggio se debruçava no parapeito, o queixo apoiado no antebraço. Em seguida sentiu que não podia suportar a atmosfera da casa e se afastou. Não estava mais ali quando o sapador ressuscitou a motocicleta com uma explosão e montou nela, que trepidava meio engasgada, viva embaixo dele, e Hana de pé, bem ao lado.

Singh tocou no braço de Hana e deixou a máquina rolar em frente, ladeira abaixo, e só então a moto voltou a girar para a vida.

No meio do caminho que ia para o portão, Caravaggio esperava por Kip, com a arma na mão. Ele nem chegou a erguer a arma na direção da motocicleta quando o rapaz reduziu a velocidade, vendo que Caravaggio vinha para o meio do caminho. Caravaggio chegou perto dele e pôs os braços em volta do seu corpo. Um grande abraço. O sapador pela primeira vez sentiu na pele a barba por fazer. Sentiu-se arrebatado, tolhido pelos músculos.

— Vou ter que aprender um jeito de suportar a sua falta — disse Caravaggio.

Em seguida, o rapaz se foi e Caravaggio voltou para a casa.

Sob o seu corpo a máquina voltava a viver. A fumaça da Triumph e a poeira e o cascalho fino iam cair entre as árvores. A moto saltou pelo mata-burro no portão e depois saiu costurando morro abaixo, para longe da aldeia, passando pelo aroma dos jardins que margeavam os dois lados da estrada, o declive com suas curvas traiçoeiras.

O corpo de Kip deslizou para a posição habitual, o peito quase paralelo ao tanque de combustível, os braços na horizontal, na posição de uma última resistência. Seguia para o sul, evitando Florença. Através de Greve, de Montevarchi e de Ambra, cidadezinhas ignoradas pela guerra e pela invasão. Depois, quando surgiram outras montanhas, subiu suas vertentes seguindo na direção de Cortona.

Viajava na direção contrária à da invasão, como se reenrolasse o carretel da guerra, a estrada já livre da tensão militar. Só pegava estradas que conhecesse, avistando a distância as aldeias familiares com seus castelos. Permanece estático em cima da Triumph enquanto ela queima embaixo dele em sua disparada pelas estradas do interior. Levava pouca coisa, todas as armas tinham ficado para trás. A moto arremetia através das aldeias, sem reduzir a velocidade em nenhuma vila, em nenhuma lembrança da guerra. *"A terra vai cambalear como um bêbado, e há de ser desfeita como uma cabana de veraneio."*

Hana abriu a mochila de Kip. Havia uma pistola embrulhada em um tecido impermeável, de modo que seu cheiro se soltou assim que ela desembrulhou a arma. Escova de dentes e pó dentifrício, desenhos feitos a lápis num caderno, inclusive um desenho de Hana — sentada no terraço, vista por ele da janela do quarto do inglês. Dois turbantes, uma garrafa de goma. Uma lanterna de sapador com suas alças de couro, para serem usadas em caso de emergência. Ela deu uma sacudidela e a mochila se encheu com uma luz vermelha.

Nos bolsos laterais, ela encontrou peças do equipamento de manejo de bombas, nas quais não queria tocar. Embrulhada em outro pedaço de pano, achou a haste de metal que tinha dado a ele, e que na terra de Hana era usada para extrair açúcar das árvores de bordo.

De dentro da barraca desmontada, Hana desencavou um retrato que devia ser da família dele. Segurou a foto na palma da mão. Um sikh e sua família.

Um irmão mais velho que tinha só onze anos neste retrato. Kip a seu lado, oito anos de idade. "*Quando estourou a guerra, meu irmão se colocou do lado de qualquer um que fosse contra os ingleses.*"

Havia também um pequeno manual com esquemas de bombas desenhados. E o desenho de um santo acompanhado por um músico.

Hana embrulhou tudo outra vez, menos a fotografia, que segurava na sua mão livre. Levava a mochila por entre as árvores, atravessou a varanda e entrou na casa.

A cada hora, mais ou menos, ele fazia uma parada, cuspia nos óculos de piloto e limpava a poeira com a manga da camisa. Olhava o mapa mais uma vez. Seguiria para o Adriático, depois para o sul. A maior parte das tropas se achavam bem mais ao norte.

Subiu a estrada para Cortona, o motor da motocicleta dando tiros sem parar. Fez a moto subir os degraus até a porta da igreja e em seguida entrou andando nos seus próprios pés. Havia ali uma estátua num tablado, envolta em ataduras. Kip queria chegar perto do rosto, mas não tinha mais nenhum rifle com telescópio e seu corpo estava duro demais para trepar pelos canos da armação do tablado. Perambulou ali por baixo como alguém incapaz de entrar na intimidade de um lar. Desceu os degraus da igreja com a motocicleta, depois desceu a encosta através das vinhas destroçadas e seguiu na direção de Arezzo.

Em Sansepolcro pegou uma estrada sinuosa que cruzava por entre as montanhas, e assim teve de reduzir a velocidade ao mínimo. A Bocca Trabaria. Sentia frio, mas tratou de expulsar da mente as sensações do tempo. Por fim a estrada se ergueu da brancura, a neblina uma cama estendida embaixo dele. Contornou Urbino, onde os alemães haviam queimado todos os cavalos do inimigo. Combateram nesta região por um mês; agora ele atravessa a área em poucos minutos, reconhecendo apenas os santuários da Madonna Negra. A guerra tornou todas as cidades semelhantes.

Veio descendo na direção do litoral. Para o Gabicce Mare, onde tinha visto a Virgem emergir do mar. Dormiu na montanha, voltada para a água e o penhasco, perto de onde a estátua fora trazida. Este foi o fim do seu primeiro dia.

Querida Clara — Querida Maman,
Maman é *uma palavra francesa*, Clara, *uma palavra circular, que sugere abraços, uma palavra pessoal que pode até ser gritada em público*. Uma coisa tão reconfortante e eterna como uma barcaça. Se bem que você, em espírito, é ainda uma canoa, eu sei. Pode dar uma guinada brusca para o lado, sair do rio e penetrar num córrego em um segundo. Ainda independente. Ainda privada. Não uma barcaça responsável por todos à sua volta. Esta é minha primeira carta depois de anos, Clara, e não estou acostumada a essa formalidade. Passei os últimos meses vivendo com três pessoas, e nossas conversas foram lentas, meio ao acaso. Não estou habituada a conversar agora a não ser desse jeito.

O ano de 194.... Qual? Por um segundo eu esqueci. Mas sei o mês e o dia. Um dia depois de recebermos a notícia das bombas no Japão, portanto parece que é o fim do mundo. Daqui para a frente acho que o que é pessoal vai estar sempre em guerra com o que é público. Se pudermos racionalizar isto, poderemos racionalizar qualquer coisa.

Patrick morreu num pombal na França. Na França, nos séculos dezessete e dezoito, construíam pombais enormes, maiores do que casas. Assim:

A linha horizontal separando a terça parte superior era chamada *beiral dos ratos* — servia para impedir que os ratos escalassem pelo teto e assim os pombos ficavam seguros. Seguros como num pombal. Um lugar sagrado. Parecido com uma igreja, de muitas maneiras. Um lugar reconfortante. Patrick morreu num lugar reconfortante.

Às cinco horas da manhã, ele deu o quique com o pé para reviver a moto Triumph, e a roda traseira cuspiu cascalho formando uma franja. Ainda estava escuro, impossível distinguir o mar na paisagem além do penhasco. Para a viagem daqui até o sul, ele não dispunha de mapas, mas podia reconhecer as estradas de guerra e seguir a trilha do litoral. Quando veio a luz do sol, pôde dobrar a velocidade. Os rios ainda estavam à sua frente.

Por volta de duas da tarde ele alcançou Ortona, onde os sapadores armaram as pontes de aço, quase se afogando durante a tempestade no meio do rio. Começou a chover e ele parou a fim de se cobrir com a capa de borracha. Deu uma volta ao redor da moto sob a chuva. Agora, enquanto viajava, o som nos seus ouvidos era diferente. O *chuch chuch* substituiu o uivo e o gemido, a roda da frente fazia a água espirrar nas suas botas. Tudo o que via através dos óculos de piloto era cinzento. Não pensava em Hana. No silêncio cercado pelo ruído da motocicleta, Kip não pensava nela. Quando o rosto de Hana reapareceu, ele o apagou, aumentou a velocidade para que tivesse que ficar concentrado. Se tivesse que haver palavras, não seriam as dela; seriam os nomes neste mapa da Itália sobre o qual galopava na motocicleta.

Sente que carrega consigo, neste vôo, o corpo do inglês. Está sentado no tanque de combustível, olhando para ele, o corpo preto abraçado com o seu, olhando para o passado por sobre o seu ombro, olhando para os campos de onde estão fugindo, aquele palácio abandonado de estrangeiros na montanha italiana que jamais será reconstruído. "*E minhas palavras que pus na tua boca não deverão deixar a tua boca. Nem a boca dos teus filhos. Nem a boca dos filhos de teus filhos.*"

A voz do paciente inglês entoava o texto de Isaías em seus ouvidos, como aconteceu naquela tarde em que o rapaz falou do rosto no teto da capela em Roma.

— Há, é claro, cem Isaías diferentes. Um dia você vai querer vê-lo como um velho, no sul da França os conventos o celebram como um velho barbado, mas o poder está ainda no seu olhar. — O inglês entoou para as paredes pintadas do quarto: — *Cuidado, o Senhor vos arrebatará em um cativeiro poderoso, e Sua mão vos cobrirá. Ele vos lançará com violência, como uma bola em um campo aberto.*

Seguiu em frente cortando a chuva espessa. Como tinha adorado o rosto no teto, amou aquelas palavras. Como acreditara no homem queimado e nas campinas de civilização que ele cultivava. Isaías, Jeremias e Salomão estavam no livro de cabeceira do homem queimado, seu livro sagrado, tudo o que amara estava colado entre as suas próprias palavras. Mostrou seu livro ao sapador, e o sapador disse nós também temos um Livro Sagrado.

O forro de borracha dos óculos de piloto tinha rachado durante os últimos meses e a chuva agora ia inundando as bolsas de ar diante de seus olhos. Podia pilotar sem os óculos, o *chuch chuch* era um mar permanente nos seus ouvidos, e seu corpo curvado e endurecido, frio, a única idéia de calor vinha dessa máquina que ele manejava com tanta intimidade, o borrifo branco de fumaça quando cruzava as aldeias parecia o risco de uma estrela cadente, uma visita que durava meio segundo e durante a qual ele podia fazer um pedido. *"Que os céus se desmanchem como fumaça e a terra apodreça como uma roupa velha. E que aqueles que vivem aí morram da mesma maneira. Pois o gafanhoto os devorará como uma roupa de pano, e os vermes os devorarão como lã."* Um segredo dos desertos, de Uweinat a Hiroshima.

Ele estava tirando os óculos quando fez a curva e foi dar na ponte sobre o rio Ofanto. Com a mão esquerda segurando os óculos, começou a derrapar. Soltou os óculos e acalmou a motocicleta, mas não estava preparado para a saliência de ferro na borda da ponte, e a moto caiu para a direita, por baixo dele. De repente se viu deslizando com a moto sobre a pele de água de chuva no centro da ponte, fagulhas azuis do metal raspando voavam perto do seu braço e do seu rosto.

Pesados pedaços de metal se desprenderam e passavam voando por ele. Em seguida Kip e a moto viraram bruscamente para a esquerda, a ponte não tinha amurada, e saíram se arrastando numa linha paralela à água, ele e a moto lado a lado, seu braço dobrado por cima da cabeça. A capa de borracha se desprendera sozinha, livre do que fosse máquina e mortal, uma parte do elemento ar.

A motocicleta e o soldado se imobilizaram em pleno ar, depois caíram rodopiando dentro da água, o corpo de metal entre as suas pernas quando se chocaram contra o rio, rasgando uma trilha branca na água, e desaparecendo, a chuva também mergulhando no rio. *"Ele vos lançará com violência, como uma bola em um campo aberto."*

Como Patrick foi terminar num pombal, Clara? Sua unidade o deixara para trás, queimado e ferido. Tão queimado que os botões da camisa tinham se tornado parte da sua pele, parte do seu peito querido. Que eu beijei e você beijou. E como meu pai se queimou? Ele que, para se desviar do mundo real, podia se mover com a agilidade de uma enguia, ou como a sua canoa, como se estivesse enfeitiçado. Na sua inocência doce e complicada. Era o mais não-verbal dos homens, e sempre me espantei como as mulheres gostavam dele. Temos a inclinação de gostar de um homem verbal. Somos as racionalistas, as sábias, e ele em geral se sentia perdido, inseguro, sem palavras.

Ele era um homem queimado e eu era uma enfermeira, e eu podia ter cuidado dele. Você entende a tristeza da geografia? Eu podia ter salvo Patrick, ou pelo menos ter estado com ele até o fim. Sei um bocado sobre queimaduras. Por quanto tempo ficou sozinho com os pombos e os ratos? Com as últimas etapas de sangue e de vida dentro dele? Pombos por cima.

Asas batendo quando esvoaçavam no pombal. Sem poder dormir no escuro. Sempre teve ódio do escuro. E estava sozinho, sem companheiros e sem amor.

Estou cheia da Europa, Clara. Quero ir para casa. Para a sua cabaninha e a sua pedra cor-de-rosa em Georgian Bay. Vou pegar um ônibus para Parry Sound. E do continente vou enviar uma mensagem no rádio de ondas curtas. E vou esperar por você, esperar para ver a sua silhueta vindo numa canoa para me resgatar desse lugar em que viemos todos nos meter, traindo você. Como você ficou assim tão esperta? Como se tornou assim tão determinada? Como não se deixou enganar como nós? Você, aquela endiabrada para tudo que era prazer, e que acabou se tornando tão sábia. A pessoa mais pura entre todos nós, o feijão mais escuro, a folha mais verde.

Hana

A cabeça do sapador emerge da água, ele inspira meio engasgado todo ar que passa por cima do rio.

Caravaggio construiu uma ponte de corda com cânhamo, até o telhado da próxima villa. Do lado de cá, a corda dava a volta na cintura da estátua de Demétrio e depois estava amarrada à fonte. A corda passava um pouco acima das duas oliveiras no seu caminho. Se ele perder o equilíbrio, vai cair nos braços ásperos e poeirentos das oliveiras.
    Trepa na corda e seus pés, com meias, agarram-se ao cânhamo. Qual o valor daquela estátua? Uma vez perguntou a Hana, só por perguntar, e ela respondeu que o paciente inglês tinha dito que todas as estátuas de Demétrio eram de valor incalculável.

Hana sela a carta e fica de pé, vai para o outro lado do quarto e fecha a janela, e nesse momento um relâmpago atravessa o vale. Ela vê Caravaggio no ar, no meio da garganta que se estende como uma cicatriz ao lado da villa. Hana fica ali de pé como se estivesse sonhando, depois sobe no nicho da janela e fica sentada, olhando para fora.
    Toda hora vem um relâmpago, a chuva congela na noite subitamente iluminada. Hana vê o gavião busardo alçar vôo pelo céu, procura Caravaggio.
    Ele está no meio do caminho quando sente o cheiro da chuva, e então as gotas começam a cair cobrindo todo seu corpo, aderindo a ele, e de repente suas roupas ficam muito pesadas.

Hana põe as mãos em concha para fora da janela e molha os cabelos com a água da chuva.

A villa mergulha na escuridão. No corredor junto ao quarto do paciente inglês, queima a última vela, ainda viva na noite. Sempre que ele desperta e abre os olhos, vê a luzinha amarela e ondulante.

Para ele agora o mundo não tem som, e mesmo a luz parece uma coisa desnecessária. De manhã, vai dizer à garota que não quer nenhuma vela acesa como companhia enquanto estiver dormindo.

Por volta das três horas da madrugada, ele sente uma presença no quarto. Vê, no pulsar de um momento, uma figura no pé da sua cama, contra o fundo da parede, ou talvez pintada na parede, não muito discernível na escuridão da folhagem para além da luz da vela. Ele murmura alguma coisa que queria dizer, mas só há silêncio e a figura levemente marrom, que podia ser apenas uma sombra da noite, não se move. Um choupo. Um homem com plumas. Uma figura de nadador. E ele pensa que não podia ter tanta sorte assim, que pudesse falar outra vez com o jovem sapador.

Permanece acordado nesta noite, em todo caso, para ver se a figura se move na sua direção. Ignorando a pílula que elimina a dor, ele vai permanecer acordado até a luz se extinguir e o cheiro de fumaça de vela se espalhar pelo seu quarto e deslizar para o quarto da moça no andar de baixo. Se a figura se virar, haverá pinturas nas suas costas, as costas com que se apóia entristecido de encontro ao mural de árvores. Quando a vela se extinguir, ele vai poder ver isso.

Estende a mão devagar, ela toca o seu livro e volta para o peito escuro. Nada mais se move no quarto.

* * *

Agora, onde ele está sentado quando pensa nela? Todos esses anos depois. Uma pedra de história resvalando sobre a água, ricocheteando, de modo que ela e ele tenham envelhecido antes que a pedra volte a tocar a superfície e afunde.

Onde ele senta no seu jardim pensando mais uma vez em entrar e escrever uma carta ou ir um dia até o posto telefônico, preencher um formulário e tentar fazer contato com ela em um outro país. É este jardim, este terreno quadrado de grama seca aparada que o arremessa de volta para os meses que passou com Hana e Caravaggio e o paciente inglês ao norte de Florença, na Villa San Girolamo. Ele é um médico, tem dois filhos e uma esposa risonha. Vive permanentemente ocupado nesta cidade. Às seis horas da tarde, despe seu guarda-pó branco de laboratório. Por baixo, veste calça preta e camisa de manga curta. Fecha a clínica, onde todos os papéis estão presos com pesos de vários tipos — pedras, tinteiros, um caminhão de brinquedo que seu filho já não usa — para evitar que o vento do ventilador os espalhe. Monta na sua bicicleta e pedala seis quilômetros até a sua casa, passando pelo bazar. Sempre que pode, desvia a bicicleta para o lado da rua coberto pela sombra. Tinha alcançado uma idade em que se deu conta de repente de que o sol da Índia o deixa exausto.

Desliza sob os salgueiros ao lado do canal e depois pára num pequeno aglomerado de casas, carrega nas mãos a bicicleta para descer os degraus até o jardinzinho de que sua esposa cuida com carinho.

E alguma coisa nesta noite trouxe a pedra para fora da água e permitiu que ela voltasse atrás, de volta ao ar, na direção da montanha na Itália. Talvez tenha sido a queimadura química no braço da menina de que cuidou hoje. Ou a escadaria de pedra, onde ervas marrons crescem ardentes ao lado dos degraus. Ele veio carregando a bicicleta escada acima e foi no meio do caminho que lembrou. Isso tinha acontecido quando saiu para o trabalho, e assim o estalo da memória foi adiado quando chegou ao hospital e mergulhou em sete horas de trabalho incessante com os pacientes e a administração. Ou pode ter sido a queimadura no braço da menina.

Senta no jardim. E vê Hana, seu cabelo mais comprido, em seu próprio país. E o que ela faz? Ele sempre a vê, seu rosto e seu corpo, mas não sabe qual a sua profissão nem as circunstâncias em que vive, embora veja a reação dela às pessoas à sua volta, curvada para atender as crianças, uma porta branca de geladeira atrás dela, um fundo de bondes elétricos que não fazem barulho. Este é um dom limitado que foi concedido a ele, de algum modo, como se um filme revelasse Hana, mas só ela, em silêncio. Ele não consegue discernir a companhia entre a qual ela se move, seus pensamentos; tudo que pode testemunhar é o seu caráter e o comprimento do seu cabelo escuro, que escorre toda hora caindo sobre os seus olhos.

Ele agora compreende que ela sempre terá um rosto sério. Passou do estado de uma moça para a posse do olhar anguloso de uma rainha, alguém que fez seu rosto segundo a sua vontade de ser um certo tipo de pessoa. Ele ainda gosta disso nela. Sua esperteza, o fato de ela não ter herdado aquele olhar ou aquela beleza, mas que isso era alguma coisa buscada deliberadamente e que irá sempre refletir o estágio atual do seu caráter. Parece que a cada um ou dois meses ele tem uma visão desse tipo, como se estes momentos de revelação fossem uma continuação das cartas que ela lhe escreveu durante um ano, sem receber resposta, até que parou de escrever, derrotada pelo seu silêncio. Pelo seu caráter, Kip supunha.

Agora há esses assaltos de uma urgência súbita de falar com ela durante uma refeição e retornar àquele estágio em que viveram na maior intimidade possível, na barraca ou no quarto do paciente inglês, os dois lugares que continham o turbulento rio de espaço que os separava. Recordando o tempo, ele se vê ali exatamente tão fascinado consigo mesmo como com ela — infantis e graves, seu braço flexível se movendo através do ar na direção da moça por quem se apaixonou. Suas botas molhadas estão ao lado na porta, os cordões amarrados, seu braço se estende para tocar o ombro dela, há a figura deitada de bruços na cama.

Durante a refeição noturna ele observa sua filha lutando com os talheres, tentando segurar as armas enormes em suas mãozinhas. Nesta mesa, todas as mãos são morenas. Movem-se com facilidade nos seus hábitos e costumes. E sua esposa ensinou a todos na casa um humor entusiasmado, que foi herdado pelo seu filho. Ele adora ver o espírito ágil do filho, como o surpreende constantemente ultrapassando até mesmo o conhecimento e o humor do pai e da mãe — o jeito que tem com os cachorros na rua, imitando seu modo de andar, seus olhares. Ele adora o fato de que este menino é quase capaz de adivinhar os desejos de um cão, com base na variedade de expressões disponíveis a um desses animais.

. E Hana possivelmente se movimenta em companhia que não é a que escolheu. Ela, mesmo nesta idade, trinta e quatro anos, ainda não encontrou sua própria companhia, aqueles com quem ela queria estar. É uma mulher de honra e perspicácia cujo amor impetuoso joga com a sorte, sempre correndo riscos, e há agora algo em sua sobrancelha que só ela pode reconhecer ao olhar no espelho. Ideal e idealismo nestes cabelos negros brilhantes! As pessoas se apaixonam por ela. Hana ainda lembra os versos dos poemas que o inglês leu para ela no seu livro de anotações. É uma mulher que eu não conheço o bastante para abrigar sob a minha asa, se é que escritores têm asas, para dar guarida pelo resto da minha existência.

E assim Hana se movimenta e seu rosto vira e, num gesto de tristeza, solta o cabelo. Seu ombro esbarra na beirada de um guarda-louça e um copo se desequilibra. A mão esquerda de Kirpal vem voando por baixo e agarra o garfo um centímetro antes de tocar o chão, e delicadamente o põe de volta entre os dedos de sua filha, um vinco no canto dos seus olhos, por trás da lente dos óculos.

AGRADECIMENTOS

Se alguns dos personagens que aparecem neste livro são baseados em figuras históricas, e se muitas das regiões descritas — tais como Gilf Kebir e o deserto ao redor — existem, e foram exploradas nos anos seguintes a 1930, é importante frisar que esta história é uma ficção e que os personagens que nela aparecem são ficcionais, bem como alguns dos acontecimentos e viagens.

Gostaria de agradecer à Real Sociedade Geográfica de Londres por me autorizar a ler o material dos arquivos e recolher dos exemplares do seu *Geographical Journal* o mundo dos exploradores e suas viagens — muitas vezes registradas de modo magnífico pelos seus redatores. Citei uma passagem do artigo de Hassanein Bey intitulado "Through Kufra to Darfur" (1924), descrevendo as tempestades de areia, e me apoiei nele e em outros exploradores para evocar o deserto nos anos trinta. Gostaria de registrar que extraí informações do livro *Historical Problems of the Libyan Desert* (1934), do Dr. Richard A. Bermann, bem como da resenha de R. A. Bagnold sobre a monografia de Almásy a respeito de suas explorações no deserto.

Muitos livros foram importantes na minha pesquisa. *Unexploded Bomb*, do major A. B. Hartley, foi especialmente útil para recriar a construção de bombas e descrever as unidades britânicas de manejo de bombas no início da Segunda Guerra Mundial. Citei este livro textualmente (as páginas em itálico na seção "In Situ") e baseei alguns dos métodos de Kirpal Singh em técnicas reais que Hartley menciona. As informações encontradas no livro de anotações do paciente sobre a natureza de certos ventos foram extraídas do maravilhoso livro de Lyall Watson intitulado *Heaven's Breath*, e as citações textuais aparecem entre aspas. A seção sobre a história de Candaules e Giges, no livro *Histórias* de Heródoto, se baseia na tradução de 1890, de G. C. McCauley (Macmillan). As demais citações de Heródoto utilizam a tradução de David Greene (University of Chicago Press). A linha em itálico na página 22 é de Christopher Smart; os versos em itálico na página 101 são de *Paraíso perdido*, de John Milton; o verso que Hana lembra na página 196 é de Anne Wilkinson. Também gostaria de registrar o livro *The Villa Diana*, de Alan Moorehead, que investiga a vida de Poliziano na Toscana. Outros livros importantes foram *The Stones of Florence*, de Mary McCarthy; *The Cat and The Mice*, de Leonard Mosley; *The Canadians in Italy 1943-5*, e *Canada's Nursing Sisters*, de G. W. L. Nicholson; *The Marshall Cavendish Encyclopaedia of World War II*; *Martial India*, de F. Yeats-Brown; e mais três livros sobre a vida militar na Índia: *The Tiger Strikes* e *The Tiger Kills*, publicados em 1942 pelo Departamento de Relações Públicas de Nova Déli, Índia, e *A Roll of Honor*.

Agradeço ao departamento de Inglês do Glendon College, à York University, à Villa Serbelloni, à Fundação Rockefeller, e à Metropolitan Toronto Reference Library.

Gostaria de agradecer às seguintes pessoas por sua generosa ajuda: Elisabeth Dennys, que deixou-me ler suas cartas escritas do Egito durante a guerra; Irmã Margaret, na Villa San Girolamo; Michael Williamson da Biblioteca Nacional do Canadá, Ottawa; Anna Jardine; Rodney Dennys; Linda Spalding; Ellen Levine. E Lally Marwah, Douglas LePan, David Young e Donya Peroff.

Por fim um agradecimento especial a Ellen Seligman, Liz Calder e Sonny Mehta.

Agradeço aos seguintes detentores de direitos pela permissão de reproduzir textos previamente publicados:

Famous Music Corporation: Trecho de "When I Take My Sugar to Tea" de Sammy Fain, Irving Kahal e Pierre Norman. Copyright by Famous Music Corporation, 1931. Copyright renovado em 1958 por Famous Music Corporation. Reproduzido sob autorização.

Alfred A. Knopf, Inc.: Trecho de "Arrival at the Waldorf", de Wallace Stevens, de *The Collected Poems of Wallace Stevens*. Copyright by Wallace Stevens, 1954. Reproduzido sob autorização.

Macmillan Publishing Company: Trechos de *Unexploded Bomb: A History of Bomb Disposal* de Major A. B. Hartley. Copyright © by Major A. B. Hartley, 1958. Copyright renovado. Publicado em 1958 por Cassell & Co., Londres, e em 1959 por W. W. Norton & Co., New York. Reprodução autorizada por Macmillan Publishing Company.

Edward B. Marks Music Company: Trechos de "Manhattan" by Lorenz Hart and Richard Rodgers. Copyright by Edward B, 1925. Marks Music Company. Copyright renovado. Usado sob autorização. Todos os direitos reservados.

Penguin USA: Trechos de "Buckingham Palace", de *When We Were Very Young*, de A. A. Milne. Copyright by E. P. Dutton, 1924. Copyright renovado em 1952 por A. A. Milne. Reproduzido com a autorização de Dutton Children's Books, uma divisão da Penguin Books USA Inc.

The Royal Geographical Society: Trecho de artigo de John Ball, Diretor de Pesquisas no Deserto do Egito (1927), em *The Geographical Journal*, Vol. LXX, pp. 21-38, 105-129; e trechos das minutas da reunião da Royal Geographical Society de novembro de 194..., Londres. Copyright da Royal Geographical Society. Reproduzido sob autorização.

Warner/Chappell Music, Inc.: Trecho de "I Can't Get Started", de Vernon Duke e Ira Gershwin. Copyright by Chappell & Co, 1935. (Copyright renovado). Todos os direitos reservados. Usado sob autorização.

Williamson Music Co.: Trecho de "I'll Be Seeing You" de Sammy Fain e Irving Kahal. Copyright by Williamson Music Co, 1938. Copyright renovado. Copyright internacional garantido. Todos os direitos reservados.

Este livro foi composto em Sabon pela Bracher & Malta, com fotolitos do Bureau 34 e impresso pela Prol Editora Gráfica em papel Pólen Soft 80 g/m² da Cia. Suzano de Papel e Celulose para a Editora 34, em março de 1997.